中國古典文學基本叢書

杜詩詳注

第七册

〔唐〕杜　甫　撰
〔清〕仇兆鰲　注

中華書局

杜詩詳注卷之二十

秋日寄題鄭監湖上亭三首

此當是大曆二年秋作。首章云「高唐寒浪減，髣髴識昭丘」，時蓋將去夔矣。鶴注：鄭監，即鄭審。湖在峽州，而公在夔州，故云寄題。邵注：峽州，即今湖廣夷陵州。

碧草違一作逢**春意**㈠，**沅湘萬里秋**㈡。**池要**平聲**山簡馬**㈢，**月净**一作静**庾公樓**㈣。**磨滅餘篇翰**㈤，**平生一釣舟**。**高唐寒浪減**一作滅，非，**髣髴識昭丘**㈦。首章，想秋日湖亭之勝，故題詩而神往也。上四景，下四情。草非春意，則楚地皆秋矣。山池切湖，庾樓切亭，用事工貼。篇翰猶存，能寄題也。釣舟素具，將往遊也。黄生注：首句見時，次句見地。因其謫官，故託秋草以起興，發端之妙，可比「西掖梧桐樹」一起矣。吴論：亭在荆州，沅湘、山簡、庾公、高唐、昭丘，皆引荆州事。

㈠《别賦》：春草碧色。

㈡邵注：沅水，在辰州府西南五里，源出四川播州。湘水，在長沙府西環城而下，至沅州與沅水合，會衆流以達洞庭。

㊂《晉·山簡傳》：時時能騎馬，倒著白接羅。

㊃庾公樓，注見十六卷。

㊄《書序》：其餘錯亂磨滅。此詩磨滅，猶云歲月銷磨。

㊅劉孝綽詩：釣舟畫彩鷁。

㊆《高唐賦序》：楚襄王與宋玉遊於雲夢之臺，望高唐之觀。《漢書注》：高唐，在雲夢華容縣。朱注：後人因巫山神女，遂傳在巫峽。此詩「高唐寒浪滅，髣髴識昭丘」及《夔州歌》「中有高唐天下無」，皆指在巫峽者言之。《長楊賦》：從者彷彿骫屬。注：彷彿，讀曰髣髴。謝靈運詩：髣髴丹丘徒。《登樓賦》：北彌陶牧，西接昭丘。李善曰：《荆州圖記》：當陽東南七十里有楚昭王墓，登樓則見所謂昭丘。

其二

新作湖邊宅，還聞賓客過平聲㊀。**自須開竹逕**㊁，**誰道**去**避雲蘿**㊂。**官序潘生拙**㊃，**才名賈傳**一作誼**多**㊄。**捨舟應**平聲**卜**一作轉**地**㊅，**鄰接意如何**。次章，從湖亭説入鄭監，欲往與之居也。　作宅之後，過客來遊，應開竹逕以迎賓，豈託雲蘿以避俗。曰還開，曰自須，曰誰道，俱屬寄題語。官拙才多，言能淡榮名而尚風雅，故賓客喜過，而己願爲鄰。意何如，問之也。　黄生注：此章結聯，申首章六句之意。

㈠《鄭當時傳》：嘗置驛馬長安諸郊，請謝賓客，夜以繼日。此暗使其事。

㈡《三輔決録》：蔣詡竹下開三徑。

㈢王融詩：蘿徑若披雲。

㈣潘岳《閒居賦序》：自弱冠達於知命之年，八徙官而一進階，再免，一除名，一不拜職，遷者三而已，雖通塞有遇，抑亦拙者之效也。 舊注以潘生自喻，顧氏已辨其非。

㈤《江淹傳》：夙曜才名。 《賈誼傳》：年十八，以能誦書屬文稱於郡中，河南守吴公聞其秀材，召置門下，甚愛幸，後出爲長沙王太傅。

㈥謝靈運詩：捨舟眺迴渚。

其三

暫阻一作住**蓬萊閣**㈠，**終爲江海人**㈡。**揮金應**平聲**物理**㈢，**拖玉豈吾身**㈣。**羹煑秋蓴滑**一作弱㈤，**杯凝**一作迎**露菊新**㈥。**賦詩分氣象**㈦，**佳句莫頻**一作辭**頻**。 三章，從鄭監説歸湖亭，欲重題其勝也。 昔蓬閣而今江海，可見鄭之達識。揮金乃物理應然，則江海正可行樂，拖玉於吾身無預，則蓬閣不必久居矣。 蓴菊，想湖亭食品。 賦詩，擬到後題詩。 朱注：分氣象，分咏湖亭之氣象。 趙注：莫頻頻，言莫不頻頻有佳句乎。《杜臆》云：鄭之佳句，莫頻頻先出，使我不能追和，蓋戲之也。 從前説爲順。 黄生注：此章結聯，申首章五句之意。

㈠公有《夔府詠懷寄鄭審》詩云：「蓬萊漢閣連。」趙次公注：鄭乃秘書少監，故用蓬萊閣事，與此可互證。華嶠《後漢書》：學者稱東觀爲老氏藏室，道家蓬萊，桓帝時始置秘書監。魚豢《魏略》：蘭臺爲外臺，秘書爲内閣。

㊁《莊子》：就藪澤處閒曠，此江海之士、避俗之人也。

㊂《漢書》：疏廣爲太傅，歸鄉里，數問其家所賜金餘尚有幾，趣賣以具酒食，請族人故舊與妓娱樂。張協《咏二疏》詩：揮金樂當年，歲暮不留儲。顧謂四座賓，多財爲累愚。王羲之帖：天下物理，豈可以意求。

㊃《西征賦》：飛翠緌，拖鳴玉，以出入禁門者衆矣。吴均詩：拖玉入含輝。《老子》：人之大患，以吾有身。

㊄晉齊王冏辟張翰爲大司馬東曹掾，因秋風起，思吴中菰菜、蓴羹、鱸魚鱠，曰：「人生貴適意，何能要名爵乎？」命駕歸。俄而冏敗，人謂見幾。

㊅陶潛詩：秋菊有佳色，裛露掇其英。一觴雖獨進，杯盡壺復傾。

㊆劉楨詩：賦詩連篇章。江淹《麗色賦》：非氣象之可譬。

杜詩三章疊詠，有首章爲主，後二首分應者，如《羌村》，如《領妻子赴蜀》及《湖亭》詩，於草蛇灰線中，見其章法之妙。

秋野五首

鶴注：當是大曆二年瀼西作。

秋野日疏舊作蔬，非。一作荒**蕪**㈠，**寒江動碧虚**㈡。**繫**音計**舟蠻井絡**一作路。黄生作落㈢，**卜宅楚村墟**㈣。**棗熟從**一作行**人打，葵荒欲自**一作且**鋤**㈤。**盤飧老夫食，分**音問**減及溪**一作樵**魚**㈥。

首章，記秋野景事。繫舟承江，卜宅承野。棗熟葵荒，卜居之事。減食飼魚，繫舟之興。此下數章，多以首二句爲主。疏蕪，收穫已畢，野色蕭疏也。碧虚，波光相盪，水天一色也。《杜臆》：繫舟卜宅，去住尚難自決也。棗從人打，則人己一視。葵欲自鋤，則貴賤一視。食及溪魚，則物我一視。此皆見道語。

㈠蕭子範詩：雲昇秋野平。謝脁詩：邑里向疏蕪。

㈡吴均詩：飄飄上碧虚。

㈢揚雄《蜀都賦》：稽乾度則井絡儲精。左思《蜀都賦》：岷山之精，上爲井絡。注：岷山之地，上爲東井。絡，維也。夔州屬楚，即荆蠻地。

㈣庾信賦：摇落小村墟。

㊄公詩：「堂前撲棗任西鄰。」又詩：「自鋤新菜甲。」

㊅周靖曰：《華嚴經》十布施内，有分減布施。

其二

易去聲**識浮生理**㊀，**難教**平聲**一物違**㊁。**水深魚極樂**音洛，**林茂鳥知歸**㊂。**衰**一作吾**老甘貧病，榮華有是非**㊃。**秋風吹几杖**㊄，**不厭北**一作此**山薇**㊅。次章，言秋野可以避世。欲識浮生之理，即觀物情可見，如魚鳥藏身，此物情之近理者，今亦惟託迹山林，以順浮生之理而已。三四承次句，五六承首句。脈絡固然，須知三四仍是借物興己，語氣方見融貫。趙汸謂以達生處己，以遂性待物。將兩句開説，不合語意。視此生若浮，則貧病可安，而榮華不足羡矣。《杜臆》：几杖，言老。山薇，言貧。

㊀《莊子》：其生也若浮。

㊁江淹書：一物之微，有足悲者。

㊂《淮南子》：水深則魚聚，木茂則鳥樂。

㊃趙汸注：甘貧病者，爲避是非也，下句申上句。　謝朓詩：敢忘恤貧病。　《管子》：萬物榮華。　《莊子》：此亦一是非。

㊄《月令》：養衰老，授几杖。

㊅北山，北崦也。　《史記》：夷齊隱於首陽山，采薇而食。　陸璣曰：薇，山菜也，莖葉似小荳，蔓

生，味如荳藿，亦可食。

其三

禮樂攻吾短㈠**，山林引興**去聲**長**㈡**。掉頭紗帽側，曝背竹書光**㈢**。風落收松子**㈣**，天寒割蜜房**㈤**。稀疏小紅翠，駐屐近**去聲**微香。**三章，見秋野可以自娱，承上「北山薇」來。首聯總提，短長二字另讀。掉頭二句，言檢身之疏，所謂短於禮樂也。風落四句，言野居之適，所謂山林興長也。或將山林領下六句，則起句無照應矣。紗帽側，指帽影斜側。竹書光，謂書映日光。兩句例看自明。

㈠《莊子》：禮樂之士敬容。攻，治也。

㈡《莊子》：入山林，觀天性。

㈢黄生注：三四與「吟詩坐回首，隨意葛巾低」正可參看。《莊子·在宥篇》：雀躍掉頭。紗帽，見「管寧紗帽静」注。《隋書》：獨孤信舉止風流，曾風吹帽簷側，觀者塞路。《秦國策》：暴背而耨。《晉書》：荀勗領秘書監，汲郡冢中得竹書。趙注：竹書，竹簡之書。

㈣《列仙傳》：偓佺好食松實，以松子遺堯，堯不暇服也。時受服者，皆至二三百歲。

㈤洙曰：蜜房，蜂房也。班固《終南頌》：蜜房溜其巔。左思《蜀都賦》：蜜房郁毓被其阜。

其四

遠岸秋沙白，連山晚照紅㈠**。潛鱗輸駭浪**㈡**，歸翼會高風**㈢**。砧響家家發**㈣**，樵聲箇箇同。**

飛霜任青女㊄，**賜被隔南宫**㊅。四章，見秋野無羡於榮禄，承上山林興來。首句秋景，次句晚景。三四俯仰所見，五六遠近所聞，每句各兼秋晚兩意。末嘆寒色凄涼，山林與廊廟判隔矣。輪，如輪送之輪，是逐浪而去。會，如際會之會，是順風而回。《杜臆》：南宫之賜被已隔，則飛霜聽之青女而已。

㊀王勃詩：浦樓低晚照，鄉路隔風烟。

㊁《南都賦》：川瀆則箭馳風疾，長輪遠逝。注：輪，瀉也，是瀉去之義。《江賦》：駭浪暴灑，驚波飛薄。

㊂張翰曰：如歸翼得高風，翺翔投林中。魏文帝詩：適與飄風會。

㊃謝惠連詩：櫩高砧響發。

㊄《淮南子》：秋三月，青女出以降霜。高誘注：青女，天神，主霜雪。

㊅《漢舊儀》：郎官給青縑白綾被，或錦被。《後漢書》：藥崧家貧，爲郎，常獨直臺上，無被枕杫，帝聞而嘉之，詔給帷被皂袍。

其五

身許麒麟畫，**年衰鴛鷺群**。**大江秋易**音異**盛**，**空峽夜多聞**。**徑隱千重**平聲**石**，**帆留一片雲**。**兒童解**侯買切**蠻語**，**不必作參軍**㊀。末章，身在秋野，而自傷留滯也，承上隔南宫來。上二，客夔之故，下皆對景述情。老别鴛班，徒負許身初志，唯有卧病江峽而已。秋易盛，浪高水漲。夜多聞，風怒獸號。徑隱石，避地已深。帆片雲，歸航在望。五六，分頂峽江，而意却注下。《杜臆》：末歎客巴日久，語帶謔詞。

㊀《世説》：郝隆爲蠻府參軍，上巳日作詩曰：「娵隅躍青池。」桓温問：「何物？」答曰：「蠻名魚爲娵隅。」温曰：「何爲作蠻語？」隆曰：「千里投公，始得蠻府參軍，那得不蠻語也。」

前三章，叙日間景事。第四章，則自日而晚。末一章，則自晚而夜矣。凡杜詩連叙數首，必有層次安頓。

課小豎鋤斫舍北果林枝蔓荒穢净訖移牀三首 一云《秋日閒居三首》

鶴注：當是大曆二年瀼西作。陶潛詩：晨興理荒穢。《杜臆》：牀，藜牀也。公《視園》詩「衰年動覓藜牀坐」可證。

病枕依茅棟，荒鉏净果林。背音悖**堂資僻遠**㊀**，在野興**去聲**清深。山雉防求敵**㊁**，江猿應獨吟**㊂**。洩雲高不去**㊃**，隱**去聲**几亦無心**㊄**。**首章，叙舍北果林之事，情與景會。黄生注：題雖長，只是鋤荒移牀二事。上四寫題面，下四發題意。牀向北，取其僻遠。穢盡除，興覺清深矣。看雉聽猿，憑几對雲，總見静寂幽閒之趣。雉性善鬬，見求敵則防。猿本群嘯，聞獨吟則應。《杜臆》：

洩雲不去，此無心出岫者，公之隱几而視，亦同一無心也。

㈠《詩》：言樹之背。　注：背，北堂也。

㈡《射雉賦》：伊義鳥之應敵。　徐爰注：雉見敵必戰，不容他雜。

㈢獨吟，指猿。　張裁《叙行賦》：聽玄猿之夜吟。

㈣左思賦：窮岫洩雲。

㈤《莊子》：東郭子綦隱几，嗒然似喪其耦。　《歸去來辭》：雲無心以出岫。

其二

衆壑生寒早㈠，長林卷霧齊㈡。青蟲懸就日，朱果落封一作成泥㈢。薄俗防人一作狸面㈣，全身學《馬蹄》㈤。吟詩重義從平聲，讀用去聲。一作坐回首，隨意葛巾低㈥。　次章，言舍北朝景，有絶人避世之意。　壑當秋，故寒早。　曉將晴，故霧捲。　蟲懸果落，俱從穢浄後見之。　《杜臆》：防人面，恐招尤也。　學馬蹄，唯率真也。　葛巾低，謂行吟自適，無所係累。　蟲之懸樹者，向就日光。果之隕落者，封埋泥土。　以封對就，俱係活字。　或以封泥爲高士，或謂接樹者用泥封，俱誤。

㈠沈佺期詩：群峰迴衆壑。

㈡江逌詩：長林悲素秋。

㈢梁簡文帝詩：珠概雜青蟲。　李白詩：于焉摘朱果，兼得養玄牝。　古史：就之如日。　此就字所本。《西京雜記》：用紫泥封印。　此封字所本。

㊃《廣絶交論》：馳騖之倫，澆薄之俗。《盧思道集》：居家則人面獸心，不孝不義。

㊄《詩序》：思全身遠害。《莊子・馬蹄篇》：馬蹄可以踐霜雪，毛可以禦風寒，齕草飲水，翹足而陸，此馬之真性也。及受制於人，則死者過半矣。

㊅葛巾，用陶潛事。

邵經邦曰：「暗牖懸蛛網，空梁落燕泥」，古今以爲佳句，余恨其慘澹淒涼，類鬼仙語，宜乎其罹害也。不若「青蟲懸就日，朱果落封泥」，穠麗閒雅，景象自別。

黄生曰：《揚子法言》云：貌則人，心則獸。《莊子，馬蹄篇》云：至德之世，同與禽獸居，族與萬物並，惡乎知君子小人哉。此言薄俗人心叵測，惟以渾同之道處之，庶可全身遠害。上句以人面影獸心，下句以篇題括篇意，如此用事，真出神入化矣。又曰：觀此二詩，則知此地人情之薄，不及浣花鄰曲多矣，故《遺悶》詩有云：「異俗吁可怪，斯人難並居。」

其三

籬弱門何向，沙虚岸只一作自**摧。日斜魚更食**㊀**，客散鳥還來。寒水光難定，秋山響易**音異**哀。天涯稍曛黑**㊁**，倚杖獨**一作更**徘徊。**三章，言舍北晚景，有隨寓而安之意。三四，薄暮近景。五六，深秋遠景。《杜臆》：籬門不整，沙岸任頹，魚鳥忘機，山水成趣，故樂之而不知倦。更食，魚飢再食也。還來，日夕鳥歸也。日漾水，故光難定。風落木，故響易哀。黄生注：籬弱門何向，以「沙虚岸只摧」也，上句因下句。倚杖之際，晚色可人，故徘徊而不忍舍。倚杖，應籬門。曛黑，應日斜。

㈠魚更食，即「分減及溪魚」意。

㈡謝靈運詩：朝遊窮曛黑。

顧宸曰：一章，言野僻雲高；二章，言霧收日霽；三章，言光寒日黑。此叙景章法也。一章，言無心；二章，言隨意；三章，言徘徊。此叙情章法也。一章，言隱几而望；二章，言吟詩而行；三章，言倚杖而立。此叙事章法也。三詩漸入漸深，絶不疊牀架屋。

黄生曰：前二詩，題事已訖，此首又野興清深之餘意也。掃除既畢，倚杖閒行，作者起居性情，至今如見，《詩歸》不顧本題而專取末章，於作者之意何存。

返照

鶴注：大曆二年瀼西作。

反照開巫峽，寒空半有無㈠。已低魚復暗，不盡白鹽孤㈡。荻岸如秋水㈢，松門似畫圖㈣。牛羊識僮僕㈤，既夕應傳呼㈥。 趙汸注：「寒空半有無」，此返照之景。首句出題，次句攝下。魚復卑而全暗，是半無；白鹽高而孤露，是半有。荻岸茫如秋水，是半無；松門映若畫圖，是半有。此時牛羊下山，各識僮僕之聲，而傳呼則應，此又夕照將暝之候也。巫山將暮，得返照而景色重開，起語卓然。　《杜臆》：中四寫影，各分有無之半。末二摹神，想入有無之間。工緻如此，真詩中有畫矣。

㈠《逸周書》：圛圛升雲，半有半無。

㈡已低，謂地勢低下。不盡，謂山尖猶見，未盡暗没也。

㈢黄注：荻岸如秋水，狀其拜風之勢，兼像色白也。

㈣《十道志》：松門峽，在夔州。

㈤《易》：得童僕貞。

㈥傳呼，牧人驅叱牛羊之聲。　漢樂府《病婦行》：傳呼丈人前一言。

一說：曰暗、曰孤、曰如、曰似，皆半無半有景色，此宜合看以會其意，不當分析以求其狀。

向夕

此是大曆二年冬瀼西作。　梁昭明太子詩：寒色向夕斂。

畎畝孤城外，江村亂水中。深山催短景同影**，喬木易**音異**高風**㈠**。鶴下**去聲**雲汀**一作河**近，雞棲草屋同**㈡**。琴書散明燭**㈢**，長夜始**去聲**堪終。**　黄生曰：此詩傷客居寥落，情寓景中。三四，衰疾之悲。五六，離索之感。藉琴書以消長夜，拈一始字，方露本意。　《杜臆》：冬日苦短，深山蔽之，其晷更促。歲寒多風，喬木惹之，其聲益悲。黄注：曰近、曰同，即麋鹿共爲群意。燭光散射於琴書，句用倒裝。

㊀《嘯賦》：青飈振乎喬木。

㊁《詩》：雞棲于塒。束晳《貧家賦》，有陋狹之草屋，無蔽覆之受塵。

㊂《楚辭》：蘭膏明燭。

天池

鶴注：此當是大曆二年秋瀼西作。《全蜀總志》：天池，在夔州府治東，巫山縣治亦有之。天池，山頂上有池也。天池字，亦見《莊子》。

天池馬不到，嵐壁鳥纔通。百頃青雲杪，曾同層波白石中㊀。鬱紆騰秀氣㊁，蕭瑟浸寒空㊂。直對巫山峽一作出，**兼疑夏禹功。**此記天池氣象。首二言高，百頃言闊，層波言清。騰氣在睛時，浸寒在陰時。對峽指其地，禹功歎其奇。

㊀《楚辭》：眇視目層波。《詩》：白石磷磷。

㊂陸士衡詩：鬱紆遊子情。王融《曲水序》：冠五行之秀氣。

㊂唐太宗詩：寒空碧霧輕。

魚龍開闢有，菱芡一作芰**古今同**一作豐。**聞道**去聲**奔雷黑**㈠，**初看**平聲**浴日紅**㈡。**飄零神女雨**㈢，**斷續楚王風**㈣。**欲問支機石**㈤，**如臨獻寶宫**㈥。此記天池景物。魚龍菱芡，池中所蓄。奔雷四句，言池前變態。支機二句，稱池間神境。

㈠郭璞詩：迅駕乘奔雷。

㈡《山海經》：羲和浴日於甘泉。

㈢宋玉《高唐賦》：暮爲行雨。

㈣又：楚襄王遊於蘭臺之宫，有風颯然而至。

㈤《荆楚歲時紀》：漢武帝令張騫使大夏尋河源，乘槎經月而至一處，見一女織，一丈夫牽牛飲河，織女取措機石與騫而還。措機石，爲東方朔所識。

㈥獻寶宫，見前「獻寶朝河宗」。

九秋驚雁序㈠，**萬里狎漁翁**一作樵童。**更是無人處，誅茅**一作勞**任薄躬**。此遊池而有感也。雁序漁翁，皆池邊所見者。誅茅而居，自歎久客夔州。此章前二段各八句，末段四句收。

㈠《南都賦》：結九秋之增傷。曹植詩：丹唇含九秋。

復愁十二首

鶴注：此當是大曆二年秋瀼西作。　時吐蕃寇邠、靈州，京師戒嚴，故有「萬國尚防寇」之句。　盧注：復愁者，前愁未已，後愁復至，非謂愁已釋而復生，公之愁懷，固未曾得放也。

人烟生處僻盧本作僻處，一作遠處，**虎跡過新蹄**㈠。**野鶻**一作鶴，又作鷂，晉作雉**翻窺草，村船逆上**上聲**溪**。首章，記瀼峽愁景。　烟僻，則居人少。跡新，則慮患多。鶻窺草，見求食之難。船上溪，見行舟之險。

㈠《水經注》：兩岸石上有虎跡甚多，或深或淺，皆悉成就自然。

其二

釣艇收緡盡㈠，**昏鴉**一作鷗**接翅稀**一作歸。**月生初學扇，雲細不成衣**㈡。次章，記薄暮愁景。　盧注：收緡盡，無魚可釣。接翅稀，孤飛少伴。月初生，不能普照。雲猶細，不能及物。此寫出無聊之況。　吳論：上二章，皆言景。

㈠《詩》：其釣維何，維緡伊絲。

㈡李義府《堂堂詞》：鏤月成歌扇，裁雲作舞衣。

其三

萬國尚戎馬一作防寇，**故園今若何？昔歸相識少，早已戰場多**㊀。三章，懷思故鄉而愁。

戎馬，謂吐蕃侵境。故園，指東都舊居。昔年暫歸而人少地殘，則今日更覺荒涼矣。《杜臆》：次句作問詞，下二乃答語。

㊀朱注：乾元初公自華州曾歸東都。

其四

身覺省郎在，家須農事歸。年深荒草徑，老恐失柴扉。四章，無家可歸而愁。承上章言，棄官則須歸農，乃草荒而田日蕪，扉失而居日廢，不復有鄉土之可依矣。吴論：上二章，皆言情。

其五

金絲鏤一作縷**箭鏃，皂尾製**一作掣**旗竿。一自風塵起，猶嗟行路難。**五章，洊經世亂而愁。箭飾金絲，旗裝皂尾，賊恃利器以作逆者。風塵十載，而歸路猶難，則愁緒真不能歇矣。吴論：此下五章，因亂後而作。

其六

胡虜何曾音層**盛，干戈不肯休。閭閻聽小子，談笑**一作話**覓封侯。**六章，人心好亂而愁。《杜臆》：定外寇易，定人心難，人競尚武，此干戈所以不息也。盧注：僕固懷恩恐賊平寵衰，奏留薛嵩等分帥河北，自爲黨援，此正干戈不肯休意。

其七

貞宋本避諱作正**觀**去聲**銅牙弩**㊀，**開元錦獸張**㊁。**花門小箭**一作前**好，此物棄沙場**㊂。　七章，借兵外蕃而愁。　國家兵仗雖精，而收功反在花門，慨利器不足恃，而虜性終難測也。　朱注：唐史：收東京時，郭子儀戰不利。回紇於黄埃中發十餘矢，賊驚顧曰：「回紇至矣。」遂潰。「花門小箭好」，此一證也。　安史之亂，皆藉回紇兵，以收復中國，勁弩反失其長技，公所以歎之。

㊀《唐六典注》：《釋名》：弩，怒也，有怒勢也。其柄曰臂，似人臂也。鈎弦曰牙，似牙齒也。牙外曰郭，爲牙之規郭也。合名之曰機。　《南越志》：龍川有營澗，常有銅弩牙流出水，皆以銀黄雕鏤，取之者祀而後得。　父老云：越王弩營處也。

㊁師氏曰：錦獸張，設射侯也。今按：侯畫熊羆，當時或以錦爲之耳。　舊注引《漢書》材官蹶張，又云：以手開者曰臂張，以足踏者曰蹶張。　或又引《尚書》虞機張，於張字不得其解，並錦繡亦少着落矣。　師氏之説當從。

㊂此物，即指弩張言。

其八

今日翔麟馬㊀，**先宜駕鼓車**音差㊁。**無勞問河北，諸將**去聲**角**樊作擢，一作覺**榮華**。　八章，諸將留鎮而愁。　郭子儀將略威名，足以懾服降將，今置之閑散，猶翔麟之馬，不用於戰陣，而先駕鼓車矣。彼河北諸將，競相角勝榮華，誰復起而問之乎。《秦州》詩云「仍殘老驌驦」，此云「今日翔麟馬」，皆惜子儀之不用。《有感》詩云「大君先息戰」，不當息而息也。此云「無勞問河北」，當問而不問也。俱屬諷詞。

㊀《唐·回鶻傳》：貞觀二十一年，骨利幹獻良馬百匹，帝取其異者，號十驥，皆爲美名，九曰翔麟紫。

㊁《漢書》：文帝以千里馬駕鼓車。

朱鶴齡曰：河北諸將，方以爵土競相雄長，朝廷雖有戰馬，安所用之。時降將羈縻，代宗專事姑息，公度非兵力所制，故云然耳。薛蒼舒謂公欲息兵休戰，失其旨矣。

羅大經曰：此詩言雖翔麟之馬，亦必先使之駕鼓車，由賤而後可以致貴。今諸將驟登貴顯，如馬之未駕鼓車，而遽駕玉輅，安於榮華，志得意滿，無復驅攘之志，河北叛亂，決難討除，無勞問也。又云：「雜虜橫戈數，功臣甲第高」，亦此意。

其九

任轉江淮粟，休添苑囿兵。由來貔虎士㊀，不滿鳳凰城㊁。九章，衛士糜餉而愁。朱注：言禁兵不必添設，但當轉運以實京師。末二，即天子有道，守在四夷意。代宗寵任朝恩，由是宦官典兵，卒以亡唐。公此詩所諷，豈徒爲冗兵慮哉。

㊀貔虎，注見前。

㊁鳳凰城，指長安。

盧元昌曰：當時漕運，取給江淮，故史有唐得江淮濟中興之語。劉晏均節賦役，歲運江淮米數十萬石，以給關中，若宿衛冗軍不裁，立見其匱也。此獨孤及有傾天下之財，給不用之兵等語。至唐制府兵，有爲兵之利，無養兵之害，田不井而兵藏於民，最爲近古。自張説建議，請召募壯士充宿衛，更番上下，兵農遂分，乃神策軍尤爲非古，時魚朝恩以神策軍屯禁中，分爲左右廂，居北軍右。公曰：「由來貔虎士，不滿鳳凰城。」隱述祖制，以諷時事。

其十

江上亦秋色，火雲終不移。巫山猶錦樹，南國且黃鸝。十章，氣候失平而愁。《杜臆》：江上秋色，正於錦樹見之，乃火雲猶在，而黃鸝且鳴，宜涼反熱，其堪耐乎。吴論：此下三章，仍説現前景事。

其十一

每恨陶彭澤，無錢對菊花㊀。如今九日至，自覺酒須賒。十一章，窮居寂寞而愁。對菊無錢，九日賒酒，公與淵明同一貧況。但陶則送酒有人，而公則獨酌杯中耳，意更寥落矣。

㊀檀道鸞《續晉陽秋》：陶潛九月九日無酒，於宅邊摘菊盈把。久之，望見白衣人，乃王弘送酒，便就酌而歸。

其十二

病減詩仍拙，吟多意有餘。莫看平聲**江總老，猶被**疑作佩**賞時魚**㈠**。**末章總結，藉吟詩以遣愁也。《杜臆》：吟多意有餘，所以寫其愁者，猶未盡矣。朱注：末言已年雖老，猶有江總銀魚之賜，則流落亦未足爲恨也。公嘗檢校員外郎，賜緋魚袋，故云。盧注：十二章，收結於此，蓋以望治之意，迫爲趨朝之想也。

㈠《玉海》：《蘇氏記》云：永徽以來，正員官始佩魚。開元八年九月，中書令張嘉貞奏，致仕及內外官五品以上，檢校試判及內供奉官，准正員例佩魚，自是恩制賞緋紫必兼魚袋，謂之章服。《齊書·謝朓傳》：蕭子隆在荆州，好辭賦，朓尤被賞。賞時魚，謂當時所賞之魚袋。《隨筆》云：唐職林魚帶門，叙金玉銀鐵帶及金銀魚袋云：開元敕，非灼然有戰功者，餘不得輒賞魚袋。

盧世㴶曰：此詩中五首，所論時事，詞氣淵然黯然，偏有雅人深致。

自瀼西荆扉且移居東屯茅屋四首

鶴注：公以大曆二年移居東屯，當是其時作。于㮚《東屯少陵故居記》：峽中多高山峻谷，地少平曠，東屯距白帝五里而近，稻田水畦，延袤百頃，前帶清溪，後枕崇岡，樹林葱蒨，氣象深秀，稱高人逸士之居。　陸游記：東屯李氏居已數世，上距少陵纔三易主，大曆初故券猶在。何宇度《談資》：工部草堂，在城東十餘里，尚有遺址可尋，止有一碑存數字，題《重修東屯草堂記》，似是元物。

白鹽危嶠北㊀，赤甲古城東。平地一川穩，高山四面同㊁。烟霜淒野日㊂，秔稻熟天風㊃。人事傷蓬轉，吾將守桂叢㊄。首章，叙移居之事。上四東屯地勢，五六東屯秋景，末點居屯之意。　後有《寄裴施州》詩云「幾度寄書白鹽北」，可見東屯在白鹽之北，赤甲之東矣。　「烟霜淒野日」，下半句因上。「秔稻熟天風」，上半句因下。　顧注：公自冬寓夔之西閣，再遷赤甲，三遷瀼西，今又還東屯。一歲四遷，不啻如飄蓬之轉，故欲守此而不移也。

㊀邵注：山峻而高曰嶠。

㊁謝靈運《詩序》：石門新營所住，四面高山。

㊂周王褒詩：庭昏野日黄。

㊃秔稻，粳米也。

㊄劉安《招隱士》：桂樹叢生兮山之幽。　曰桂叢，時蓋八月矣。

其二

東屯復扶又切瀼西，一種上聲住清溪㊀。來往皆一作兼茅屋，淹留爲去聲稻畦。市喧宜近去聲利㊁，林僻此無蹊㊂。若訪衰翁語，須令平聲賸客迷㊃。次章，寫居屯之故。　東西兩舍，總在清溪，今特移屯者，一爲穫稻而來，一爲避喧而至也。過客易迷，言地僻不減桃源。

㈠一種，一樣也。

㈡市喧，指瀼西，公詩「市暨瀼西頭」可證。《易·巽》：爲近利市三倍。庾信賦：晏嬰近市，不求朝夕之利。

㈢曹植詩：欲還絶無蹊。

㈣陸機詩：避賞愧賸客。賸，多也。

其三

道北馮都使去聲㈠，**高齋見一川**㈡。**子能渠細石，吾亦沼清泉**㈢。**枕帶**一作席**還相似**㈣，**柴荆即有焉**㈤。**斫畬**音餘**應**平聲**費日**㈥，**解纜不知年**㈦。三章，叙東屯鄰居之勝。都使高齋，隔川望見，故彼渠此沼，共在一川。朱注：林泉枕帶，兩家相似，故柴門之外，即可兼而有之。斫畬種植，應費時日，則解纜而去，正未有期也。

㈠北道，謂東屯之北。

㈡陸游《少陵高齋記》：少陵居夔三徙居，皆名高齋。其詩曰次水門者，白帝城之高齋也；曰依藥餌者，瀼西之高齋也；曰見一川者，東屯之高齋也。故又曰「高齋非一處」。今按：「高齋見一川」，緊接「道北馮都使」，則高齋當屬馮氏之居。大約集中高齋，有就他人言者，如「高齋坐林杪」，是白水崔少府之齋；有就自己言者，如「高齋常見野」，是梓州所寓之居。此皆可證。

㊂趙汸云：渠之沼之，實字作活字用。遠注：細石通渠，清泉作沼，兩句用倒裝法。

㊃《北史》：韋夐淡於營利，所居之宅，枕帶林泉，對玩琴書，蕭然自遠。

㊄申涵光曰：「柴荆即有焉」，不成句法。

㊅薛夢符曰：荆楚多畬田，先縱火燒爐，候經雨下種。蓋田歷三歲，土脈已竭，不可復樹藝，故須燒榛以肥其土。《爾雅》：田三歲曰畬。劉夢得《竹枝歌》：長刀短笠去燒畬。揚雄《太玄經》：徒費日也。

㊆謝靈運詩：解纜候前侶。

其四

牢落西江外㊀，**参**初簪切**差**此兹切**北户間**㊁。**久遊巴子國**吴作宅㊂，**卧病楚人山**。**幽獨移佳境**㊃，**清深隔遠關**㊄。**寒空見鴛鷺**，**迴首憶**一作想**朝**音潮**班**㊅。末章，見東屯不可久居。《杜臆》：牢落参差，終非娱老之地，但以卧病旅中，取其幽獨清深，以自休息耳。及見鴛鷺翔空，則又想朝班行列，公於用世之志，終未忘歟。

㊀牢落，寥落也。

㊁顧注：公之北户，與馮都使居，参差相對。

㊂巴子國，夔州也。

㊃謝靈運詩：幽獨賴鳴琴。

㈤《入蜀記》：瞿唐關西門，正對灔澦堆，自關而東即少陵東屯故居。

㈥黄生曰：鴛鷺不列於朝，忽從寒空見之，猛然不堪回首。

社日兩篇

鶴注編在大曆二年夔州作，以詩有絶塞、峽中句也。　顧注：社有春秋二社，詩言北雁秋風，知爲秋社作也。　《左傳》：共工氏有子曰勾龍，能平水土，故祀以爲社。

九農一作秋豐**成德業，百祀發光輝**㈠。**報效神如在**㈡，**馨香舊不違**㈢。**南翁巴曲醉**㈣，**北雁塞聲微**㈤。**尚想東方朔，詼諧割肉歸**㈥。　首章，見社祭而思家。　農事告成，故社祀皆舉。　報效，言致祭之誠。　馨香，言祭品之潔。　南翁北雁，對社時而懷故鄉。　東方割肉，因社事而念頒賜也。

㈠顧注：扈，水鳥也。　扈有九種，以九扈爲九農之號，各隨其事，以教民事。　百祀，即社祭。　穀非土不生，故報祭於社神。　光輝，言祭之盛也。　《左傳》：少皞氏以九扈爲九農。　《史記·秦紀》：山川百祀之禮。

㈡江總碑文：思曷深於報效。　謝朓《送神歌》：敬如在，禮將周。

㈢《書》：至治馨香。　又：黍稷非馨，明德惟馨。　不違，祭不失時。

㈣南翁，指老人之與祭者，因醉而歌巴渝之曲。顧注：南翁，即南公。《項籍傳》注：南方之老人也。

㈤秋時北雁南來，曰塞聲微者，憐其遠飛而力竭矣。或云借言音書斷絶，即所謂「北書不至雁無情」。

㈥《東方朔傳》：伏日詔賜從官肉，朔拔劍割肉，謂同官曰：「伏日當早歸，請受賜。」即懷肉去。大官奏之，詔朔自責。朔曰：「拔劍割肉，一何壯也。割之不多，又何廉也。歸遺細君，又何仁也。」《西溪叢語》：此詩詠諧割肉，社日用伏日事，蘇黄皆以爲誤。按《史記·諸侯年表》，古者止有春社，秦德公二年，始用伏日爲秋社，磔狗四門以禦災蟲。社乃同日，至漢方有春、秋二社，與伏分也。《漢·叙傳》：東方贍辭，詼諧倡優。

其二

陳平亦分肉，太史竟論平聲功㈠。今日江南老㈡，他時渭北一作水童。歡娱看平聲絶塞，涕淚落秋風。鴛鷺迴金闕㈢，誰憐病峽中。次章，引社事以誌感。《杜臆》：言當此社日，如陳平分肉一事，太史竟以此論功。今日江南之老，即當時渭北之童，乃功業無成，不如曲逆，所以看歡娱而不覺灑涕也。此時金闕諸臣，分肉而迴，又誰憐峽中病客耶。

㈠首句亦字，承上文來。《杜臆》：太史公論陳平云：「當割肉俎上時，意已宏遠矣。」又謂以功名終稱賢相，此即所謂太史論功也。舊注引陸機語：「社之日至，太史占事。」於此不合。

㈡江南，峽江之南。

㊂金闕，天子象魏也。　張正見詩：金闕銀臺相向來。　東方之遇漢武，曲逆之逢高祖，遭際盛時，名傳千古。　公以三朝遺老，流落江濱，因社日而追論前賢，慨古傷情，其自負原不淺也。

杜詩有首尾聯絡，兩章如一章者，如《散愁》詩，前以司徒收結，後以尚書接起。《社日》詩，前以方朔收結，後以陳平接起，皆章法之最巧者也。

八月十五夜月二首

《杜臆》：當屬大曆二年瀼西作，與《玩月》、《對月》兩章，蓋一時所作也。

滿目飛明鏡，歸心折大刀㊀。**轉蓬行地遠，攀桂仰天高**㊁。**水路疑霜雪，林棲見羽毛。此時瞻白兔**㊂，**直欲數**所主切**秋毫**㊃。　此咏中秋之月。　明鏡喻月，刀環思歸。　三四承歸心，下四承明鏡。　顧云：歸心如大刀之折，恨不能還也。　蓬桂，皆秋時物。　行地遠，在夔州。　仰天高，望長安。　霜雪羽毛，皆寫月色之明。　秋毫，即指兔毫，蓋因月中之兔，想見地下之兔也。

㊀古樂府：藁砧今何在，山上復有山。　何當大刀頭，破鏡飛上天。　吳競《解題》：藁砧，砆也。　重山，出也。　大刀頭，刀頭有環，問夫何時當還也。　破鏡飛上天，言月半缺當還也。　趙汸注：以環爲

還，猶言放臣待命境上，賜環則返。

㊁李德林詩：月桂近將攀。　棗據詩：仰攀桂樹杪。

㊂《天問》：月中何有？　玉兔搗藥。

㊃胡夏客曰：毫毛同押，微覺有礙。

其二

稍下去聲**巫山峽，猶銜白帝城。氣沉全浦暗㊀，輪仄半樓明。刁斗皆催曉㊁，蟾蜍且自傾**一作清㊂。**張弓倚殘魄㊃，不獨漢家營。**此咏將曉之月。上四，月下之景。下四，月下感時。月傍山頭，光氣沉而全浦皆暗，浦在山下也。月射城西，輪影側而半樓尚明，樓居城上也。時將達旦，軍士猶張弓而仰殘月，蓋竟夜防警矣。　末見軍旅非一處也。

㊀全浦，魚復浦也。

㊁刁斗，以銅爲之，軍中警夜者。孟康曰：晝炊飯食，夜擊持行。

㊂《五經通義》曰：月中有兔與蟾蜍，何也？　月，陰也；蟾蜍，陽也，而與兔並明，陰繫於陽也。

㊃《老子》：天之道其猶張弓乎？　朱注：此倚字，即「長劍倚天外」之倚。　《記》：月者，三日成魄。

十六夜玩月

舊挹金波爽，皆傳玉露秋。關山隨地闊㊀，河漢近去聲人流㊁。谷口樵歸唱，孤城笛起愁。巴童渾平聲不寐，半夜有行舟㊂。首從十五形起。舊，指昨宵。秋，指中秋。三四，月下所見。五六，月下所聞。末見行舟而思出峽也。月光普照，故與關山俱闊。天河秋皎，儼若傍人而流。上句承月，下句承秋。或云河漢得月而倍明者，非，月明則天河光掩矣。樵歸而唱，笛起含愁，上四字一讀，下一字另讀。

㊀黄希曰：公於詠月詩，多用關山字，如曰「關山空自寒」、「關山同一照」，蓋因古樂府有《關山月》也。

㊁秦曰：夔州地高，去河漢爲近。

㊂月色明，故見舟行。陰鏗詩：行舟逗遠林。

胡應麟曰：咏物起自六朝，唐初沿襲，雖風華競爽，而獨造未聞。唯杜公諸作，自開堂奥，盡削前規，如題咏月，則「關山隨地闊，河漢近人流」。咏雨，則「野徑雲俱黑，江船火獨明」。咏雪，則「暗度南樓月，寒深北渚雲」。咏夜，「則重露成涓滴，稀星乍有無」。皆精深奇邃，前無古人，後無來者。然格則瘦勁太過，意則寄寓太深，他鳥獸花木等，多雜議論，尤不易法。

十七夜對月

鶴注編在大曆二年瀼西作，以詩内有茅齋句也。

秋月仍圓夜，江村獨老身。捲簾還照客，倚杖更隨人㊀。**光射**音石**潛虬**一作蚪**動**㊁，**明翻宿鳥頻**㊂。**茅齋依橘柚，清切露華新。**秋月仍圓，喜其未缺。江村獨老，不覺淒然矣。下六句，自近而遠，自遠而近，皆寫出江村月下之景，皆寫出老身對月之情。盧云：照客隨人，正映獨老之身。遠注：仍字、還字、更字，俱照十七夜言。黄生注：結以清切字綰題，以茅齋字見捲簾倚杖所在，作法周密。

㊀朱超詩：惟餘故樓月，遠近必隨人。

㊁邵注：潛蚪，無角龍也。《蜀都賦》：下高鵠，出潛蚪。謝靈運詩：潛蚪媚幽姿。

㊂洙曰：宿鳥出《文選》。

曉望

鶴注：當是大曆二年東屯作。

白帝更平聲**聲盡，陽臺曙色分**㊀。**高峰寒上**上聲。一作初上。《杜臆》作上寒**日**㊁，**疊嶺宿霾**一作未收雲㊂。**地坼江帆隱**㊃，**天清木葉聞**㊄。**荆扉對麋鹿**㊅，**應**平聲**共爾爲群**。上二，將曉之候。中四，曉望之景。末乃對景感懷也。「高峰寒上日」，猶《東屯》詩言「霜烟淒野日」。寒作活字用，與宿字相稱。張溍謂高峰寒氣直逼初上之日，是也。黄生注：地坼岸高，故江帆隱伏。風静天清，故葉落聞聲。二語寫景精妙。末有超然物外之意。

㊀宋玉《神女賦》：陽臺之下。　梁簡文詩：曙色始成霞。

㊁又：密房寒日晚。

㊂謝靈運詩：巖峭嶺稠疊。

㊃《魯仲連傳》：天崩地坼。　陽慎詩：江帆得分行。

㊄吴均詩：天清明月亮。　《楚辭》：洞庭波兮木葉下。

㊅沈約詩：荆扉新且故。　《莊子》：神農之世，民與麋鹿共處。《廣絶交論》：耿介之士，歡與麋鹿

同群。

胡應麟曰：盛唐句法渾涵，如兩漢之詩，不可以一字求，至老杜而後句中有奇字爲眼，才有此句法，便不渾涵。昔人謂石之有眼，爲研之一病，余亦謂句中有眼，爲詩之一病，如「地坼江帆隱，天清木葉聞」，故不如「地卑荒野大，天遠暮江遲」也；如「返照入江翻石壁，歸雲擁樹失山村」。故不如「藍水遠從千澗落，玉山高並兩峰寒」也。此最詩家三昧，具眼自能辨之。

日暮

鶴注：當是大曆二年瀼西作。

牛羊下去聲**來久**或作夕㊀**，各已閉柴門。風月自清夜**㊁**，江山非故園。石泉流暗壁**㊂**，草露滴**一作滿**秋根**一作原㊃。**頭白燈明裏，何須花燼繁**㊄。上二，日暮之事。三四，思故鄉也。五六，日暮之景。末二，感衰年也。本是「暗泉流石壁，秋露滴草根」，却用顛倒出之，覺聲諧而句警。《杜臆》：風月一聯，意極悲涼。結意尤爲悽惋。公志在濟時，而傷於頭白，反怪燈燼繁開，與「待爾嗔烏鵲」同意。

㊀《詩》：日之夕矣，羊牛下來。

㈡《南史·褚彦回傳》：初秋涼夕，風月甚美。

㈢《楚辭》：飲石泉兮蔭松柏。《北山移文》：石泉咽而下愴。

㈣王粲詩：草露沾我衣。 沈約詩：草根滴露霜。

㈤世俗謂有喜事則燈結花。

黄生曰：五六抽换，可得四聯，此轆轤句也。公意中以歸朝爲喜，今頭白如此，而歸朝無日，何用燈花虚兆爲，末聯工於鍊句。若云「自顧頭如雪，燈花不用繁」，便直而少致矣。

劉逴曰：五言律詩，在盧、駱、王、楊，多失粘者，後惟陳拾遺《晚次樂鄉》，李翰林《登新平樓》而已，盛唐諸家，無失一焉。若拗句則時或有之。起聯，如「二月湖水清，家家春鳥鳴」，如「人事有代謝，往來成古今」，如「暮聲雜初雁，夜色涵早秋」。中聯，如「風月自清夜，江山非故園」，如「江山有巴蜀，棟宇自齊梁」，如「離堂思琴瑟」，如「還家劍鋒盡」，如「漸與骨肉遠，轉於僮僕親」。結聯，如「明朝有封事」，如「還逢赤松子」。又如子美《送遠》，如摩詰《送源長史》，如孟襄陽《裴司士見尋》，皆有拗句，然諧和鏗鏘，殊不聱牙，後學所宜留心者。

暝

當是大曆二年東屯作。

日下去聲四山陰，山庭嵐氣侵㈠。牛羊歸徑險，鳥雀聚枝深。正枕當星劍㈡，收書動玉琴㈢。半扉開燭影，欲掩見清砧㈣。牛羊鳥雀，是山暝，屬外景。當劍動琴，是庭暝，屬内景。末二，則寫全暝之候矣。四山，東屯四面皆山也。險字、深字，俱從暝字想出。遠注：正枕而誤當劍，收書而誤動琴，以室暝故耳。既夕應傳呼，於無形處想出有聲。欲掩見清砧，於無聲處描出有影。摹夜景入細如此。

㈠謝莊《宣貴妃誄》：山庭侵日。謝靈運詩：夕曛嵐氣陰。

㈡《越絶書·寶劍篇》：觀其鈲，爛如列星之堂。觀其光，如水溢於塘。《吴越春秋》：此吾前君之劍，中有七星。

㈢江淹《畫扇賦》：玉琴兮珠徽。《琴賦》：徽以荆山之玉。

㈣劉庭芝《擣衣篇》：盼青砧兮悵盤桓。

黄生曰：前景後事，終篇不露己意，此即景遣興之作也。又曰：公筆能鉅能細，鉅則函蓋乾坤，細乃析分絲理。如五六叙瑣事，極其精工，晚唐人自宜拱手而服，以其鍊字大方故也。

晚

當是大曆二年東屯作，故有耕稼之句。

杖藜尋巷晚一作晚巷㈠，炙背近去聲牆暄。人見幽居僻，吾知拙養尊。朝音潮廷問府主㈡，耕稼學山村。歸翼飛棲定㈢，寒燈亦閉門。首記薄晚之事，末記薄晚之景，中乃自叙己情。僻則與世無關，尊則自得其趣。朝問府主，耕學山農，見野人不豫國事矣。末言與物偕息，寫出優游自在之意。黄生注：初貪曝背，傍晚始歸，起二用倒裝。幽居承上，拙養起下。末句燈字，應巷晚。寒字，應牆暄。詩律之細，宜公自道也。

㈠《莊子》：原憲杖藜而應門。

㈡邵注：府主，太守也。《晉書·孫楚傳》：參軍不敬府主。

㈢曹植詩：歸鳥赴喬林，翩翩厲羽翼。庾信詩：鳥寒棲不定。

夜

鶴注：當是大曆二年作。

絶岸風威動㈠，寒房燭影微。嶺猿霜外宿㈡，江鳥夜深飛。獨坐親雄劍㈢，哀歌歎短衣㈣。烟塵繞閶闔㈤，白首壯心違㈥。猿宿鳥飛，承風威，此夜中景。獨坐哀歌，承燭影，此夜中事。末承三聯，傷暮年不能靖亂也。《杜臆》：嶺猿不啼，畏風而宿，江鳥不宿，畏風而飛，皆夜景之可悲者。親雄劍，尚思救世。歎短衣，不能庇身矣。鶴注：大曆二年九月，吐蕃寇靈州、邠州，郭子儀屯涇陽，京師戒嚴，故有末二語。

㊀木華《海賦》：絶岸萬丈。《蕪城賦》：蔌蔌風威。

㊁江總詩：蘆花霜外白。

㊂《史記·孟子傳》：惠王屏左右，獨坐而再見之。《列士傳》：楚王命鏌邪鑄雙劍，一雌一雄。

㊃左思詩：哀歌和漸離。《淮南子》：甯戚飯牛車下，擊牛角而爲商歌曰：「南山粲，白石爛。短布單衣適至骭。長夜漫漫何時旦！」《史記》：叔孫通服短衣。

㊄蔡琰《胡笳》：烟塵蔽野兮胡虜盛。《水經注》：魏明帝上法太極，在洛陽南，起太極殿於漢崇德殿故處，改雉門爲閶闔門。

㊅樂府詞：烈士暮年，壯心不已。

九月一日過孟十二倉曹十四主簿兄弟

鶴注：此大曆二年寒露日作。孟居與公舍相近，不在城市中。《通典》：兩漢有倉曹吏，主倉庫。唐京兆、河南、太原三府，置倉曹參軍各二人，餘各一人。

藜杖侵寒露，蓬門起舊作啟**曙烟。力稀經樹歇，老困撥書眠。秋覺追隨盡**㊀**，來因孝友**

偏㈡。**清談見滋味**㈢，**爾輩可忘年**㈣。上四叙事，言過訪之誠。下四叙情，言訪孟之故。　黄注：寒露雖點曙色，亦見此日正交此節也。前詩言「讀書秋樹根」，故知經樹、撥書，皆指孟園中。公因其孝友，故偏與追隨，不覺一秋將盡，二句乃倒裝。　清談見滋味，有德且有言也。　作蓬門啟，是門啟。作起曙烟，是起烟。以上句例之，作起爲當。

㈠何遜詩：歷稔共追隨。

㈡《詩》：張仲孝友。　黄注：地一隅曰偏，人一意亦曰偏，言不他往也。公詩好用偏字。

㈢《東漢書》：孔公緒清談高論，噓枯吹生。　《文心雕龍》：滋味流於字句。

㈣《後漢書》：禰衡始弱冠，孔融年四十，與爲忘年交。

孟倉曹步趾領新酒醬二物滿器見遺去聲老夫

鶴注：當是大曆二年秋作。　黄生注：製題即見手法，二物係新成，兼又滿器，且自領而來，皆深荷來客之意。　劉楨詩：步趾慰我身。

楚岸通秋屐，胡牀面夕畦㈠。**籍**一作藉**糟分汁滓**㈡，**甕醬落提攜**㈢。**飯糲**音辣**添香味**㈣，**朋來有醉泥**㈤。**理生那免俗**㈥，**方法報山妻**㈦。通屐而來，面畦遥見，叙出步趾親領，誌其意之誠。

酒可醉朋，醬多流落，又叙滿器見遺，言其情之厚。末則兼美製法之精也。　黄注：起聯，賓主對叙。　洪注：此詩前新後趣，中四不嫌樸拙。

㊀魏裴潛爲兖州太守，嘗作一胡牀，及其去，留以掛柱。

㊁枕麴籍糟，出劉伶《酒德頌》。此對甕醬言，籍乃漉酒之具。稽康《哀樂論》：簁酒之囊，笮具不同。楊慎曰：古書中笮具僅見此。笮或作醡，俗字也。或以分汁滓爲分惠，非也。竹牀笮酒，分出汁滓，其清汁爲酒，濁滓則糟也。《周禮》醴齊注云：醴，猶體也，成而汁滓相將。邵注：即今之甜酒。

㊂《周禮》：醬用一百二十甕。此甕醬所本。　凡新醬入甕，有時浮溢，故提攜而來，常有旁落者。

㊃《司馬遷傳》：堯舜糲粱之食。

㊄《漢官儀》：一日不齋醉如泥。謂醉後頽倒如泥。舊注謂：泥乃東海蟲名，得水則活，失水則醉，恐屬臆説。公詩有云「組練去如泥」，亦可云海蟲乎？

㊅《抱朴子》：退則參陶白之理生。　《世説》：阮咸曰：「未能免俗，聊復爾耳。」

㊆《高士傳·陳仲子贊》：楚相敦求，山妻了算。

送孟十二倉曹赴東京選去聲

鶴注：當是大曆二年作。《唐志》：太宗時以歲旱穀貴，東人選者，集於洛州，謂之東選。洛，即東京也。殆自此爲例，故至大曆年間猶然。　公大曆元年至夔，常與孟倉曹兄弟往還，賦「孟氏好兄弟」是也。

君行別老親，此去苦家貧㈠。**藻鏡留連客**㈡，**江山憔悴人**㈢。**秋風楚竹冷**㈣，**夜雪鞏梅春**㈤。**朝夕高堂念，應**平聲**宜綵服新。**親老家貧而赴選。上四，寫孝子之心，春秋朝夕之繫念。下四，説慈親之意。只現前尋常語，而關於至性，讀之悱惻入情。　銓部鑒別人材，故曰藻鏡。楚竹，去夔之時。鞏梅，到京之日。末聯，十字成句。

㈠《韓詩外傳》：曾子曰：「吾初爲吏，禄不及釜，尚欣欣而喜者，非以爲多也，樂其逮親也。既没之後，吾嘗南遊於楚，得尊官焉。堂高九尺，傳車百乘，然猶北面而涕泣者，非爲賤也，悲不逮親也。故家貧親老，不擇禄而仕。」

㈡《晉書》：太康四年制曰：藻鏡銓衡。　《易林》：貴貨賤身，久留連客。

㈢《後漢・逸民傳》：憔悴江海之上。

㈣周弘正詩：齊紈將楚竹，從來本相遠。

㈤何遜與范雲連句詩：洛陽城東西，却作經年别。昔去雪如花，今來花似雪。　夜雪鞏梅，本此。《唐書》：鞏縣，屬東都河南府。

憑孟倉曹將書覓土婁舊莊

鶴注：公以乾元戊戌冬往洛陽，次年春歸華州，至大曆二年丁未，爲十載。土婁，河南地名。公昔居偃師，舊莊在焉。時孟倉曹赴東都，故託以訪問舊莊。

平居喪去聲**亂後**㊀**，不到洛陽岑。爲**去聲**歷雲山問**㊁**，無辭荆棘深**㊂**。北風黄葉下**去聲**，南浦白頭吟**㊃**。十載**上聲**江湖客**㊄**，茫茫遲暮心。**首二舊莊，三四憑孟，五六别時景，七八將書意。

《杜臆》：末云遲暮心，蓋有丘首之思。

㊀《詩》：喪亂既平。

㊁蔡琰曲：雲山萬重兮歸路遐。

㊂《道德經》：師之所處，荆棘生焉。

㊃《楚辭》：交余手兮東行，送美人兮南浦。《别賦》：送君南浦，傷如之何。時在魚復浦也。

㊄《吕氏春秋》：中牟子身在江湖之上。

簡吴郎司法

遠注：大曆二年，公移居東屯，以瀼西草堂，借吴寓居，而簡之也。《杜臆》：此即用詩當簡。　顧注：吴必公之姻婭，故稱爲郎，親之也。　朱注《唐書》府州各有司法參軍事。

有客乘舸自忠州㊀，遣騎去聲**安置瀼西頭。古堂本買藉疏豁，借汝遷居停宴遊。雲石熒熒高葉曙**一作曉㊁**，風江颯颯亂帆秋**㊂**。却爲姻婭過逢地**㊃**，許坐曾同曆軒數**所角切**散愁**㊄**。**

此章爲吴郎借居而作也。乘舸而至，遣騎往迎，見賓主之情。昔藉疏豁，今停宴遊，以借居故也。五六，疏豁之景。七八，遷居後事。　遠注：次聯，上四字連讀，下三字另讀。　顧注：雲石之間，光彩閃動，以高葉當曙也。風江之上，氣象肅森，以亂帆逢秋也。　此本公堂，欲坐軒而散愁，反問吴見許，此相謔之詞也。

㊀忠州，本古巴地，今屬四川重慶府。

㊁湛茂之詩：離離插天樹，磊磊間雲石。　秦嘉詩：熒熒華燭。

㊂柳惲詩：颯颯避霜葉。

㊃《詩》：瑣瑣姻婭。《爾雅》：婦之父母，壻之父母，相謂爲婚姻，兩婿相謂曰婭。

㈤繁欽《暑賦》：蒸我層軒。《杜臆》：堂爲吴之内室，故欲坐於層軒。

又呈吴郎

鶴注：此與前篇一時作。

堂前撲棗任西鄰㈠，無食無兒一婦人㈡。不爲去聲**困窮寧有此，祗緣恐懼轉須親㈢。即防**一作知**遠客雖多事㈣，便**一作使**插疏籬却任**一作甚**真㈤。已訴徵求貧到骨㈥，正思戎馬淚盈巾。**此章告以恤憐之道也。上四憫鄰婦，下四諭吴郎。「無食無兒一婦人」句，中含四層哀矜意，通章皆包攝於此。三言宜見諒其心，四言當曲全其體。婦防客，時懷恐懼。吴插籬，不憐困窮矣。訴徵求，述鄰婦平日之詞。思戎馬，念亂離失所者衆也。

㈠陶潛詩：桃李羅堂前。《詩》：八月剥棗。毛注云：剥，擊也。陸德明音普卜切，正是撲也。《容齋隨筆》曰：王安石作《詩新經解》：剥棗云剥者，剥其皮而進之，所以養老也。後從蔣山郊步至民家，問其翁安在。曰：「去撲棗。」始悟前非。甚矣，注書之難也。《漢書》：王吉居長安，東家有大棗樹，垂吉庭中，吉婦取棗以啖吉，吉知之乃去婦。庾肩吾啟：池通西舍之流，窗映東鄰之棗。西鄰，見《易·既濟》。

㈡賈誼《新書》：大禹曰：「民無食也，則我弗能使也。」《晉書》：皇天無知，鄧伯道無兒。宋玉《神女賦》：見一婦人。

㈢《潛夫論》：懷憂憒憒，皆易恐懼。

㈣《楚辭》：去鄉離家兮徠遠客。

㈤《晉書・鄭沖傳》：任真自守。《老子》：其精甚真。

㈥應璉詩：徵求傾四海。

此詩，是直寫真情至性，唐人無此格調，然語淡而意厚，藹然仁者痌瘝一體之心，真得三百篇神理者。

盧世㴶曰：杜詩温柔敦厚，其慈祥愷悌之衷，往往溢於言表。如此章，極煦育鄰婦，又出脱鄰婦，欲開示吴郎，又迴護吴郎。八句中，百種千層，莫非仁音，所謂仁義之人，其言藹如也。

朱瀚曰：通篇借一婦人，發明誅求之慘，當與「哀哀寡婦誅求盡」參看。

此章流逸，純是生機，前章枯拙，全無風韻，杜詩之真假得失可見矣。

晚晴吴郎見過平聲北舍

吴郎借居瀼西草堂，當在大曆二年之秋，其見過北舍，即在此時。詩曰「明日重陽酒，相迎自醱醅」，而《九日》詩又云「重陽獨酌杯中酒」，蓋訂吴不至而自飲歟。

圃畦新一作佳**雨潤**㈠，**愧子廢鉏來。竹杖交頭拄，柴扉掃**一作隔**徑開。欲棲群鳥亂，未去小童催。明日重**平聲**陽酒，相迎自醱醅**㈡。醱，音潑。醅，鋪杯切。　初喜其過，既惜其去，而又望其來，此直叙情事，有朴質自然之致。　黄注：吴取捷徑而來，叩其後扉，故詩言掃徑，而題曰舍北，即所謂鉏斫舍北果林枝蔓者也。

㈠《莊子》：漢陰丈人，方將爲圃畦。

㈡庾信《春賦》：石榴聊泛，葡萄醱醅。　李白詩：葡萄自醱醅。　黄生注：醱與潑同，旋入水也。　自醱醅，以親酌爲敬也。

鍾譚注杜，好從冷處着眼，多涉纖詭。　然詩中刻畫傳神，標舉自足醒目，如「竹杖交頭拄」，寫兩人對立之狀，「胡牀面夕畦」，寫主人遠望之情，「白益毛髮古」，儼見高人道貌，「風神蕩江湖」，可想雅人深致，詩中有畫，寫生絶妙。

九日五首

鶴注：此當是大曆二年夔州作。《舊史》：是年九月，吐蕃寇邠州、靈州，京師戒嚴，故云「佳辰對群盜」。　吳若本云缺一首，趙次公以《登高》一首足之，固未嘗缺。　顧注：五章皆一時之作，隨興所至，體各不同。

重平聲**陽獨酌**一作少飲**杯中酒**㈠，**抱病起**一作獨。一作豈**登江上臺。竹葉於人既無分**音問㈡，**菊花從此不須開。殊方日落玄猿哭**㈢，**舊國霜前白雁來**㈣。**弟妹蕭條各何在**一作往，**干戈衰謝兩相催**㈤。　首章，思弟妹也。上四，敘事傷情。下四，對景有感。　本是登臺酌酒，起用倒敘法耳。曰獨酌，意中便想及弟妹矣。曰人無分，恨弗同飲也。曰不須開，恨弗同看也。　顧注：殊方猿哭，益增獨處之悲。故國雁來，適動雁行之念。兩句緊注末聯。干戈既侵，衰謝又迫，恐兩相催逼，終無聚首時也，結意十分慘切。

㈠魏文帝論：九爲陽數，日月並應，名曰重陽。　《荊楚歲時記》：九日登高，飲菊花酒，江總詩：獨酌一樽酒。

㈡張衡《七辯》：玄酒白醴，葡萄竹葉。　張華《輕薄篇》：蒼梧竹葉青，宜城九醖酒。　洙曰：竹葉，酒名也。

㈢《吳越春秋》：分州殊方。　《蜀志》：秦宓曰：聽玄猿之悲鳴。

㈣《莊子》：梁君出獵，見白雁群。　鮑云：白雁似雁而小，來則霜降，北人謂之霜信。

㈤顧注：干戈，指吐蕃入寇。　《左傳》：日尋干戈。　劉孝標書：容髮衰謝。

黃生曰：岑參詩云：「見雁思鄉信，聞猿積淚痕。」與五六意同，而十四字之融會蘊藉，更過彼十字也。

其二

舊日重平聲陽日，傳杯不放杯㊀。即今蓬鬢改，但愧菊花開。北闕心長戀，西江首獨迴。茱萸一作萸房賜朝音潮士㊁，難得一枝來。次章，思朝事也。上四傷老，下四懷君。首聯亦承前章來，因今日之不飲，而思舊日之傳杯也。菊花、茱萸，點九日事。

㊀《杜臆》：「傳杯不放杯」，見古人只用一杯，諸客傳飲。

㊁唐制：九日賜宴及茱萸。

劉禹錫曰：茱萸二字，經三詩人皆已道，亦有能否焉。杜公言「醉把茱萸子細看」，王右丞「偏插茱萸少一人」，朱倣「學他年少插茱萸」，杜公爲最優也。今按：杜公五律，亦屢用茱萸，此云「茱萸賜朝士，難得一枝來」，亦見韻致。

其三

舊與蘇司業，兼隨鄭廣文㊀。采花香泛泛一作簇簇，一云漠漠，坐客醉紛紛。野樹攲一作歌還倚，秋砧醒却聞。歡娛兩冥漠一作寞㊁，西北有孤雲㊂。三章，思故交也。上四，叙往日歡娛。下四，歎今此寂寞。客醉，承前傳杯。冥漠，謂蘇鄭俱亡。

㊀司業，蘇源明也。廣文，鄭虔也。

㊁《哀江南賦》：於時朝野歡娱。陸機《弔魏武文》：悼繐帳之冥漠。

㊂長安，在夔州之西北。　魏文帝詩：西北有浮雲。　陶潛詩有《停雲》章，言思親友也。

其四

故里樊川菊㊀，登高素滻所簡切源㊁。他時一笑一作醉後，今日幾人存。巫峽蟠江路，終南對國門。繫音計舟身萬里，伏枕淚雙痕。爲客裁烏帽㊂，從兒具緑樽。佳辰對一作帶群盜，愁絶更堪一作誰論平聲。

四章，思故里也。上四樊川九日，下四夔州九日，中四則在夔思樊。　幾人存，承上蘇、鄭。萬里，在巫峽。淚痕，憶終南。裁烏帽，見獨居。兒具樽，見無客。對群盜，欲歸不得矣。

㊀《長安志》：樊川，一名後寬川，在萬年縣南三十五里。　鶴注：《十道志》：其地即杜陵之樊鄉，漢高祖以賜將軍樊噲，食邑於此，故曰樊川。　公之父爲奉天令，因家焉。

㊁《西征賦》：南有玄灞素滻。《長安志》：少陵原，南接終南山，北直滻水。

㊂烏帽，暗用孟嘉事，亦兼用管寧皂帽家居事。

登高

朱注：舊編成都詩内。按詩有猿嘯哀之句，定爲夔州作。

風急天高猿嘯哀㈠，渚清沙白鳥飛迴㈡。無邊落木蕭蕭下去聲㈢，不盡長江滾滾一作衮衮來㈣。萬里悲秋常作客㈤，百年多病獨登臺㈥。艱難苦恨繁霜鬢㈦，潦倒新亭停通濁酒杯㈧。此章總結。上四，登高聞見之景。下四，登高感觸之情。登臺二字，明與首章相應。猿嘯、鳥飛，落木、長江，各就一山一水對言，是登臺遥望所得者，而上聯多用實字寫景，下聯多用虚字摹神。羅大經曰：萬里，地遼遠也。秋，時慘悽也。作客，羈旅也。常作客，久旅也。百年，暮齒也。多病，衰疾也。臺，高迥處也。獨登臺，無親朋也。十四字之間，含有八意，而對偶又極精確。唐解：久客則艱苦備嘗，病多則潦倒日甚，是以白髮彌添，酒杯難舉。此詩八句皆對，黄生謂結調略須放鬆。

㈠梁簡文帝詩：風急旌旗斷。陶潛詩：天高風景徹。庾信詩：猿嘯風還急。

㈡王褒詩：對岸流沙白。《楚辭》：鳥飛還故鄉。此聯每句各包三景。又杜詩：「露下天高秋水清，空山獨夜旅魂驚。」句中亦含三折。元人詩云：「落日亂鴉紅樹老，斷雲孤雁碧天長。」句法相似。其寫深秋景色，最爲工肖，但語近悲涼，不如杜句之雄壯高爽也。

㈢《江賦》：尋之無邊。《楚辭》：洞庭波兮木葉下。又：風颯颯兮木蕭蕭。

㈣阮籍詩：湛湛長江水。《説文》：滚滚，相繼不絶也。原本以「落木蕭蕭下」，對「長江滚滚來」，落下二字，似乎犯重。若以木葉對江流，庶免字複。《楚辭》：洞庭波兮木葉下。古詩：大江流日夜，客心悲未央。可以相證。

㈤魏文帝樂府：遠從軍旅萬里客。《楚辭》：皇天平分四時兮，竊獨悲此凛秋。

㈥《養生篇》：中壽百年。　曹植賦：聊登臺以娱情。
㈦《左傳》：險阻艱難，備嘗之矣。　《史記》：留侯性多病。　《詩》：正月繁霜。《子夜歌》：霜鬢不可視。
㈧《絶交論》：潦倒粗疏。　魏文帝樂府：嘉餚不嘗，旨酒停杯。　朱注：時公以肺疾斷酒，曰新停。
《絶交論》：濁酒一杯。

胡應麟曰：此章五十六字，如海底珊瑚，瘦勁難移，沉深莫測，而精光萬丈，力量萬鈞。通章章法、句法、字法，前無昔人，後無來學，此當爲古今七言律第一，不必爲唐人七言律第一也。元人評云：一篇之内，句句皆奇；一句之中，字字皆奇。　又曰：《黄鶴樓》、《鬱金堂》皆順流直下，故世共推之，然二作興會誠超，而體裁未密，丰神故美，而結撰非艱。若風急天高，則一篇之中，句句皆律，一句之中，字字皆律，而實一意貫串，一氣呵成。驟讀之，首尾若未嘗有對者，胸腹若無意於對者。細繹之，則錙銖鈞兩，毫髮不差，而建瓴走坂之勢，如百川東注於尾閭之窟。至用句用字，又皆古今人必不敢道，決不能道者，真曠代之作也。　又曰：此篇結句，似微弱者，第前六句，既極飛揚震動，復作峭快，恐未合張弛之宜，或轉入别調，反更爲全首之累，只如此軟冷收之，而無限悲涼之意溢於言外，未爲不稱也。昆池水，雖極精工，然前六句，力量微減，一結奇甚，竟似有意凑砌而成，益見此超絶云。

張綖曰：少陵詩有二派，一派立論宏闊，如此篇「萬里悲秋常作客，百年多病獨登臺」及「二儀清濁還高下，三伏炎蒸定有無」等作，其流爲宋詩，本朝莊定山諸公祖之。一派造語富麗，如「珠簾繡柱圍黄鵠，錦纜牙檣起白鷗」、「魚吹細浪摇歌扇，燕蹴飛花落舞筵」等作，其流爲元詩，本朝楊孟載諸公祖之。

覃山人隱居

鶴注：公詩有云「南極青山衆」，乃指夔州而言，今此詩亦云南極，知覃山人在夔州也。　顧注：覃山人，必老而就徵者，公過其隱居之所，而傷其隱之不終也。

南極老人自有星㈠，北山移文誰勒銘㈡。徵君已去獨松菊㈢，哀壑無光留户庭㈣。予見亂離不得已㈤，子知出處上聲必須經㈥。高車駟馬帶范濂本作常傾覆音福㈦，悵望秋天虚翠屏㈧。上四，譏徵君之輕出，下責其不能審時見幾也。　吴論：老人在山，誰得移文誚之，無如一去之後，松菊雖存，而山川少色矣。因歎亂離以來，予不得已而奔走。今出處之途，子必經歷而始知耳。每見榮寵所在，傾覆隨之，何若隱居自得乎？祇令我悵望秋山，而傷翠屏之虚設也。　黄生注：結句深秀，足救前路之樸素。　此詩舊作山人已卒，公過其故居而稱美之。以出處必須經，謂山人能守經也。今依朱注，語含諷刺。

㈠趙次公曰：老人星，一名南極，在井柳之間，乃南方之星。山人隱居此地，可當此星。

㈡《選》注：周顒先隱都北鍾山，後出爲海鹽令，欲過北山，孔稚圭乃假山靈意，作文移之，中云：「馳文驛路，勒移山庭。」朱注：《齊書》：元徽中顒出爲剡令，建元中爲山陰令，未嘗令海鹽。《選》注誤，《一統志》因而誤。又曰：徵君二句，即《移文》「誘我松桂，欺我雲壑」也。

㊂《演義》：漢魏以來，隱士名之曰徵君。《後漢・韓康傳》：亭長以韓徵君當到，方修道橋。鶴曰：黄憲、郭林宗、黔婁、庾乘等傳，皆云徵君，不獨陶潛也。《歸去來辭》：三徑就荒，松菊猶存。

㊃殷仲文詩：哀壑叩虚牝。《易》：不出户庭。

㊄《詩》：亂離瘼矣。《道德經》：吾見其不得已。

㊅傅咸《鳳賦》：隨時宜以行藏兮，諒出處之有經。

㊆《四皓歌》：駟馬高蓋，其憂甚大。

㊇《天台賦》：搏壁立之翠屏。

盧世㴶曰：詩言「徵君已去獨松菊，哀壑無光留户庭」，其人尚在，而詩乃有矢盡絃絶之意，蓋有爲而作，不止憑弔其居止也。

東屯月夜

此亦二年秋東屯作。

抱病漂萍老，防邊舊穀屯音豚㊀。**春農親異俗，歲月在衡門**㊁。從東屯叙起。

㊀《杜臆》：據《困學紀聞》，東屯之田，公孫述所聞，以積穀養兵者，故云防邊舊穀屯。

㊁自春至秋，故云歲月。《詩》：衡門之下。

青女霜楓重㊀，**黄牛峽水喧**㊁。**泥留虎鬭跡，月掛客愁村**㊂。**喬木澄稀影，輕雲倚細根**㊃。中記月夜之景。秋深，故霜落重。夜静，故水聲喧。虎留跡，見地險。月掛村，見身孤。稀影，木梢葉脱。細根，雲起石邊。

㊀青女，注見本卷。

㊁《杜臆》：黄牛峽，在夷陵，而此云「黄牛峽水喧」。又《寄弟》詩云「青春不假報黄牛」，意夔州亦有此峽，但今不可考耳。

㊂吴均詩：掛月青山下。

㊃張協詩：雲根臨八極。《杜臆》：石爲雲根，拆用自新。

數所角切**驚聞雀噪，暫睡想猿蹲**㊀。**日轉東方白，風來北斗昏**㊁。**天寒不成寐**一作寢，**無夢寄**一作有**歸魂**。末乃夜卧感懷。倏驚倏睡，思及長安，故瞻北斗而寢不成夢。此章四句起，下二段各六句。

㊀薛道衡詩：猴猿或蹲跂。《杜臆》：猴性動，猿性静，静必善睡，故睡時想之。

㊁北斗昏，喻京師尚亂也。

黄生曰：此因月夜不寢而作，首尾見羈旅之意，妙在先安首五字，覺全篇字字寫景，字字寫情。「雞聲茅店月，人跡板橋霜」，此晚唐人佳句。歐陽《送張秘書歸莊》云「鳥聲梅店雨，柳色野橋春」，可謂善於摹擬。若杜詩「泥留虎鬭跡，月掛客愁村」，已先有此刻畫語矣。

東屯北崦

鶴注：當是大曆二年秋作。是年有邠、靈州之寇，故云戰地。北崦，東屯之北山阿也。

盜賊浮生困，誅求異俗貧。空村唯見鳥，落日未一作不**逢人**㈠**。步壑風吹面，看**平聲**松露滴身。遠山回白首**㈡**，戰地有黄塵。**此經北崦而有感也。當時崔旰之亂，兵興賦重，故逃亡衆而居人少。壑風松露，言秋景荒涼。回首戰地，傷吐蕃寇邊也。顧注謂山起黄塵，如見古戰場之色，非是。玩起二語，只言崦人之貧困耳，其地未嘗經戰伐也。

㈠王粲《登樓賦》：白日忽其西匿，鳥相鳴而舉翼。原野闃無其人，征夫行而未息。

㈡遠山，指北崦。回首，回望北邊也。

從驛次草堂復至東屯茅屋二首 一本無茅屋二字

鶴注：當是大曆二年冬作。此從驛借馬，暫次瀼西之草堂，而復至東屯也。

峽陳作山内一作裏歸田客一作舍㊀，江邊借馬騎。非尋戴安道，似向習家池㊁。山一作地。一作峽險風烟僻陳作合，天寒橘柚垂。築場看平聲斂去聲積音志㊂，一學楚人爲。此章，從驛次至東屯，下四，叙其景事。公騎馬不乘船，故非訪戴而似向習。

㊀《恨賦》：罷歸田里。

㊁申涵光曰：道池假對，句法亦奇。戴安道，見二十一卷。習家池，見四卷。

㊂《詩》：九月築場圃。

其二

短景同影難高卧㊀，衰年强去聲此身。山家蒸栗暖㊁，野飯音反射音石麋新㊂。世路知交薄㊃，門庭畏客頻。牧童斯一作須在眼，田父實爲鄰。次章，檢稻而嘗時食，下四有避世意。短景，秋冬日影也，若作老景説，與衰年犯重。泛交無益，願與田牧爲伍，惟農務可以養身也。

㊀謝朓詩：高卧猶在兹。

㊁王逸《玉論》：黄侔蒸栗。

㊂《左傳》：麇興於前，射麇麗龜。

㊃王粲詩：悠悠世路。

暫往一作住白帝復還東屯

鶴注：此大曆二年秋作。

復扶又切作歸田去，猶殘穫稻功㊀。築場憐穴蟻㊁，拾穗許村童㊂。落杵光輝白，除一作殊芒子粒紅。加餐可扶老㊃，倉廩一作庾慰飄蓬。上四東屯收稻，下言旅食可資。歸田，復還屯上也。猶殘，刈穫未完也。邵注：三四見仁民愛物之意。

㊀《詩》：十月穫稻。
㊁又：九月築場圃。
㊂又：彼有遺秉，此有滯穗。
㊃古詩：努力加餐飯。

茅堂檢校收稻二首

此是大曆二年東屯作。盧注：瀼西有果園而無稻田，公以課園責之豎子，以稻畦責之行官，前詩自明。鶴注作瀼西茅屋，誤矣。

香稻三秋末㈠，平田一作疇百頃間㈡。喜無多屋宇，幸不礙雲山。御裌祫同侵寒氣㈢，嘗新破旅顔㈣。紅鮮終日有㈤，玉粒未吾慳㈥。此章，叙東屯收稻之事。上四，喜茅堂地曠。下四，喜檢校多穫。《杜臆》：絡繹收回，故云終日有，寫出貧家暴富光景。

㈠《詩》：如三秋兮。

㈡百頃，通計屯内之田，非公有百頃也。

㈢《秋興賦》：藉莞蒻，御祫衣。

㈣《吕氏春秋》：孟秋之月，農乃升穀，天子嘗新。

㈤遠注：稻有紅白二種。紅鮮，紅稻種名。李百藥詩：落日照紅鮮。

㈥沈約詩：玉粒晨炊。

其二

稻米炊能白，秋葵煮復扶又切新。誰云滑易音異飽，老藉軟俱匀。種上聲幸房州熟㈠，苗同伊闕春㈡。無勞映渠碗㈢，自有色如銀㈣。次章，嘗稻而嘉其色味。上四以秋葵形稻米，五六以故鄉嘉種，比東屯美稻，皆借客意相形。滑，指葵。軟，指飯。俱匀，言二物配食。如銀，言其白可愛。自秦隴赴蜀，十載流離，今見秋成刈穫，故慶有年而喜旅食。次年適荆南，又有朝夕不給之憂矣。

㈠《唐書》：房州房陵郡，屬山南東道，武德元年，析遷州之竹山上庸置。
㈡顧注：伊闕縣，屬河南府，公有莊墅在焉。
㈢魏文帝《車渠碗賦序》：車渠，玉屬也。多纖理褥文，生於西國，其俗寶之。陸倕《蠡杯銘》：用邁羽杯，珍逾渠碗。渠碗，以渠石爲碗。
㈣晉《白紵歌》：質如輕雲，色如銀。顧云：此與「莫笑田家老瓦盆」、「傾銀注玉驚人眼」同意。
黄生曰：此詩極贊稻米之白，而《溪上》詩又言山田飯有沙，何耶？蓋溪上就瀼西言，惟此處田不佳，故復置田於東屯。公嘗往來兩地，瀼西其本居，菜園在焉，東屯則因收穫而往居耳。黄鶴以此詩爲自東屯反瀼西作，非也。

刈稻了詠懷

鶴注：此大曆二年冬作。黄生注：此感歸期無日，終年旅食，故因穫稻以起興。

稻穫空雲水，川平對石門㈠。寒風疏草一作落**木，旭**一作曉**日散雞豚**一作狆**㈡。野哭初聞戰㈢，樵歌稍出村。無家問消息，作客信乾坤。**上四，刈稻後，野曠冬寒之景。下則傷亂思歸，所謂詠懷也。黄注：三四承上，五六起下，此兩截正格。散雞豚，田有餘粒也。初聞戰，因哭而知。

稍出村，農畢始樵。《杜臆》：兵戈定而歸家，此公之素志，今已無家可問消息，則彼此均之作客，一任乾坤之位置而已，意欲藉此地以偷安也。

㈠黄生注：《東渚耗稻》詩「豐苗亦已穊，雲水照方塘」，此苗在水中之景，今穫稻則雲水爲之空廓矣。石門，水中對立如門，水落而後石出，故曰「川平對石門。」趙曰：石門，即所謂「雙崖壯此門」也，舊引《蜀都賦》：阻以石門。注云：石門在溪中之西，於此無預。

㈡《詩》：旭日始旦。束晳《勸農賦》：雞豚争下，壺榼横至。四明屠惟忠《田家即事》詩：小圃連茅屋，疏籬護水門。寒風催落木，野色散朝暾。刈稻腰鎌出，祈神社鼓喧。坐看放犢去，溪步入前村。此詩三四，力摹杜詩，而全首俱見隱稱，雜諸杜集中，幾難分辨。

㈢前詩「野哭千家聞戰伐」，指崔旰之亂，是年無事，而云「初聞戰」者，意蜀兵遠戍，戰没而信歸也，當指吐蕃寇靈州事。

季秋蘇五弟纓江樓夜宴崔十三評事韋少府姪三首

鶴注編在大曆二年。

峽險江驚急，樓高月迥明。一時今夕會，萬里故鄉情。星落黄姑渚㈠，秋辭白帝城。老人困酒病，堅坐看君傾。黄注：一二江樓，五六季秋，三四兼叙賓主，七八專述己意。此虚實相間格也。「一時今夕會，萬里故鄉情」。能將同會賓主，括在兩句之中。夜將盡，故星落。秋將謝，故云辭。 顧注：已不能飲而待人飲，老人戀戀故鄉之情也。

㊀《荆楚歲時記》：黄姑，即河鼓。方以智《通雅》：黄姑當爲河鼓，見《天官書》。《説文》引河鼓是荷負也，故俗名擔鼓星。古樂府《東飛伯勞歌》「黄姑織女時相見」，杜詩用「星落黄姑渚」，蓋因河鼓音近，而訛爲黄姑耳。《爾雅》云：河鼓謂之牽牛。《博議》遂以黄姑爲牛宿之異名，恐非。《杜臆》：黄姑渚即天河。季秋昏定，天河没，而星亦俱落矣。 僞蘇注所引忠州黄惠女事，本屬妄撰，近《會粹》又託爲《十道志》，更謬。

黄生曰：五六綴入天文輿地，又拈出星秋二字，特見工巧，與「水落魚龍夜，山空鳥鼠秋」，「地闊蛾眉晚，天高峴首春」，皆名對也。 又曰：「漫看年少樂，忍淚已霑衣」，令人刻不可耐。「老人因酒病，堅坐看君傾」，令人戀不容捨。 匡説詩，解人頤，予於杜公亦云。

其二

對月那無酒，登樓況有江。聽平聲**歌驚白鬢，笑舞拓秋窗。樽蟻添相續**㊀**，沙鷗並一雙。盡憐君醉倒，更覺片**一作我**心降**户江切㊁。 此承上「堅坐看君傾」。 江月既可尋歡，歌舞又堪發興，此時添酒對鷗，諸君正宜取醉也。公以病酒斷飲，故曰心降。 舊編誤在末，今移作次章爲當。 那無酒，言何嘗無酒。 笑舞，見舞而笑。 拓秋窗，覩月色也。

㊀曹植《七啟》：盛以翠樽，酌以雕觴，浮蟻鼎拂，酷烈馨香。

㈡《詩》：我心則降。

其三

明月生長好㈠，**浮雲薄漸**一作暫**遮**。**悠悠照遠**一作邊**塞**㈡，**悄悄憶京華**。**清動杯中物**㈢，**高隨海上槎**宜作查㈣。**不眠瞻白兔**㈤，**百過落烏鴉**一作紗㈥。此承上「萬里故鄉情」。明月初生，忽被雲遮，如關塞之隔京華，此賦而兼比。清動，見月光之近。高隨，想月照之遠。不眠而瞻兔鴉，其意仍在京華也。白兔，指月。烏鴉百過，月下久坐也。《杜臆》疑此章泛咏秋月，無關江樓之宴。今按前二章，已盡同宴情事，末章則專述己意耳。

㈠生，乃哉生明之生。

㈡謝莊《月賦》：升清質之悠悠。

㈢陶潛詩：天運苟如此，且盡杯中物。

㈣海上槎，見《秋興》詩。

㈤劉孝綽詩：植叢映玉兔。

㈥別本作「百過落烏紗」，言月移百度，照於紗帽，其說終曲。

戲寄崔評事表姪蘇五表弟韋大少府諸姪

此與前三章，乃同時先後之作。

隱豹深愁雨㈠，潛龍故起雲㈡。泥多仍徑曲㈢，心醉沮賢群㈣。忍對《東觀餘論》作對，他本作待江山麗，還披鮑謝文㈤。高樓憶疏豁一作闊，秋興去聲坐氤氳。上四沮雨有懷，下約晴時往晤。《杜臆》：此以豹自方，以龍比崔蘇輩，起語涉於戲詞。江山麗，謂秋日晴光。鮑謝文，指三人所作。憶疏豁，思江樓之宴。坐氤氳，言意興之濃。

㈠《列女傳》：陶荅子妻諫其夫曰：「南山有玄豹，霧雨七日不下食者，欲以澤其衣毛，而成其文章也。」

㈡《易》：潛龍勿用。又：雲從龍。

㈢梁元帝詩：斜峰繞徑曲。

㈣《晉書》：太原郭奕，高爽爲衆所推，見阮咸而心醉。

㈤鮑、謝，鮑照、謝靈運也。

季秋江村

鶴注：當是大曆二年作。

喬木村墟古㈠，疏籬野蔓懸。素一作清琴將暇日㈡，白首望霜天㈢。登俎黃甘重，支牀錦石圓㊃。遠遊雖寂寞，難見此山川。上四，秋村之景。下四，秋村之情。撫素琴，則清音入耳。望霜天，則丹楓寓目。且對黄甘錦石，雖貧亦可以自樂矣。顧注：公方圖出峽，而曰「難見此山川」，則知出峽之故，非爲山水不可居也。《峽中覽物》詩嘗言之矣：「形勝有餘風土惡。」

㊀墟，大丘。庾信賦：摇落小村墟。

㊁顧注：將，送也。《毛詩》：遠於將之。此言藉琴以遣暇日。

㊂薛道衡詩：霜天斷雁聲。

㊃胡夏客曰：重字、圓字，最善狀物。《左傳》：不登于俎。《龜策傳》：南越老人，用龜支牀足。支牀，用襯牀足也。庾肩吾詩：錦石鎮浮橋。

小園

鶴注：當是大曆二年秋瀼西作。庾信有《小園賦》。

由來巫峽水，本是楚人家。客病留因藥，春深買爲去聲花。秋庭風落果，瀼岸雨頽沙。問俗營寒事㊀，將詩待物華。上四置園之故，五六園前景，七八園中事。巫峽之水，本楚人所居，今置園於此者，總爲蒔藥種花計耳。留買，指園。黄生注：此詩秋時所作，春深而買，追憶前事。寒事物華，又豫計冬春也。《杜臆》：園中寒事，如秋蘗冬菁皆是，素不習慣，故問俗而營。又云：以詩敘事爲難，在律詩尤難，此章該括四時，妙在錯綜見意。

㊀陸倕詩：江關寒事早。寒事，禦寒之事。

寒雨朝行視園樹

鶴注：此當作於大曆二年之秋。

柴門擁一作雜樹向千株，丹橘黄甘此一作北地無。江上今朝寒雨歇㊀，籬中秀一作邊新色畫屏舒一作紓㊁。首記雨後園樹。

㊀鮑照《與妹書》：吾自發寒雨。

㊁陸機詩：秀色若可餐。徐彦伯詩：畫屏繞金膝。

桃蹊李徑年雖古一作故㊀，梔子紅椒艷復扶又切。一作色殊。鎖石藤梢元自落，倚一作到天松骨見音現來枯。林香出實垂將盡，葉蒂辭一作離枝一作柯不重義從平聲，讀用去聲蘇㊁。愛日恩光蒙借貸㊂，清霜殺氣得憂虞㊃。次申籬中秀色。桃李椒梔，藤梢松骨，所謂擁樹也。林香出實，葉蒂辭枝，所謂甘橘也。愛日清霜，寒天朝景，借貸憂虞，代爲園樹計也。

㊀《漢書·李廣傳贊》：桃李不言，下自成蹊。顔師古注：蹊爲徑道。
㊁重蘇，猶云復生。
㊂《左傳注》：冬日可愛。　江淹《上建平王書》：惠以恩光，顧以顔色。
㊃趙次公曰：仲秋之月，殺氣浸盛。

衰顔動一作更覓藜牀坐㊀，緩步仍須竹杖扶㊁。散騎去聲未知雲閣處㊂，啼猿僻在楚山隅。此七言排律也，中間八句，首尾各四句。

末乃朝行感懷。　言不能如散騎之身登雲閣，徒聽猿聲於山峽耳。

㊀管寧家貧，坐藜牀欲穿，好學不倦。　又《北堂書鈔》：《英雄記》：向詡常坐藜牀上。
㊁《國策》：緩步以當車。
㊂費長房投竹杖於葛陂。　《秋興賦序》：潘安以太尉掾，寓直於散騎文省，高閣連雲，陽景罕曜，夙興晏寢，匪遑底寧，於是慨然而作《秋興賦》。

公瀼西詩，有果園，有甘林。　果園四十畝，他日所舉以贈人者。　甘林爲治生計，所云「客居暫封殖」者。《杜臆》謂：朝行所視之園樹，專指果園，於甘林無豫，故云：「丹橘黄甘此地無。」今按：此地無，正言柑橘之獨盛。　篇中林香出實二語，明説丹橘矣，豈可云甘林又在果園之外乎？　大抵分而言之，則甘林另爲一區，合而言之，甘林包在果園之内，蓋四十畝中，自兼有諸果也。

洪容齋《隨筆》曰：唐人詩文，或於一句中自成對偶，謂之當句對，蓋起於《楚辭》：蕙蒸蘭藉，桂酒椒漿。桂櫂蘭枻，斲冰積雪。自齊梁以來，江文通、庾子山諸人，亦如此。如王勃《宴滕王閣序》一篇皆然，謂若：襟三江、帶五湖，控蠻荆、引甌越，龍光、牛斗，徐孺、陳蕃，騰蛟起鳳，紫電青霜，鶴汀鳧渚，桂殿蘭宫，鐘鳴鼎食之家，青雀黄龍之軸，落霞孤鶩，秋水長天，天高地迥，興盡悲來，宇宙盈虚，丘墟已矣之辭，是也。杜詩：「小院回廊春寂寂，浴島飛鷺晚悠悠」，「清江錦石傷心麗，嫩蕊濃花滿目斑」，「書籤藥裹封蛛網，野店山橋送馬蹄」，「戎馬不如歸馬逸，千家今有百家存」，「蛟龍引子過，荷芰逐花低」，「干戈況復塵隨眼，鬢髮還應雪滿頭」，「百萬傳深入，寰區望匪他」，象牀玉手，萬草千花，落絮遊絲，隨風照日，青袍白馬，金谷銅駝，竹寒沙碧，橘刺藤梢，長年三老，捩拖開頭，門巷荆棘底，君臣豺虎邊，養拙干戈，全生麋鹿，捨舟策馬，拖玉腰金，高江急峽，翠木蒼藤，古廟杉松，歲時伏臘，三分割據，萬古雲霄，伯仲之間，指揮若定，桃蹊李徑，梔子紅椒，庾信羅含，春來秋去，楓林橘樹，複道重樓之類，不可勝舉。李義山一詩，其題曰《當句有對》云：「密邇平陽接上蘭，秦樓鴛瓦漢宫盤。池光不定花光亂，日氣初涵露氣乾。但覺游蜂饒舞蝶，豈知孤鳳憶離鸞。三星自轉三山遠，紫府程遥碧落寬。」是全用當句對也。

杜詩句法，後人用之而工拙不同。如「映階碧草自春色，隔葉黄鸝空好音」，張子野《題和靖隱居》云「湖山隱後家空在，烟雨詞亡草自青」，語稍直而尚有逸致。如「鎖石藤梢元自落，倚天松骨見來枯」，子瞻則云「面頰照人元自白，眉毛覆眼見來烏」，全涉俚俗，風韻何存？如「峽束滄江起，巖排古樹圓」，蘇子美云「峽束滄淵深貯月，巖排紅樹巧裝秋」，只增移數字，而語却冗贅。又如「山市戎戎暗，江雲淰淰寒」，明李獻吉云「層崖客到蕭蕭雨，絶頂人居淰淰寒」，張助父云「肅肅哀鴻參斷吹，戎戎寒霧挾飛濤」，用杜字而語並工。張又云「楮葉熒熒遥入宋，楊花冉冉獨遊梁」，亦本杜字，而句皆新穎。

傷秋

鶴注：此當是大曆二年秋作。是年九月，吐蕃寇邠、靈州，故詩有汗馬戎衣之句。

村一作林**僻來人少，山長去鳥微。高秋收晝**一作藏**羽扇，久客掩柴**一作荆**扉**㊀**。懶慢頭時櫛**㊁**，艱難帶減圍**㊂**。**此從客夔叙起，乃傷秋之景。收扇，興下掩扉，夏過則扇捐，猶久客則人厭，而柴門常掩也。頭時櫛，不冠也。帶減圍，身瘦也。

㊀范彦龍詩：有客款柴扉。

㊁嵇康書：懶與慢相成。

㊂《梁·昭明太子傳》：體素壯，腰帶十圍，至是減削過半。

將軍思一作猶**汗馬，天子尚戎衣。白蔣風飇脆**㊀**，殷**烏閑切**檉**丑成切**曉夜稀**㊁**。何年滅**一作減**豺虎**㊂**，似有故園歸。**此感長安時事，乃傷秋之故。汗馬戎衣，吐蕃侵境也。蔣脆檉稀，重入秋景，是借草木零落，以比兵亂凋殘，賦中有比。思歸而曰似，未可必之詞也。此章，上下各六句。

㊀白蔣，茭草也。《蜀都賦》：攢蔣叢蒲。注：蔣，菰名也。

㈡殷，赤黑色。《爾雅》：檉，河柳。注：今河旁赤莖小楊。陸璣《詩疏》：皮赤如絳，枝葉如松，一名雨師。

㈢張載詩：季葉喪亂起，盜賊如豺虎。

即事

鶴注：此亦大曆二年秋作也。

天畔群山孤草亭㈠，江中風浪雨冥冥㈡。一雙白魚不受釣㈢，三寸黄甘猶自青㈣。多病馬一作長卿無日起㈤，窮途阮籍幾時醒。未聞細柳散金甲㈥，腸斷秦川一作州，非流濁涇㈦。

朱瀚曰：此即孤亭風雨，而發長鋏之歎。上四景物，下四感懷。起聯，言客居之蕭瑟。白魚，承江。黄甘，承山。不釣猶青，言食味艱難也。多病窮途，而當秦地用兵，則歸京無日，所以腸斷耳。黄生注：羈旅貧病，公嘗頻言，此又借古人以自況。瀚曰：天畔秦川，首尾照應。

㈠顧注：草亭，瀼西草堂也。

㈡《西京雜記》：隨船風浪，莫知所之。《楚辭》：雷填填兮雨冥冥。

㈢一雙白魚，暗用古詩「遺我雙鯉魚」。張純曰：峽中有嘉魚，長身細鱗，肉白如玉，春社前出，秋社即歸，時已九月，故云不受釣。

㈣徐𤓰曰：凡柑皆圓，獨成都産者形如鴨卵，故云三寸黄柑，言其長也。　大柑三寸，注見十九卷。

㈤朱注：葛亮、馬卿截用，始自六朝。　庾信碑文：渡瀘五月，葛亮有深入之兵。　薛道衡碑文：尚寢馬卿之書，未允梁松之奏。

㈥周亞夫細柳營，在長安昆明池南，時有吐蕃之警也。　蔡琰詩：金甲耀日光。

㈦《杜臆》：《三秦記》：隴山俗歌云：「遥望秦川，肝腸斷絶。」此用其語。　流濁涇，難見澄清也。

耳聾

鶴注：當是大曆二年秋晚作。

生年鶡冠子㈠，**歎世鹿皮翁**㈡。**眼復**扶又切**幾時暗，耳從前月聾**㈢。**猿鳴秋淚缺**㈣，**雀噪晚愁空。黄落驚山樹，呼兒問朔風**㈤。

《秦國策》：舌敝耳聾，不思成功。　此傷老年遯世，欲付之不見不聞也。下四寫耳聾之狀，但五六屬無聞，七八説有見，仍與眼耳相關。　《杜臆》：眼復幾時暗乎，耳幸前日聾矣，語含感憤。

㈠劉向《七略》：鶡冠子，常居深山，以鶡爲冠。　袁淑《真隱傳》：鶡冠子，或曰楚人，衣敝履穿，因服成號，著書言道家事。

㈡《列仙傳》：鹿皮翁，菑川人，衣鹿皮，居岑山上，食芝草，飲神泉。百餘年下，賣藥於市。

㈢沈炯樂府：淚盡眼方暗，髀傷耳自聾。

㈣《巴東記》：猿鳴三聲淚沾裳。淚缺愁空，以不聞故也。

㈤傅毅《七激》：仰歸雲，翹朔風。

獨坐二首

鶴注：當是大曆二年東屯作。

竟日雨冥冥，雙崖洗更青一作清㈠。**水花寒落岸，山鳥暮過**平聲**庭**㈡。**暖老思**一作須**燕**平聲**玉**㈢，**充饑憶楚萍**㈣。**胡笳在樓上**㈤，**哀怨不堪聽**平聲。

詩以獨坐命題，傷村居寥落也。上四景物，下四感懷。《杜臆》：雨洗雙崖，無人來往，但見花落鳥過而已。暖老須被，充饑須食，若燕玉楚萍，乃世間必不可得之物，而思及於此，蓋甚言衣食之艱難耳。樓上哀笳，耳不忍聽，怨從心生，非關笳也。公詩：「翠柏苦猶食，明霞高可餐。」正當與燕玉楚萍參看。

㈠朱注：雙崖，瞿唐兩崖。

㈡黄生曰：水花二句，抽換可得八聯，此轆轤句也。張正見詩：楫渡岸花沉。遠注：水花，乃岸間所落之花，非荷也。《禽經》：山鳥巖栖。

㊂舊注：古詩：燕趙多佳人，美者顔如玉。須燕玉，所謂八十非人不暖也。錢箋：《搜神記》：雍伯葬父母於無終山，有人與石一斗，令種之，玉生其田。北平徐氏有女，雍伯求之，要以白璧一雙。伯至玉田，求得五雙，徐氏妻之。在北平西北百三十里，有無終城，即故燕地也。燕玉，當是玉田種事。

㊃《家語》：楚童謡云：楚王渡江得萍實，大如斗，赤如日，剖而食之甜如蜜。

㊄晉劉疇避亂，賈胡欲害之，疇援笳而吹之，作出塞聲，以動其歸思，皆啼哭而走。樓上，指城樓。

其二

白狗斜臨北，黄牛更在東㊀。**峽雲常照夜**㊁，**江日**一作月**會兼風**。**曬藥安垂老，應**平聲**門試小童**㊂。**亦知行不逮**㊃，**苦恨耳多聾**。此亦對景而歎寂寥，格同上章。白狗臨北，黄牛在東，而身坐兩峽之間，唯見夜中雲映，日下風生，常伴旅人耳。曬藥應門，旅居差堪自給，乃足行不逮，而此身無復有爲，耳聽多聾，而世事并且不聞。平生壯志雄心，至此銷歇，言之不勝悲悵矣。末聯，另作轉語，方有曲折。《杜臆》謂：行不逮，故待藥以扶衰。耳多聾，故藉童以將命。四句作倒插，未免直致。

㊀《杜臆》：白狗峽，在歸州。黄牛峽，在夷陵，又在歸州之東矣。《水經注》：秭歸白狗峽，蜀江中

流，兩面如削，絶壁之際，隱出白石如狗，形狀具足，故以名焉。又曰：黄牛灘前，有重嶺疊起，其最外高崖間有石，色如人負刀牽牛，人黑牛黄，成就分明。

㈡《杜臆》以雲照夜爲返照，非也。後章云：「終年常起峽，每夜必通林。」可見照夜指雲光之掩映。

㈢試小童，試其能否也。李密《陳情表》：應門無五尺之童。

㈣黄注：行不逮，本《論語》「恥躬不逮」。公以濟世自命，而衰嚬如此，是行不逮其言矣。今按：公詩言容易收病脚，作足行不逮爲平順。

雲

鶴注：此是大曆二年東屯作。

龍以一作似，一作自**瞿唐會**㈠，**江依白帝深。終年常起峽，每夜必通林。收穫辭霜渚**㈡，**分明在夕岑。高齋非一處，秀氣豁煩襟。**此詩咏雲，有水雲、山雲之别。江爲龍窟，水氣上升，而布於林峽，此水雲也。及秋盡收成，則龍蟄水落矣，故江渚雲辭，而夕岑獨掛，此山雲也。山雲淡微，故云秀氣豁襟。

㈠《易》：雲從龍。龍以江爲窟也。

㈡收穫句，即《刈稻咏懷》詩：「稻穫空雲水。」漢章帝詔：車駕行秋稼，觀收穫。

大曆二年九月三十日

黄生注：題作特書之體，記爲客之歲月，便自具文見意。

爲客無時了，悲秋向夕終。瘴餘夔子國，霜薄楚王宫㈠。草敵虚嵐翠，花禁平聲**冷葉**一作**蕊紅**㈡。**年年小摇落**㈢，**不與故園同**㈣。爲客悲秋，是全首大意。中言地氣暖而物色鮮，是秋盡之景。末對摇落而思故園，是作客之情。年年，見爲客已久。客無盡期，而秋向夕終，歎節序屢移也。以花草起摇落，後四斷續相生。

㈠杜詩又云「夜郎溪日暖，白帝峽風高」。元薛玄卿詩：「明月夢回夔子北，長風吹度夜郎西。」正用夔子國、夜郎溪也。又李子構詩：「天入五溪無雁到，地經三峽有猿啼。」此亦採用三峽樓臺、五溪衣服句也。

㈡禁，耐也。言不畏輕霜也。

㈢摇落，見《楚辭》。小摇落，未盡凋也。

㈣陰鏗詩：秦川風物異，不與故園同。

黄生曰：杜詩，有題事、有心事，因不能悉以心事爲題，故借諸題以常見心事，而巧生於規矩之中，則有單拋雙綰之法。如此詩首句，心事也。次句，題事也。中二聯，止承次句，則首句是單拋。至尾聯，則題事、心事雙綰。詩中多用此法，即此可例。

十月一日

與上章先後作。黄生注：秦建亥，以此日爲歲首，豈蜀沿秦俗，故以節物相餽耶，故有南國舊俗之語。

有瘴非全歇，爲冬亦不一作不亦**難。夜郎溪日暖**㊀**，白帝峽風寒。蒸裹如千室**㊁**，焦**俗作燋**糖**一作糟**幸一柈**同盤㊂**。兹辰南國重，舊俗自相歡。**上四記風土，下四記民俗。瘴未全消，而忽焉交冬，記節候也。溪暖猶帶瘴，峽寒則涉冬矣，二句申上意。《杜臆》：蒸裹焦糖，夔俗如此，蓋以是日爲佳節。幸一盤，以滿盤贈遺爲幸。自相歡，言於客居無與也。或云：冬而有瘴，不亦難乎爲冬，乃怪歎之詞。或云：冬初有瘴，則過冬不見苦難，乃欣幸之詞。兩説俱不如前。

㊀《水經注》：温水，出牂牁夜郎縣，縣故夜郎侯國也。朱注：唐黔中道，黔、施、珍、思等州，皆古夜郎地，與巴夔接境。溪，即五溪。

㈡《齊民要術》：蒸裹方七寸准，豉汁煮秫米、生薑、橘皮、胡芹、小蒜、鹽，細切熬糁，膏油塗箬，十字裹之，糁在上，復以糁屈牖篡之。　陸機詩：千室非良鄰。

㈢《方言》：餳，謂之糖。　《齊民要術》：煮白餳，宜緩火，火急則焦氣。　餳，音呈。《四民月令》：十月先冰凍，作京餳，煮暴飴。　《西京雜記》：曹元禮曰：「厨中荔枝一柈。」古用柈字。

杜集中，凡詩題記日月者，皆誌節氣也。　上章云「悲秋向夕終」，是夜秋盡也。　此章云「爲冬亦不難」，是日立冬也。　如「露從今夜白」、「晨朝有白露」亦然。　杜詩不特善於記事，抑且長於紀曆。

孟冬

梁氏編在大曆二年。

殊俗還多事，方冬變所爲。破甘一作瓜**霜落爪，嘗稻雪翻匙。巫峽**一作岫**寒都薄，黔溪**一作**烏蠻瘴遠隨。終然減灘瀨，暫喜息蛟螭。**上四冬日人事，下四冬日風景。　在殊俗而猶多事，前此課督田園也。　冬變所爲，則喜於無事，惟破甘嘗稻而已。　霜落，言其鮮。　雪翻，形其白。　寒薄瘴隨，地氣尚暖；浪減蛟藏，水患方免也。　夔子國、楚王宫、夜郎溪、白帝峽，與巫峽、黔溪，連章疊用地名，而句法各有變化。

雷

姑依蔡編，屬在大曆二年之冬。

巫峽中宵動㈠，滄江十月雷。龍蛇不成蟄㈡，天地劃《正字通》霍國反，又呼麥切**爭迴㈢。却碾空山過，深蟠絶壁來。何須妬雲雨，霹靂楚王臺㈣。**十月動雷，記異也。不成蟄，氣候暖。劃爭迴，雷復起。其聲前而復後，如却碾空山之中；其勢盤旋不已，似深蟠絶壁之上。久雨雷鳴，則雲散雨收，今當十月之候，何須妬巫山雲雨，而霹靂陽臺耶？真可駭矣。張綖注：末比號令乖張，失其威也。

㈠陸機詩：迅雷中宵激。

㈡《易傳》：龍蛇之蟄，以存身也。

㈢盧注：天地不安閉塞，而劃然爭迴，轉行夏令也。吴注：《海賦》：地軸挺拔而爭迴。

㈣趙曰：《高唐賦》言神女「朝爲行雲，暮爲行雨。朝朝暮暮，陽臺之下」。今雷鳴不時，若妬神女，而霹靂以震之。

盧元昌曰：《詩》十月辛卯，記及震電，刺皇甫之亂也，當時元載亦即皇甫，末聯意蓋有指。

黄生曰：十月雷，記異也，結處必寓比興，方非徒作。從來詩人少詠雷者，此詩出，千古詩人竟閣筆矣。

悶

姑依舊次，列在大曆二年。

瘴癘浮三蜀，風雲暗百蠻㈠**。卷簾唯白水，隱**去聲**几亦青山。猿捷長難見**㈡**，鷗輕故不還。無錢從滯客**㈢**，有鏡巧催顔。**此詩爲滯客無聊而作。白水青山，本堪適興，因處蠻瘴之地，故對此祇足增悶耳。山猿水鷗，何以成悶，見其輕捷自如，遂傷客身之留滯也。三四承上，五六起下，末方結出致悶之由。無錢歎貧，催顔嗟老。陶開虞曰：鏡亦何嘗催顔，却歸巧於鏡，此際韻絶，與《熟食示子》詩「汝曹催我老」同一機杼。

㈠趙次公曰：夔在三蜀之下，百蠻之北。

㈡《淮南子》：置猿檻中，非不巧捷。

㈢從，隨也。謂錢不隨旅客。

夜二首

此當是大曆二年秋作。

向海鹽劉氏作向。舊作白夜月休弦㊀，燈花半委一作委半眠。號平聲山無定鹿，落樹有驚蟬。暫憶江東鱠，兼懷雪下船㊁。鑾歌犯星起㊂，空一作重覺在天邊。此章先景後情，從夜月敘起。無心看月，故云休弦。待燈花半落，身方就眠，却聞號鹿驚蟬，雖眠不寐矣。故思及鱸鱠雪船，如身遊吴越之間。忽聽鑾歌四起，方覺身在天邊，孤棲如故也。盧注：不宜然而然曰犯，公用犯字都有謂。《將曉》詩曰「飄飄犯百蠻」，言老還入蠻也。《對雪》詩曰「北雪犯長沙」，言北却侵南也。此曰「鑾歌犯星起」，言夜終冒曉也。

㊀《杜臆》：佛家以前半月爲白夜。詩云蟬驚，當是秋夜。上弦，初七、八之月。

㊁張翰思江東鱸鱠、王子猷雪夜訪戴逵事，已别見。

㊂夔本鑾地，故云鑾歌。當星而起，即指歌者。邵云公聽歌而起，非是。

其二

城郭悲笳暮，村墟過翼稀。甲兵年數久，賦斂去聲夜深歸。暗樹依巖落，明河繞塞微。斗

斜人更望㈠，**月細鵲休飛**㈡。次章，景情夾叙，將月細作結。一二將夜之景，三四傷夔人之重困，五六夜盡之景，七八傷一己之孤棲，此亦虛實相間格。過翼稀，見村野荒涼。公欲北歸，而嫌鵲南飛，故囑其休飛也。

㈠人更望，屬自己。對鵲言，故曰人。《杜臆》：兩首非一時之作，前首夜中猶眠，此首徹夜不寢矣。

㈡黄生注：末句翻魏武樂府。

朝二首

依蔡編入在大曆二年。

清旭楚宫南㈠，**霜空萬嶺含**㈡。**野人時獨往，雲木曉相參。儁鶻無聲過**㈢，**饑烏下**去聲**食貪。病身終不動，摇落任江潭**㈣。首章，對朝景而興久客之悲，在四句分截。葉落霜空，故萬嶺皆含日色。既而獨往山上，又見木杪停雲，參在眼前矣。《杜臆》：日出之際，雖禽鳥各有所營，而病身不動，如草木之任其摇落耳。時獨往，閒步田間也。終不動，未能出峽也。

㈠郭璞《江賦》：視雰祲於清旭。

㈡謝靈運詩：千圻邈不同，萬嶺狀皆異。

㊂無聲過，飛之疾也。

㊃庾信《枯樹賦》：昔年楊柳，依依漢南；今看摇落，悽愴江潭。　黄生云：若用直叙，只是萬嶺楚宫南，霜空清旭含。三聯，烏鵲並列。黄起聯，本以下句抱上句。

生云：饑烏貪而下食，不知俊鶻之在其上，此傷懷禄而被讒者，故暫借江潭以息機耳。

其二

浦帆音泛**晨初發**㊀，**郊扉冷未開。林**一作村**疏黄葉墜，野静白鷗來。礎潤休全濕**㊁，**雲晴欲半迴。巫山終可怪，昨夜有奔雷**㊂。　此章，叙朝景而歎氣候之殊，亦四句分截。　帆初發而扉未開，病身畏寒也。　林疏野静，朝來清趣可觀，無如礎潤雲迴，尚含雨意，恐昨夜經雷，陰晴還未定耳。郊扉，即公柴門，前詩「郊扉及我私」可證。　林已疏矣，猶飄黄葉，此正孟冬之候。　曰可怪，志異也。

㊀朱注：韓退之《寄李大夫》詩云：「不枉故人書，無因帆江水。」朱文公定作去聲，引杜此句爲證。考《左傳注》：拔旗投衡上，使不帆風差輕。原讀去聲。

㊁《淮南子》：山雲蒸而柱礎潤。

㊂《周書》：趙師曰：「蜀絃躁急，若激浪奔雷。」

戲作俳音排諧體遣悶二首

詩有「治生且耕鑿」句，知是大曆二年作。　鶴注：俳諧，謂如俳優詼諧。

異俗吁可怪㊀，斯人難並居。家家養去聲烏鬼㊁，頓頓食黃魚㊂。舊識能一作難爲態，新知已暗疏㊃。治平聲生且耕鑿㊄，只有不關一作開渠。此詩厭居夔州而作也。異俗難居，二句領起。三四言俗之可怪，五六言人難並居，末欲付之不問，聊以遣悶也。盧注：烏鬼可異，家家供養，則以異爲常。黃魚本常，頓頓皆食，則雖常亦異矣。舊識而多倦態，新知亦唯貌親，總見交情之薄。

㊀黃注：陸雲詩：「百城各異俗，千室非良鄰。」起語本此。《文心雕龍》：銘發幽石，吁可怪也。

㊁《蔡寬夫詩話》：元微之《江陵》詩：病賽烏稱鬼，巫占瓦代龜。自注云：「南人染病，競賽烏鬼，楚巫列肆，悉賣龜卜。」烏鬼之名見於此。巴、楚間，常有殺人祭鬼者，曰烏野七神頭，則烏鬼乃所事神名耳。或云養字，乃賽字之誤，理或然也。邵伯温《聞見録》：夔峽之人，歲正月，十百爲曹，設牲酒於田間，已而衆操兵大噪，謂之養烏鬼。長老言地近烏蠻戰場，多與人爲厲，用以禳之。《藝苑雌黃》謂烏蠻鬼。按：烏鬼，别有三説：《漫叟詩話》以猪爲烏鬼；《夢溪筆談》以鸕鷀爲烏鬼；《山谷别集》以烏鴉獻神爲烏鬼。今以蔡、邵二説爲正。

㊂前《黃魚》詩「脂膏兼飼犬」，夔州此魚之多可知。吳曾《漫録》：晉謝僕射陶太常詣吳領軍，日中，客比得一頓食。楊慎曰：俗語，飯曰一頓。《賈充傳》：不頓駕而自留矣。《隋煬帝紀》：每之一所，輒數道置頓。元微之《連昌宮詞》：驅令供頓不敢藏。《文字解詁》：續食曰頓。《晉書》：襄陽羅友，少時常伺人祠，欲乞食，曰：「欲得一頓食耳。」

㊃沈炯詩：舊識既已盡，新知皆異名。

㊄《漢·食貨志》：天下言治生者祖白圭。

其二

西歷青羌坂一作板，**南留白帝城**㊀。**於**音烏**菟**同都切。一作穀於**侵客恨**㊁，**粔**音巨**籹**音女**作人情**㊂。**瓦卜傳神語**㊃，**畬田費火耕**一作聲㊄。**是非何處定，高枕笑浮生。**次章，亦歎夔俗之可怪也。首二叙客夔之由，中四記土俗之異，末言此地是非，不必與論，但當以一笑置之耳，所謂遣悶也。於菟驚客，險而可怪。粔籹贈人，陋而可怪。瓦代龜卜，怪其矯誣。火當水耕，怪其創見。

㊀原注：頃歲自秦涉隴，從同谷縣去遊蜀，留滯於巫山。《竹書紀年》：梁惠成王十年，瑕陽人自秦道岷山青衣水來歸，縣有蒙山，青衣所發。《華陽國志》：天漢四年，罷沉黎，置兩部都尉：一治旄牛，主外羌；一治青衣，主漢民。朱注云：唐嘉州，本古青衣羌坂。

㊁黄生注：於菟侵客恨，即所謂撑突夔人屋壁者。《左傳》鬬伯比淫于䢵子之女，生子文焉，䢵夫人使棄之夢中，虎乳之，楚人謂乳爲穀，虎爲於菟，故命之曰鬬穀於菟。

㊂《招魂》：粔籹蜜餌，有餦餭些。注：粔籹，以蜜和米麪煎作之。《齊民要術》：膏環，一名粔籹，用秫稻米屑水蜜溲之，强澤如湯餅麪，手搦團，可長八寸許，屈兩頭相就，膏油煮之。

㊃王洙曰：巫俗擊瓦，觀其文理分拆，以卜吉凶。《岳陽風土記》：荆湖民俗，疾病不事醫藥，惟灼龜打瓦，或以雞子卜，求祟所在，使俚巫治之。

㊄《貨殖傳》：楚越之地，地廣人稀，或火耕而水耨。楚俗燒榛種田，謂之火耕。

昔遊

此詩舊編在乾元二年秦州，范元實編在大曆二年夔州。按：秦州與衡岳絶遠，豈得云「清秋入衡霍」？當是客夔州時作。舊因闕塞二字，遂誤屬秦州，公詩「闕塞極天惟鳥道」，明是説夔州也。

昔謁華蓋君㈠，**深求洞宮脚**㈡。陳作緑袍崑玉脚。**玉**陳作人**棺已上**上聲**天**㈢，**白日亦寂**一作冥**寞**。**暮升艮岑**一作峰**頂，巾几猶未却**㈣。**弟子四五人，入來淚俱落。余時遊名山，發軔在遠壑**㈤。**良覿違夙願**㈥，**含悽**一作淒**向寥廓**㈦。此初訪華蓋君，而傷其逝世，是遊梁宋時事。各四句轉意。猶未却，覽物尚存也。向寥廓，招魂無定矣。

㈠《神仙傳》：昔周王子喬養道於華蓋山，後昇仙，號華蓋君。此詩乃借古仙以比道士之修真者。《葛仙翁傳》：崑崙山，一曰華蓋天柱，仙人所居。《洞天福地記》：華蓋山，周迴四十里，名曰容成太玉之天，在温州永嘉縣，仙人修羊公治之。

㈡《真誥》：厚載之中，有洞天三十六所。八海中諸山，亦有洞宮。五岳名山，皆有洞宮。《列仙傳》：燕昭王得洞光之珠以飾宮，王母三降其地，名曰洞宮。

㊂《神仙傳》：天降玉棺於堂上，王子喬遂沐浴卧其中，由是尸解。《後漢．王喬傳》：天降玉棺於堂前，吏人推排，終不摇動，喬曰：「天帝獨召我耶？」乃沐浴服飾寢其中，蓋便立覆。

㊃遠注：艮岑，東北之岑。巾几，華蓋君生前物。

㊄《離騷》：朝發軔於蒼梧兮。注：軔，搘車木。

㊅謝靈運詩：引領冀良覿。

㊆又：含悽泛廣川。　傅咸《儀鳳賦》：翔寥廓以輕舉兮。

林昏罷幽磬，竟夜伏石閣。王喬下去聲**天壇，微月映皓鶴**㊀。**晨溪響**一作嚮**虚駚**音快。一作駛㊁，**歸徑行已昨**㊂。**豈辭青鞋胝**㊃，**悵望**一作惆悵**金匕藥**㊄。**東蒙赴舊隱**㊅，**尚憶同志樂**音洛。**伏**一作休**事董先生**㊆，**於今獨蕭索。**華蓋君已殁，而轉尋董鍊師，是遊齊魯時事。　林昏六句，宿山而去。　青鞋六句，往赴東蒙。

㊀嵇康《琴賦》：王喬披雲而下墜。　地志：王屋山絶頂曰天壇。《寰宇記》：王子喬天壇，在緱氏縣東南六里。　《王喬傳》：或云即古仙人王子喬也。《列仙傳》：王子喬，周靈王太子晉也，好吹笙作鳳鳴，遊伊洛間，道士浮丘公接上山，三十餘年。後來於山下告桓良曰：「告我家，七月七日待我緱氏山頭。」果乘白鶴駐山頭，望之不得到，舉手謝時人而去。

㊁響虚駚，水聲急瀉也。駚，苦拜切。《尸子》：黄河龍門，駚流如竹箭。《酉陽雜俎》：河水色渾駚流。元好問詩：駚雨東南來。自注：與快同。趙松雪有《駚雪帖》。字從夬，與從史、從央者

有别。

㊂行已昨，循舊徑而歸也。

㊃趙注：青鞋，山行之具。胝，足病也。《莊子》：手足胼胝。

㊄鮑照樂府：金鼎玉匕合神丹。

㊅蒙山，在沂州。《高士傳》：老萊子隱居於蒙山之陽。《禹貢》「蒙羽其藝」是也。瀕東海，故曰東蒙。

㊆陸機詩：誰謂伏事淺，契闊踰三年。

胡爲客關塞，道意久衰薄。妻子亦何人㊀**，丹砂負前諾。雖悲髮鬒**音軫**變**吴本作髮變鬒，一云鬒髮變㊁**，未憂筋力弱**㊂**。杖**一作扶**藜望清秋，有興**去聲**入廬霍**㊃**。**董鍊師久闊，欲再訪於廬霍，時將有荆、楚之遊矣。「妻子亦何人」，即公詩「笑爲妻子累」。「丹砂負前諾」，即公詩「未就丹砂愧葛洪」。　此章，前二段記往日之遊，後一段待將來之遊。前各十二句，後段八句收。

㊀漢武帝曰：「吾得如黄帝，棄妻子如脱屣耳。」又費長房棄妻子從壺公。

㊁《詩》：鬒髮如雲。鬒，黑髮也，變則白矣。謝朓詩：誰能鬒不變。

㊂沈慶之詩：朽老筋力盡。

㊃孫放《廬山賦》：潯陽郡南有廬山，九江之鎮也，臨平廬之澤，接平敞之原。《爾雅》：霍山爲南岳。注：在廬江西。謝靈運詩：遊當羅浮行，息必廬霍期。江淹詩：杳與廬霍絶。希曰：廬山，在

九江。霍山，在衡陽。

朱鶴齡曰：《昔遊》詩當與七古《憶昔行》互證，《昔遊》者，紀遊王屋山與東蒙山之事也。華蓋君，猶《太白集》之丹丘子，蓋開元天寶間道士隱於王屋者，不必求華蓋所在以實之也。詩云：「深求洞宮脚。」洞宮，即《憶昔行》所云「北尋小有洞」也。脚，山足也。洞在王屋艮岑，即王屋山東北之岑也。天壇亦在王屋。地志：王屋山絶頂曰天壇，濟水發源處是也。王屋在大河之北，故《憶昔行》曰「洪河怒濤過輕舸」也。公至王屋時，值其人已羽化，故《憶昔行》曰「辛勤不見華蓋君」也。此云：「弟子四五人，入來淚俱落。」《憶昔行》曰：「弟子誰依白茅屋，盧老獨啟青銅鎖。」盧老，正四五人之一也。華蓋君既不得見，於是含悽天壇，悵望匕藥，而復爲東蒙之遊焉。東蒙舊隱，即《玄都壇歌》「故人昔隱東蒙峰」者也。公客東蒙，與太白諸人同遊好，所謂同志樂也。其時之伏事者，則董先生，即衡陽董鍊師也。漢武移南岳於霍山，故衡霍之稱相亂。「杖藜望清秋，有興入廬霍」，即《憶昔行》「更討衡陽董鍊師，南浮早鼓瀟湘柁」也。

王嗣奭曰：高明之人，狹小塵世，多慕仙佛，不知仙佛無他修，唯將自己心神收斂歸根，打成一片耳。忠臣孝子尚已，次則文章，下之技藝，併力一向，以全副精神注之，皆可成仙。老杜千載往矣，今讀其詩，奕奕生動，言喜令人歌舞，言悲令人拭淚。此精神不死，而流行於天地之間者，不謂之仙，吾不信也。生平遭歷，萬苦千愁，天蓋注意此老，鍊之以成仙，而不自知也。試問董先生安在？當時企羨以爲真仙，是家有荆璧，而羨他人之燕石，九京之下，當必失笑。

雨四首

鶴注：當是大曆二年冬瀼西作。

微雨不滑道，斷雲疏復扶又切**行。紫崖奔處黑，白鳥去邊明**㊀**。秋日新霑**黃生作霑新**影，寒江舊落**黃作落舊**聲。柴扉臨野碓，半濕**一作得**擣香粳**古衡切。

首章，記倏晴倏雨之象。上二雨雲對起，三四承斷雲，下四承微雨。　崖奔之處，雲行而見其黑。鳥去之邊，雲疏而見其明。上四字各另讀，詩意本順。《杜臆》：秋來半晴半雨，雨不大而亦不晴，南方謂之秋霖。

㊀顧注謂雲奔之處，紫崖便黑；雲去之邊，白鳥還明。奔去，指雲，作倒裝句。按：公《入宅》詩「奔峭背赤甲」，《傷秋》詩「山長去鳥微」，則奔就崖言，去就鳥言，皆可證矣。

黃生曰：前半不煩繩削，後半極力經營。又曰：自起句外，止霑濕二字著雨，其餘俱是襯説，此文家避實擊虛法也。五六，與「河漢不改色，關山空自寒」，並於題外取神，結出半濕字，與暗滿字，亦同一縮法。又曰：雪詩中偏寫月，雨詩中偏寫日，皆以反攻逆擊見奇，筆端不可方物。

葛常之曰：「紫崖奔處黑，白鳥去邊明」，而「江碧鳥逾白，山青花欲燃」之句似之。《贈王侍御》云「曉鶯工迸淚，秋月解傷神」，而「感時花濺淚，恨別鳥驚心」之句似之。殆同是一機軸。

陳師道曰：余登多景樓，南望丹徒，有大白鳥飛近青山，而得句云：「白鳥過林分外明。」謝朓亦云「黄鳥度青枝」，語巧而弱，老杜云「白鳥去邊明」，語少而意廣。余每還里而自覺老，復得句云：「坐下漸多人。」杜云「坐深鄉黨敬」，句穩而語益工，乃知杜詩無不有也。

其二

江雨舊無時，天晴忽散絲㊀。**暮秋霑物冷，今日過雲遲。上**上聲**馬回休出，看**平聲**鷗**《杜臆》作鴉**坐不移**一作辭㊁。**高**一作層**軒當灔澦，潤色静書帷。**次章，記雨中候晴之景。朱彝尊曰：微雨斷雲，俗謂之過雲雨。舊無時，不時常雨。過雲遲，雲中帶雨也。回馬看鷗，避雨之事。潤色入帷，觀雨之趣。　上二首咏雨，尚在怡情處，下二章咏雨，却在傷心處矣。

㊀梁簡文《雨後》詩：散絲與山氣，忽合復俄晴。古詩：密雨如散絲。《杜臆》：鷗，一作鴉。《埤雅》云：俗候烏飛翅重，知其將雨。看鴉卜其晴也。

其三

物色歲時晏㊀，**天隅人未歸**㊁。**朔風鳴淅淅**㊂，**寒雨下**去聲**霏霏**㊃。**多病久加飯**㊄，**衰容新授衣**㊅。**時危覺凋喪**去聲。一作喪亂，**故舊短書稀**㊆。三章，叙雨中客況。首二總提，三四應物色將晏，下四應天隅未歸。淅淅，風細聲。霏霏，雨微貌。加飯授衣，旅人自慰。故舊書稀，又覺自傷矣。《杜臆》：病雖稍安，念及時危，便覺凋喪，乃故交之書稀至，則世亦以廢人待我矣。又云：近者短書，遠者長書。短書猶稀，況長書乎，近者且然，況遠者乎？

㈠《西京雜記》：棟宇物色惟舊。

㈡邵注：天隅，夔州在天之西南隅。

㈢謝惠連詩：淅淅振條風。

㈣《楚辭》：江雲霏霏而承宇。

㈤古詩：努力加餐飯。

㈥《詩》：九月授衣。

㈦江淹詩：袖中有短書，願寄雙飛燕。

其四

楚雨石苔滋，京華消息遲。山寒青兕叫，江晚白鷗飢。神女花鈿落㈠，鮫人織杼悲㈡。繁憂不自整，終日灑如絲㈢。 四章，叙雨中憂緒。 此詩結構，人但知首尾相關，二與七應，一與八應，而不知中間即景寓意，俱是雙關。《杜臆》云：中四，比凶人得志，清士失所，寡婦窮民，苦於兵賦，憂多不能自理，故對雨絲而興愴。 雨沮消息，承上親故書稀。 兕叫，雨中所聞。 鷗飢，雨中所見。 神女鈿落，應山雨。 鮫人杼悲，應江雨。 黄生注：憂不自整，則心亂，故接以雨灑如絲，詩律工細如此。

㈠巫山有神女廟。 薛夢符注：《唐志》命婦之服，兩博鬢飾以寶鈿金花。 劉遵詩：髩轉匝花鈿。

㈡《江賦》：鮫人構館於懸流。《吴都賦》：泉客潛織而卷綃。

㊂沈約《庭雨應詔》詩：非烟復非雲，如絲復如霧。

洪仲曰：接句不測，與「群盗尚縱横」句同。杜詩接句，有寫景不測者，「秋風落日斜」是也。有用意不測者，「京華消息遲」是也。意景雖殊，而法則一，故曰：杜詩慣法，二必開，七必闔。

大覺高僧蘭若 原注：和尚去冬往湖南。

大覺，當是高僧名。梁氏編在大曆間夔州詩内。《釋氏要覽》：梵言阿蘭若，唐言無諍，《四分律》云：空净處。鶴注：《唐志》：武宗即位，廢浮圖法，天下毁寺四千六百、招提蘭若四萬，則蘭若殆小於寺矣。

巫山不見廬山遠㊀，**松林**一作間**蘭若**爾者切**秋風晚**。**一老猶鳴日暮鐘**㊁，**諸僧但**一作尚**乞**去氣切**齋時飯**㊂。**香爐峰色隱晴湖**，**種杏仙家近白榆**㊃。**飛錫去年啼邑子**㊄，**獻花何日許門徒**㊅？此高僧已往湖南，而題詩於寺也。上四言巫山事，下四言廬山事。一老諸僧，守寺遺規。香爐杏林，廬山勝迹。啼邑子，前惜其去。許門徒，今望其回。

㊀廬山遠，遠公也。李白詩：笑别廬山遠。

㊁《吴越春秋》：委國於一老。

㊂錢箋：荆公《楞嚴疏》：佛與比丘，辰巳間應供，名爲齋時。《僧祇律》云：過此午時景，一髮一瞬草葉等。則非食時也。

㊃遠法師《廬山記》：山東南有香爐山，孤峰秀起，游氣籠其上，即焚煴若香烟。其南嶺臨宫亭湖，下有神廟，以宫亭爲號。又曰：衆嶺中第三嶺極高峻，嶺下半里許有重巖，上有懸崖，古仙之所居。漢董奉館於巖下，常爲人治病，病愈者令栽杏五株，數年之間，蔚然成林。計奉在人間近三百年，容狀常如三十時，俄而昇仙，絶迹於杏林。《神仙傳》：董奉居廬山治病，重者種杏五株，輕者一株，號董仙杏林。古詩：天上何所有，歷歷種白榆。朱注：《春秋運斗樞》：玉衡星散爲榆。近白榆，言其高近乎天。又曰：二句皆用廬山事，則隱晴湖乃彭蠡湖，題下所注湖南，謂蠡湖之南也。

㊄洙曰：《高僧傳》：有飛錫而赴齋者。《要覽》云：昔有高僧隱峰，遊五臺，出淮西，擲錫飛空而往西天。《漢・尹翁歸傳》：于定國欲屬託邑子兩人。注：邑子，同邑人之子。

㊅《因果經》：善慧仙人，持花七莖，欲以獻佛，時燈照王出城迎佛，王臣禮敬散獻名花，花悉墜地。善慧即散五花，皆住空中，化成花臺，後散二莖，亦止於空，即釋迦牟尼佛也。謝靈運《遠法師誄》：今子門徒，實同斯艱。

謁真諦寺禪師

此詩年次難考，今依舊編，列在夔州內。

蘭若爾者切**山高處，烟霞嶂**一作障**幾重**平聲。**凍**一作冷**泉依細石，晴雪落長松**㈠。**問法看詩妄**一作忘，**觀身向酒慵。未能割妻子，卜宅近前峰**㈡。

黄生注：前半到寺之景，後半進謁之意。　又曰：首句言高，次句言深，結用前峰字應轉。　又曰：身妄，故一切俱妄。平日所最躭者，莫如詩酒，今亦索然無味，此作悟後語。　《杜臆》：妻子難割，甚於詩酒，故自歎未能。末聯，十字爲句。

㈠《天台賦》：蔭落落之長松。

㈡趙注：宋周顒長於佛理，於鍾山西丘隱舍，終日長蔬，雖有妻子，獨處山谷。此卜宅近寺之一證也。

黄生曰：三四，景中見時，與王右丞「泉聲咽危石，日色冷青松」同一句法，然彼工在咽字、冷字，此工在凍字、晴字。

上卿翁請修武侯廟遺像缺落時崔卿權夔州

時掌切

杜公頻題武侯廟，「遺廟丹青落」與「無首對江瀆」，當是一處。「遺像肅清高」與「松柏參天長」，恐又是一處也。

大賢爲政即多聞，刺史真符不必分。尚有西郊諸葛廟，卧龍無首對江瀆㊀。上二崔權州事，下二請修遺像。

㊀無首，神像缺落也。《易》：見群龍無首。

王十朋《祠堂記略》曰：武侯故祠，在州之南門，沿城而西三十六步，無斷碑遺刻，以考其歲月之始，見於圖經者略焉。在隋唐時，治白帝，史載少陵詩曰「西郊諸葛廟」者，其地於兹乎？門之東，去祠一百八十五步，城有臺，下臨八陣圖，登臺而望，則常山之蛇，四頭八尾之勢，宛其在目。北直郡倉，倉故永安宫也。據爽塏，狀如屏。宫之北，有水曰清瀼，瀉出乎兩山之間，東入於江。又東過灧澦，入於峽，峽口有山，卓然立乎群峰之外者，白鹽也。可謂江山之勝矣。侯昔經營天下，於平沙之上，輸忠盡誠，受遺立孤，於是宫之中。江流洶而石如故，宫闕廢而地猶存。陵谷雖變，而精神不亡，宜於兩者之間祠之，亦侯之志也。書史傳於壁之左，而削其不公之論。書少陵詩於壁之右，以諸作者詩文次之。詞曰：白鹽峙天兮，灧澦屹江。風雲慘淡兮，翱翔卧龍。龍千秋兮何之，新廟貌兮江之湄。前八陣兮後故宫，龍兮龍兮神其中。望昭烈兮隔清瀼，遺廟存兮交精神於惚恍。駕虚空兮雲爲馭，臣東朝兮主西顧。魚得水而相忘兮，事無今古。儼闗張於左右兮，一龍二虎。祠有新故兮，侯無重輕。舍其故而新是卜兮，邦人之情。祠合於圖兮自今始，祀事不絶兮有如此水。卧龍之龍，叶音龐，在江韻。

奉送卿二翁統節度鎮軍還江陵

鶴注：當是大曆二年作。卿二翁，姓崔，乃公舅氏。江陵，即湖廣荆州府。

火旗還錦纜㈠**，白馬出江城**㈡**。嘹唳吟**一作鳴**笳發，蕭條别浦清**㈢**。寒空巫峽曙，落日渭陽情**一作明㈣**。留滯嗟衰疾，何時見息兵。**上四崔還之事，下四送别之情。朱旗錦纜，軍士列舟以待也。白馬出城，統軍將啟行矣。於時笳聲悲慘，不覺别浦蕭條。自曙而夕，惜别情深。何時息兵，有感世亂也。

㈠朱旗，紅旗也，諸侯所建。《考工記》：龍旂九旒，以象大火。鳥旟七旒，以象鶉火。注：大火，蒼龍宿之心。鶉火，朱雀宿之柳。吴甘寧以錦維舟。

㈡龐德好騎白馬，號白馬將軍。

㈢謝朓詩：寥戾清笳轉，蕭條邊馬煩。别浦，用送别南浦語。

㈣舅稱渭陽，本《詩·秦風》。漢章帝留馬光詔：有司勿復請，以慰朕渭陽之情。

太白詩：「浮雲遊子意，落日故人情。」對景懷人，意味深永。少陵云：「寒空巫峽曙，落日渭陽情。」亦是寫景贈别，而語意短淺。杜詩佳處固多，此等句法，却不如李。

久雨期王將軍不至

鄭曰：大曆二年九、十月，吐蕃寇靈、邠，京師戒嚴，當是其年冬作。

天一作山**雨蕭蕭滯**一作帶**茅屋，空山無以慰幽獨**㈠。**鋭頭將軍來何遲**㈡，令平聲**我心中苦不足。**　叙雨中期王不至。

㈠《楚辭》：幽獨處乎山中。

㈡鋭頭將軍，如白起之頭小而鋭。　漢武帝歌：何珊珊其來遲耶？

數所角切**看**平聲**黄霧亂玄雲**㈠，**時聽嚴風折喬木。泉源泠泠雜猿狖**㈡，**泥濘**一作滓**漠漠飢鴻鵠。歲暮窮陰耿未已，人生會面難再得**叶音篤㈢。　申久雨思王之意。

㈠庾肩吾詩：山沉黄霧裏，地盡黑雲中。　蔡琰詩：玄雲合兮翳月星。

㈡《説苑》：泉源潰潰。

㊂古詩：會面安可知。　李延年歌：佳人難再得。

憶爾腰下鐵絲箭，射音石殺林中雪色鹿。前者坐皮因問毛㊀，知子歷險人馬勞㊁。異獸如飛星宿落，應弦不礙蒼山高㊂。追述將軍射獵事。《杜臆》：坐皮問毛，見毛如雪色，異而問之，始知其善射所得，此用倒插法。

㊀《周禮·大司徒》：辨五地之物生，一曰山林，其動物宜毛物。注：毛物，狐貉之屬。

㊁漢白狼王唐菆《遠夷慕德歌》：涉危歷險，不遠萬里。

㊂張華詩：機發應弦倒，一縱連雙肩。

安得突騎去聲只五千㊀，崒昨没切然眉骨皆爾曹。走平亂世相催促，一豁明主正鬱陶。恨一作憶昔范增碎玉斗㊁，未一作來使吳兵著同着白袍㊂。昏昏閶闔閉氛祲，十月荆南雷怒號平聲。末思猛士以靖亂，惜將軍之不用也。相催促，急於救亂。豁鬱陶，能寬主憂。范增，比老謀不用。白袍，言軍功未立。閶闔氛祲，言吐蕃入寇。十月荆雷，言災變未弭。玩此段之意，王蓋昔爲將軍，而退居夔州者。黄鶴指爲王承俊，誤矣。承俊在成都，於荆南無與。此章四句起，八句結，中二段各六句。

㊀《後漢·吴漢傳》：常將突騎五千爲軍鋒。

㊁《前漢書》：鴻門之會，張良以玉斗獻范增，增拔劍撞而破之。

㈢《南史》：陳慶之麾下悉着白袍，所向披靡，先是洛中謡曰：「名軍大將莫自牢，千兵萬馬避白袍。」舊注引侯景會東吴，兵盡着白袍，謂指崔旰入朝。若依其説，則未使當作來使矣。又一説：吴兵白袍，是用吕蒙白衣摇櫓事。

郝敬曰：此詩奇突豪邁，直可追風掣電。

盧元昌曰：時杜鴻漸薦崔旰，旰方入朝，故有閶闔氛祲之句。王將軍在蜀，杜鴻漸不用之以平亂，詩意在此。篇中黄霧亂雲，殺氣蔽天之象；嚴風折木，大將失律之象；猿狖雜處，小人鼠竄之象；鴻鵠苦飢，民生失所之象：皆借雨以歎時事也。

虎牙行

洙曰：原注：蕭銑僭號江陵日，屯兵於此，後常爲屯戍之地。黄鶴編在大曆二年。謝省曰：因篇内有虎牙二字，摘以爲題，非正賦虎牙也，下《錦樹行》亦然。

秋一作北**風欻吸**晉作欻欻**吹南國**㈠**，天地慘慘無顔色。洞庭揚波江漢迴**㈡**，虎牙銅柱皆傾側**㈢**。巫峽陰岑朔漠氣，峰巒窈窕溪谷黑。杜鵑不來猿狖寒**一作啼**，山鬼幽陰霜雪**一作雪**霜逼。**此詩在秋塞而傷亂也，首寫秋陰肅殺之氣。上四洞庭遠景，下四巫峽近景。

㈠《文選注》：欻吸，猶翕忽也。謝朓《高松賦》：卷風飇之欻吸。

㈡江漢迴，即倒流意。

㈢《水經注》：江水又東歷荆門虎牙之間。注：荆門在南，上合下開，狀如門。虎牙在北，石壁色紅，間有白文，類牙形。二山，楚西塞也，水勢急峻。《後漢書注》：在今峽州夷陵縣東南。《水經注》：江水又東逕漢平二百餘里，左自涪陵東出百餘里而届於積石，東爲銅柱灘。《一統志》：銅柱灘，在重慶府涪陵江口。

楚老長嗟憶炎瘴㈠，**三尺角弓兩斛力**㈡。**壁立石**一作古**城横塞起**㈢，**金錯旌竿滿雲直**。**漁陽突騎**去聲**獵青丘**，**犬戎鎖甲圍**一作聞**丹極**。**八荒十年防盜賊**，**征戍誅求寡妻哭**恐當叶克，**遠客中宵淚霑臆**。此見關塞屯兵而有感。上四指目前事，下五憶往日事。舊時秋猶炎瘴，今忽風寒弓勁，此即兵象也。城横塞上而旌竿直立，時方備寇也。漁陽，指安史。犬戎，指吐蕃。楚老，謂夔人。遠客，公自謂。歌行結尾，每用疊韻，若哭字用叶，不必疑丹極下有漏句矣。鶴注未然。此章，上段八句，下段九句。

㈠謝靈運詩：楚老惜蘭芳。鶴云：炎方地脈疏而氣洩，愆陽不收，人爲常燠所暵，膚理不密，又爲山水草莽之氣所侵，故成瘴。

㈡《南史》：齊魚復侯子響勇絶人，開弓四斛力。

㈢傅玄詩：蜀賊阻石城。

錦樹行

鶴注：當是大曆二年東屯作。《西京雜記》：終南山有樹，葉一青一丹，斑駁如錦繡，長安謂之丹青樹。釋智元詩：「樹錦無機織，猿鳴詎假弦。」錦樹本此。

今日苦短昨日休，歲云暮矣增離憂㊀。**霜凋碧樹作**一作行，一作待**錦樹**㊁，**萬壑東逝無停留**。此歲終寥落而有感也。首段，傷時光之易度。昨日休，言又過一日矣。

㊀盧諶詩：忽忽歲云暮。

㊁江淹詩：碧樹先秋落。

荒戍之城石色古，東郭老人住青丘㊀。**飛書白帝營斗粟，琴瑟几杖柴門幽**。**青**一作春**草萋萋盡枯死，天馬**一作與驥**跛**一作跂**足隨氂**陵之切**牛**㊁。**自古聖賢多薄命，姦雄惡少**去聲**皆封**一作封公**侯**㊂。次叙客居淒涼之況。天馬氂毛，喻聖賢惡少。朱注：東郭，公所居。觀《阻雨》詩「佇立東城隅」，可見瀼西在夔州東郭也。

㊀《史記》：有齊人東郭先生。青丘，恐是清溪。

㊁趙曰：草枯無以充腹，故天馬無異於氂牛。《山海經》：荆山其中多氂牛。注：旄牛屬也，出西

南徼外，黑色。

㊂盧思道詩：從軍多惡少。

故國三年一消息，終南渭水寒悠悠。五陵豪貴反顛倒，鄉里小兒狐白裘㊀。**生男墮地要膂力**㊁，**一生**一作生女**富貴傾邦國。莫愁父母少黄金，天下風塵兒亦得。**末慨長安少年之驟貴者。朱注：貴妃時，民間語曰：「生男勿喜女勿悲，君看生女作門楣。」詩末正翻此語，言風塵之時，男兒亦好，豈必生女能致富貴乎？世變之感，愈深愈痛。顛倒，謂富貴不常。風塵，謂兵戈擾攘。此章，四句起，下二段各八句。

㊀《記·玉藻》：君衣狐白裘，錦衣以裼之，士不衣狐白。鄉里句，言服飾之奢僭。

㊁傅玄樂府：男兒墮地稱姝。又《豫章行》：男兒當門户，墜地自生神。《周國語》：四軍之帥，膂力方剛。

王嗣奭曰：此等詩，皆有避忌，故朦朧顛倒其辭，大抵有武夫惡少，乘亂得官，而豪横無忌，觀膂力風塵語，可見。

自平

鶴注：當是大曆二年作。太一反於廣德元年，平之必在二年，至大曆二年爲三年，故曰千餘日。

自平中官舊作宮中，一作中宮，東坡定作中官**呂太一**㈠，**收珠南海千餘日。近供生犀翡翠稀，復**扶又切**恐征戍**一作戎**干戈密。蠻溪豪族小**一作山**動搖**㈡，**世封刺史非時**一作常**朝**音潮㈢。**蓬萊殿前**一作裏**諸主將**去聲，**才如伏波不得驕。**上四，憂南海之亂。下四，言柔遠之道。朱注：太一平後，蠻豪復小梗，公恐出鎮者，遽興兵生事，故援羈縻之義以戒之。錢箋：蠻溪豪族，雖有小警，常置之不問。世封刺史，其於朝貢，則不責常期。此言唐初處置之法如此。則蠻夷率俾，雖有伏波之將，不得生事於外矣。殿前諸將，指中官之掌禁兵者。《杜臆》：伏波親履其地，不敢輕視，征五溪故事可證也。

㈠《舊唐書·代宗紀》：廣德元年十二月，宦官市舶使呂太一，逐廣南節度使張休，縱兵大掠廣州。《通鑑》：張休棄城走端州，太一縱兵焚掠，官軍討平之。

㈡《舊書》：大曆二年九月，桂州山獠陷州城，刺史李良遁去，故曰小動搖。

㈢《唐書》：太宗時，溪洞蠻酋歸順者，皆世授刺史。

寄裴施州

朱注：《代宗紀》：寶應元年九月，右僕射山陵使裴冕貶施州刺史。廣德二年二月，以澧州刺史裴冕爲左僕射，兼御史大夫。考：廣德元年三月，葬玄宗、肅宗，則冕爲山陵使，必在廣德元年以前，而不在永泰元年明矣。冕自澧州徵還，至永泰元年三月方待制集賢，《本傳》誤以集賢待制在山陵使之前，又誤以貶施州爲在永泰元年耳。考：公到夔州，冕已久居朝廷，不應有此寄，且詩云：「幾度寄書白鹽北，苦寒贈我青羔裘。」公以大曆二年秋移居東屯，東屯正在白鹽之北，公《移東屯》詩「白鹽危嶠北」可證，則知是詩乃大曆二年冬所作也。史載二年二月左僕射裴冕，置宴於子儀之第，是年何得在施州乎？公遇裴施州，在去蜀之年，其人名不可考矣。黄鶴以爲裴冕，斷誤。鶴注：《九域志》：夔州北至施州，蓋三百餘里。《唐書》：施州清江郡，屬黔中道。

廊廟之具裴施州㊀**，宿昔一逢無比**一作此**流。金鐘大鏞在東序**㊁**，冰壺玉衡**《英華》作珩**懸清秋**㊂**。**首叙往日逢裴。《杜臆》：廊廟之具，正於金鐘玉衡見之。鐘鏞，狀其器宇恢弘。冰玉，狀其識鑒清朗。

㊀《蜀志·許靖傳評》：靖夙有名譽，蔣濟以爲有廊廟之器。

㊁《詩》：賁鼓維鏞。鏞，大鐘也。《書》：天球河圖在東序。任昉序，並東序之秘寶，實瑚璉之茂器。

㊂《選》詩：清如玉壺冰。《書》：在璿璣玉衡。

自從相遇減一作感**多病，三歲爲客寬邊**一作旅**愁。堯有四岳明至理**㊀**，漢二千石真分憂**㊁**。**

次叙近年再遇。《杜臆》：相遇病減，蓋三歲中邊方安而客心亦安。政績可追唐漢，則廊廟之具，已見諸施行矣。

㊀《書》注：四岳，主四方諸侯者。

㊁《漢·百官公卿表》：郡守秦官，秩二千石。《宣帝紀》：與我共理者，唯良二千石乎？

幾度寄書白鹽北，苦寒贈我青羔一作絲。一作縑**裘**㊀。**霜雪迴光避錦袖，龍蛇**一作蛟龍**動篋蟠銀鉤**㊁。此叙裴寄贈之情。衣裘暖，故霜雪迴寒。書法美，如龍蛇動篋。

㊀《西京雜記》：劉向作彈棋獻成帝，以代鞠蹴。帝大悦，賜青羔裘、紫絲履。

㊁《書藪》：歐陽率更書飛白冠絶，有龍蛇戰鬭之象。王僧虔論書：索靖甚矜其書，名其字書曰銀鉤蠆尾。

紫衣使去聲**者辭**一作辟**復命，再拜故人謝佳政**㊀。**將老已失子孫憂**㊁，**後來況接才華盛**㊂。《英華》此句下有「遥憶書樓碧池映」句。此寄書答謝之意。《杜臆》：裴有此佳政，子孫猶將與被其澤，況文章華國，更可爲後世法程乎？後二語，收盡前兩節。此章，前韻分三段，换韻作結。

㊀曹植《與吴質書》：足下在彼，自有佳政。

㊁子孫憂，出《論語》。

㊂陶潛詩：才華不隱世。

鄭典設自施州歸

此當是大曆二年作。《唐志》：東宫官，典設郎四人，掌太子湯沐汛掃鋪陳事。《杜臆》：施州，舊屬夔州路。明改爲施州衛，屬湖廣，而夔之建始縣，舊隸施州，在夔州府南五百里。志云：民雜夷獠，頗有華風。

吾憐滎陽秀㊀**，冒暑初有適。名賢慎出處**上聲。一作所出㊁**，不肯妄行役**㊂**。旅兹殊俗遠**一作還**，竟以屢**音慮**空**去聲**迫**㊃。首叙往施之故。見冒暑而行，爲迫於空乏耳。

㊀滎陽，鄭氏郡名。

㊁陸機詩：出處鮮爲諧。

㊂《詩》：予季行役。

㊃屢空，見《論語》。

南謁裴施州，氣合無險僻。攀援懸根木㊀**，登頓入天**草堂、陳浩然並作矢**石**㊁。**青山自一川，城郭洗憂戚**一作感㊂。次叙往施景事。意氣相投，忘乎險僻矣。攀援二句，中途歷險。青山二句，到時覽勝。

㈠梁武帝詩：攀援傍玉澗。　江總賦：岸木懸根。　《杜臆》：懸根木，蓋榕也。根生枝上，纍纍下垂，未見者以爲奇。　南荒山水粗惡，青山一川，便足賞心矣。

㈡謝靈運詩：山行窮登頓。　鮑照詩：青冥摇烟樹，穹跨負天石。　公《瞿唐》詩：入天猶石色。

㈢憂戚與遠戚，字同意異，不作犯重。

聽子話此邦，令平聲**我心悦懌**㈠**。其俗則**一作甚**淳樸，不知有主客。温温諸侯門，禮亦如古昔**㈡**。敕厨倍常羞，杯盤頗狼籍**㈢**。時雖屬**音竹**喪**去聲**亂，事貴當**一作賞**匹敵**㈣**。中宵愜良會，裴鄭非遠戚。群書一萬卷，博涉供務隙**㈤**。他日辱銀鉤**㈥**，森疏見矛戟**㈦**。**次述典設之言。　上四，見施州俗美。中八，見裴公交情。下四，兼誌其文學。　不知主客，皆能親厚。諸侯門，指裴刺史。　《杜臆》：往事尊貴，適當匹敵之人。　一説，時雖值乎喪亂，而事則貴與匹敵者相賞。貴字與雖字相應，皆屬活字，不如前解。　裴向曾寄書於公，故有「龍蛇動篋蟠銀鉤」之句，此云銀鉤、矛戟，正引證其善書耳。　若云贈書於鄭，恐辱字説不去。

㈠《詩》：悦懌汝美。

㈡元希聲詩：粤在古昔。

㈢《滑稽傳》：履舄交錯，杯盤狼籍。

㈣《左傳》：賓媚人曰：「蕭同叔子非他，寡君之母也，若以匹敵，則亦晉君之母也。」傳言齊晉相匹，詩引之以見裴鄭之相匹耳。

㈤《漢書》傳贊：劉向、揚雄，博極群書。《南史》：顔協博涉群書。傅亮《感物賦》：夜清務隙，游目藝苑。

㈥薛道衡詩：布字改銀鈎。

㈦《書苑》：歐陽詢真行之書，出於大令，森然如武庫矛戟。

倒屣喜旋歸㈠，**畫**去聲**地求**一作來**所歷**㈡。**乃聞風土質，又重**平聲**田疇闢。刺史似寇恂，列郡宜競借**咨昔切。一作惜㈢。此叙歸來情事，乃結上起下。畫地所歷，應上山川。風土田疇，應上俗淳。寇恂宜借，應上諸侯。

㈠《崔駰傳》：駰見竇憲，憲倒屣迎。注：倒屣，不上踵也。《詩》：薄言旋歸。

㈡任昉表：畫地成圖，抵掌可述。注：謂張安世。

㈢借寇，注别見。朱注：競借，從草堂本爲正。謝靈運《山居賦》「怨浮齡之如借」，叶入聲，音迹。

北風吹瘴癘，羸老思散策。渚拂蒹葭寒一作塞㈠，**嶠穿蘿蔦冪**㈡。**此身仗兒僕，高興**去聲**潛有激。孟冬方首**去聲**路**㈢，**强飯取崖壁**㈣。**歎爾疲駑駘，汗溝血不赤**㈤。**終然備外飾**㈥，**駕馭何所益。我有平肩輿**㈦，**前途猶準的**㈧。**翩翩入鳥道，庶脱蹉跌厄。**此自叙欲往施州之意。上八擬行期，下八商行計。散策，杖策而行。渚拂，水行也。嶠穿，山行也。方首路，謂孟冬方啟行。遠注：歷險非駑馬所堪，必肩輿可免蹉跌，將自己陪結，文情逸宕。《杜臆》：後數句，乃對面商量之語，輒以入詩，此是真情實事。此章，六句者三段，十六句者兩段。

㈠《詩》：蒹葭蒼蒼。
㈡鶴曰：《詩》注：蔦，一名女蘿。冪，如伍子胥冪面之冪。
㈢傅亮詩：旆旌首路。顔延之詩：首路跼險難。
㈣李陵書：春風多厲，强飯爲佳。
㈤《赭白馬賦》：膺門沬赭，汗溝走血。注：汗溝，馬中脊也。
㈥昭明太子詩：終然類管窺。
㈦《晉書》：王獻之乘平肩輿，入顧辟疆園。
㈧温子昇表：實當年之準的，乃一世之權衡。

觀公孫大娘弟子舞劍器行并序

大曆二年十月十九日，夔州别駕元持一作特宅，見臨潁李十二娘舞劍器，壯其蔚跂。問其所師一本此下有答字，曰：「余公孫大娘弟子也。」開元三載上聲，錢箋：三載，一作五載，時公年六歲，公「七齡思即壯」，六歲觀劍似無不可。詩云「五十年間似反掌」，自開元五年至是年，凡五十一年。《草堂》注云疑作十二載，誤也。余尚童稚，記於郾城，觀公孫氏舞劍器渾脱，瀏灕頓挫，獨出冠去聲時。自高頭宜春、梨園二伎一作教坊内人，洎外供奉舞女從《英華》，他本無舞女二字，曉是舞者，聖文神武皇帝初，公孫一人而已。玉貌錦一作綉衣，況余白首，今兹弟子，亦匪盛顔。既辨其由來，知波瀾莫二。撫事慷慨，聊爲《劍器行》。昔一作往者吴人張旭，善草書書帖，數音朔嘗於鄴一作葉縣見公孫大娘舞西河劍器，自此草書長丁丈切進。豪蕩感激，即公孫可知矣。《唐書》：臨潁、郾城二縣，俱屬許州。段安節《樂府雜録》：健舞曲有稜大、阿連、柘枝、劍器、胡旋、胡騰等。軟舞曲有涼州、緑腰、蘇合香、屈柘、團圓旋、甘州等。張爾公《正字通》云：劍器，古武舞之曲名，其舞用女妓雄妝，空手而舞，見《文獻通考》舞部。此詩正指武舞言，或以劍器爲刀劍，誤也。《通鑑》：中宗宴近臣，令各效伎藝爲樂，將作大匠宗晉卿舞渾脱。胡三省注：《唐五行志》：長孫無忌以烏羊毛爲渾脱氈帽，人多效之，謂之趙公渾脱，因演以爲舞。崔令欽《教坊記》：右教坊，在光宅坊。左教坊，在延政坊。右多善歌，左多工舞。妓女入宜春院，謂之内人，亦曰前頭人，以常在上前也。《雍録》：開元二年正月，置教坊於蓬萊宫側，上自教法曲，謂之梨園弟子。天寶初，即東宫置宜春北院，命宫女數百人爲梨園弟子。梨園，在光化門北。光化門者，禁苑南面西頭第一門。《明皇雜録》：上素曉音律，安禄山獻白玉簫管數百事，陳於梨園，自是音響不類人間，諸公主及虢國以下，競爲貴妃弟子。每授曲之終，皆廣有進奉，時公孫大娘能爲鄰里曲及裴將軍滿堂勢、西河劍器渾脱舞，妍妙皆冠絶於時。　黄生曰：此序與石崇《思歸引》，波瀾不異。　申涵光曰：詩序太剥落，「玉貌錦衣」下，如何接「況余自首」。　末引張顛事，却有致。　況余，當是恍余，言恍忽已老也。　李肇《國史補》：張旭草書得筆法，後傳崔邈、顔真卿。　旭嘗言：始吾見公主擔夫争路。而得筆法之意，後見公孫氏舞劍器，而得其神。　正此注脚。

昔有佳人公孫氏㈠，**一舞劍器動四方**㈡。**觀者如山色沮喪**去聲㈢，**天地爲之久低昂**㈣。**㸌**户沃切**如羿射**音石**九日落**㈤，**矯如群帝驂龍翔**㈥。**來**一作末**如雷霆收震怒**㈦，**罷如江海凝清光**㈧。　從公孫善舞叙起。　沮喪，謂神奇可駭。　低昂，言高卑易位。　㸌然下垂，如九日並落；矯然上騰，如駕龍翔空。　其來忽然，如雷霆過而響尚留；其罷陡然，如江海澄而波乍息。　皆細摹舞態也。　黄生注：考《教坊記》，劍器，乃健舞也，故序云「壯其蔚跂」，而詩以四如形容之。　下一句尤妙，方見不是雄裝健兒。

㈠曹植詩：南國有佳人。

㈡《書》：四方風動。　《記》：觀者如堵。

㈢《莊子》：嗒焉沮喪。

㈣《前漢·楊惲傳》：奮袖低昂，頓足起舞。　傅玄詩：北斗忽低昂。

㈤㸌，灼也。　梁元帝賦：睹㸌火之迢遥。　《淮南子》：堯時十日並出，堯令羿射，中九日，日烏皆死，墜其羽翼。

㈥夏侯玄賦：又如東方群帝兮，騰龍駕而翱翔。

㈦《詩》：如雷如霆，徐方震驚。　王奮厥武，如震如怒。

㈧應璩詩：江海倘不逆。　江淹詩：秋日懸清光。

絳脣珠袖兩寂寞㈠，**晚**陳作脱。一作況**有弟子傳芬芳**㈡。**臨潁美人在白帝**㈢，**妙舞此曲神揚揚**㈣。**與余問答既有以**㈤，**感時撫事增惋傷**㈥。此見李舞而感懷。　寂寞，傷公孫已逝。芬芳，喜李氏猶存。

㈠《蕪城賦》：玉貌絳脣。　曹植詩：間房何寂寞。

㈡《神女賦》：吐芬芳其若蘭。

㈢《唐・地理志》：潁川郡有臨潁縣。

㈣梁簡文帝詩：妙舞有巴渝。　劉琨詩：此曲悲且長。　《史記・晏子傳》：意氣揚揚，甚自得也。

㈤《詩》：何其處也，必有以也。

㈥《楚辭》：余感時兮悽愴。　傅亮《爲宋公修張良廟教》：撫事彌深。

先帝一作皇**侍女八千人，公孫劍器初第一**㈠。**五十年間似反掌**㈡，**風塵澒洞**一作傾動**昏王室**㈢。**梨園弟子散如烟，女樂餘姿映寒日**㈣。此先朝盛衰之感。　風塵，指禄山陷京。餘姿，即臨潁舞態。

㈠《史記・公孫弘傳》：天子擢弘對爲第一。《隨筆》云：自漢以來，帝王妃妾之多，惟漢靈帝、吳歸命侯、晉武帝、宋蒼梧王、齊東昏、陳後主、晉武至於萬人，唐世明皇爲盛。白樂天《長恨歌》云「後宮佳麗三千人」，杜子美《劍器行》云「先帝侍女八千人」，蓋言其多也。《新唐史》所叙，謂開元天寶中，宫嬪大率四萬。嘻，其甚矣！隋大業離宫徧天下，所在皆置宫女，故裴寂爲晉陽宫監，以私侍高祖。及高祖義師經過處，悉罷之。其多可想見矣。

㊁《文中子》：如反掌耳。

㊂陸雲詩：飄飄冒風塵。《淮南子》：未有天地之時，鴻濛澒洞，莫知其門。《詩》：王室如燬。

㊃傅玄詩：回目流神光，傾亞有餘姿。陶潛詩：慘慘寒日，肅肅其風。

金粟堆南木已拱㊀，**瞿唐石城草**一作暮**蕭瑟**㊁。**玳筵急管曲復**扶又切**終**㊂，**樂**音洛**極哀來月東出**㊃。**老夫不知其所往，足繭荒山轉愁疾**一作寂㊄。此當席聚散之感。金粟，承先帝。瞿唐，承白帝。樂極，承妙舞。哀來，承撫事。足繭行遲，反愁太疾，臨去而不忍其去也。此章，八句起，後三段各六句。

㊀《長安志》：明皇泰陵，在蒲城東北之金粟山。《左傳》：爾墓之木已拱矣。《漢·食貨志》：石城十仞。

㊁江淹詩：松柏轉蕭瑟。

㊂又詩：玳筵歡趣密。鮑照詩：催筵急管爲君舞。《司馬相如傳》：曲終而奏雅。

㊃漢武帝《秋風辭》：歡樂極兮哀情多。魏文帝樂府：樂往哀來摧肺肝。《詩》：日居月諸，東方

自出。

㊄《戰國策》：蘇子足重繭，日百而後舍。注：繭，足胝也。《唐韻》：胝，皮厚也。陶潛詩：鬱鬱荒山裏。

劉克莊後村曰：此篇與《琵琶行》，一如壯士軒昂赴敵場，一如兒女恩怨相爾汝。杜有建安黄初氣，白未脱長慶體耳。

王嗣奭曰：此詩見劍器而傷往事，所謂撫事慷慨也。故詠李氏，却思公孫，詠公孫，却思先帝，全是爲開元天寶五十年治亂興衰而發，不然，一舞女耳，何足揺其筆端哉。

寫懷二首

鶴注：此是大曆二年冬作。詩云巫峽、三歲，公以永泰元年赴雲安，至大曆二年爲三歲矣。又云「歲暮日月疾」，故知爲冬日也。魏文帝詩：賦詩以寫懷。

勞生共乾坤㊀，何處異風俗。冉冉自趨競㊁，行行見羈束㊂。無貴賤不悲，無富貧亦足㊃。萬古一骸骨㊄，鄰家遞歌哭㊅。此章自叙，從慨世説起。言乾坤之内，共趨名利，苟能達觀，則窮達生死，皆可一視，何必多此哀樂乎？

㊀《莊子》：大塊載我以形，勞我以生。

㊁古樂府：冉冉府中趨。

㊂古詩：行行重行行。　人競奔趨，則受羈束矣。　張協詩：羈束戎旅間。

㊃阮籍《大人先生傳》：無貴則賤者不怨，無富則貧者不争，各安於身而無所求。

㊄《史記·張儀傳》：且賜骸骨辟魏。

㊅《博物志》：雍門人至今善歌哭。

鄙夫到巫峽㊀，三歲如轉燭㊁。全命甘留滯，忘情任榮辱㊂。朝音潮**班及暮齒㊃，日給還脱粟㊄。編蓬石城東㊅，采藥山北**一作林谷**㊆。用心霜雪間，不必條蔓緑。非關故安排㊇，曾**音層**是順幽獨㊈。**次叙客夔之況。　全命志情，言隨寓而安。朝班四句，言居食粗給。用心四句，即指采藥事。　吴論：尋根霜雪之間，不必條蔓之緑，此亦無意於安排，但順其幽居之性而已。

㊀崔瑗《座右銘》：行行鄙夫志。　《詩》：三歲食貧。

㊁庾肩吾詩：聊持轉風燭。

㊂《亢倉子》：至人忘情。　《歸田賦》：苟縱心於域外，安知榮辱之所如。

㊃沈約《彈文》：希聃幸齒朝班。　朝班及暮齒，謂昔玷朝班，而今已暮年矣。　時公年五十有六。張綖注云：朝班故人，念及暮齒，供以日給之資，似無所指。　謝靈運詩：頽年追暮齒。

㊄《晏子春秋》：晏子相齊，衣十升之布，脱粟之飯。

㈥東方朔《非有先生論》：居深山之中，積土爲室，編蓬爲户。　石城，即夔州城。
㈦洙曰：許徵君詩：采藥白雲隈，略以肆所養。今按：龐公採藥注已别見。王洙所引許畋隱居採藥北山，未知何據。
㈧《莊子》：仲尼謂顔淵曰：「安排而去化，乃入於寥天一。」謝靈運詩：安排徒空言，幽獨賴鳴琴。
㈨《詩》：曾是在位。

達士如弦直㈠，小人似鉤曲㈡。曲直吾不知，負暄候樵牧㈢。末有任運自然之意。　不與人情競曲直，仍與起處達生相應。　此章，八句起，中段十二，末段四句。

㈠達士，出《越國語》。左思詩：可爲達士模。
㈡後漢順帝末童謡云：直如弦，死道邊。曲如鉤，封公侯。
㈢《列子》：宋田夫負日之暄。

其二

夜深坐南軒㈠，明月照我膝。驚風翻河漢㈡，梁棟日已出一作已出日。**群生各一宿㈢，飛動自儔匹㈣。吾亦驅其兒，營營爲私實**一作室㈤。次章慨世，從自叙説起。述旦暮景事，即前章「勞生共乾坤」意。

㈠《廣韻》：檐宇之末曰軒，長廊之有窗者。
㈡曹植詩：驚風飄白日。

㊂《莊子》：官陰陽以遂群生。　《韓非子》：一宿而習之。

㊃《淮南子》：蠉飛蠕動。　古樂府辭：悲聲命儔匹。

㊄鮑照詩：營營市井人。　《楚語》：蓄衆聚實。注：實，財也。

天寒行旅稀，歲暮日月疾。榮名忽一作惑**中**平聲**人**㊀**，世亂如蟣蝨**㊁**。古者三皇前**㊂**，滿腹志願畢**㊃**。胡爲有結繩，陷此膠與漆。禍首燧人氏**㊄**，厲階董狐筆**㊅**。君看**平聲**燈燭張，轉使飛蛾密**㊆**。**次歎人情之迫於名利者。榮名中於人心，此争趨所以長亂，若三皇以前，本渾沌無爲，自結繩以後，不免智巧日生矣。飲食起而貪夫殉利，故燧人爲禍之首。名教立而烈士殉名，故董狐爲亂之階。飛蛾赴燭，譏其滅身而不顧也。

㊀《選》詩：榮名以爲寶。　《楚辭》：薄寒中人。

㊁《史記·項羽紀》：搏牛之蝱，不可以破蟣蝨。　蟣蝨，言所争者小。

㊂《通鑑外紀》：上古有天皇、地皇、人皇氏。

㊃《莊子》：鼴鼠飲河，不過滿腹。

㊄《帝王外紀》：燧人氏始教人火食。　又云：始作結繩之政，立傳教之臺。　《莊子》：待繩約膠漆而固者，是侵其德也。　膠漆，言不可解。

㊅《左傳》：職爲厲階。　又云：董狐，古之良史也。

㊆張協詩：飛蛾拂明燭。

放神八極外㈠**，俛仰俱蕭瑟**㈡**。終然契真如**㈢**，**蔡、趙皆作真如。一作終契如往還。**得**一作歸**匪金**一作合**仙術**㈣**。**末有達觀齊化之意。　自言名利不足關心，唯神遊物外，俯仰皆空，能契真如本性，庶金仙之術可致也。　此詩格局，亦同上章。

㈠王康琚詩：放神青雲外。　《淮南子》：天地之間，九州八極。注：八方，荒忽極遠之地也。

㈡《莊子》：其疾俛仰之間。

㈢《楞嚴經》：遠契如來。又云：常住妙明不動，周圓妙真如性。又云：發真如妙覺圓性。

㈣《釋典》：佛號大覺金仙。宋之問詩：雙樹謁金仙。《李太白詩集注》：金仙，佛也。因緣九十一劫，身皆金光。　朱注：舊云「終契如往還」，即《吳越春秋》所云「生往死還」。

張綖曰：前篇處困而亨，是聖賢大道，此篇絕聖棄智，是老莊玄談。前篇說得平實，是身歷之詞，此篇說得放曠，是憤俗之語，觀者勿以辭害意可也。

杜詩詳注卷之二十一

冬至

鶴注：此當是大曆二年作。《玉燭寶典》云：至有三義：一者陰極之至，二者陽氣始至，三者日行南至。

年年至日長爲客㈠，**忽忽窮愁泥**乃計切**殺人**㈡。**江上形容吾獨老**㈢，**天涯**一作邊**風俗自相親**㈣。**杖藜雪後臨丹壑**㈤，**鳴玉**一作明主**朝來散紫宸**㈥。**心折此時無一寸**㈦，**路迷何處是**一作見**三秦**㈧。上四言旅居冬至，下憶長安冬至也。惟客途久滯，故自傷泥殺。形容獨老，皆窮愁所致。風俗自親，於爲客無與。身臨丹壑，而意想紫宸，故有心折路迷之慨。心折則窮愁轉甚，路迷則久客難歸矣。

㈠鮑照詩：去親爲客。

㈡阮籍詩：忽忽至夕窮。《測旨》：忽忽，不定也。泥殺人，膠滯也。

㊂《楚辭》：屈原放於澤畔，形容枯槁。
㊃陸雲詩：風土豈相親。
㊄《莊子》：原憲杖藜而應門。　鮑照詩：妍容逐丹壑。
㊅《西征賦》：飛翠緌，拖鳴玉，以出入禁門者衆矣。
㊆江淹《别賦》：心折骨驚。
㊇謝靈運詩：路迷糧亦絶。《史記》：項羽分秦地爲三：章邯爲雍王，都廢丘；司馬欣爲塞王，都櫟陽；董翳爲翟王，都高奴。謂之三秦。

柳司馬至

鶴注：此當是大曆二年作。是年九月、十月，吐蕃入寇，兩京戒嚴，故詩中説兩京事。

有客一作使歸三峽，相過平聲問兩京。函關猶出一作自將去聲，渭水更一作自屯徒昆切兵。設備邯鄲道㊀，和親邏力佐切沙蘇箇切。《唐書》作娑。《韻會》云：娑，或作沙，通作些城㊁。幽燕唯鳥去，商洛少人行㊂。衰謝身何補，蕭條病轉嬰㊃。霜天到宫闕㊄，戀主寸心明。

首二，柳至夔而問信也。中六，柳答詞。下四，公自叙。　出將屯兵，設備和親，此指西京吐蕃事。幽燕路梗，商洛人稀，此指東京叛將事。《杜臆》：霜天望闕，千里明净，唯戀主丹心，與之共明耳，此十字句法。

㈠《漢書》：文帝至霸陵，慎夫人從，帝指視新豐道曰：「此走邯鄲道也。」《左傳》：楚子以諸侯伐吳，早設備，楚無功而還。

㈡《舊唐書·吐蕃傳》：其人或隨畜牧，而不常厥居，然頗有城郭，其國都城號邏些城。《新書》：吐蕃贊普居跋布川，或居邏娑川。

㈢《高士傳》：四皓共入商洛。

㈣劉楨詩：余嬰沉痾疾。

㈤薛道衡詩：霜天斷雁聲。

申涵光曰：此詩，用三峽、兩京、函關、渭水、邯鄲、邏些、幽燕、商雒，地名八見，亦是一病。

別李義

此當是大曆二年冬作。　盧注：李義，李鍊之子。鍊在明皇朝，曾遣祭沂山東安公。鍊乃宗室之賢，義能繼美。

神堯十八子，十七王其門㈠。**道國洎**一作及**舒國**㈡，**實**一作督**維親弟昆。中外貴賤殊，余亦**

忝諸孫。丈人嗣三葉一作王業㊂，**之子白玉温**㊃。從世系親誼敘起。朱注：義與公爲中表戚，故云「中外貴賤殊」。趙曰：丈人，指義之父鍊；之子，則指李義也。詳味詩意，李義者，道國之裔孫，而公則舒國後裔之外孫也。錢箋：公《祭外祖祖母文》曰：「紀國則夫人之門，而舒國則府君之外父。」外父者，即外王父也。公爲舒國外孫之外孫，故曰「余亦忝諸孫」。趙注未詳。從義之父，上遡至道王爲三世，故曰「嗣三葉」。

㊀《通鑑》：天寶十三載二月，上高祖謚曰神堯大聖光孝皇帝。鮑曰：高祖二十二子，衛懷王玄霸、楚哀王智雲，皆先薨。太子建成、巢王元吉以事誅，詔除籍，故止言十八子。太宗有天下，止十七子封王。

㊁《唐書》：道王元慶，高祖第十六子。舒王元明，第十八子。

㊂潘岳《誄楊綏》：藉三葉世親之恩。

㊃《詩》：温其如玉。

道國繼德業，請從丈人論平聲。**丈人領宗卿**㊀，**肅睦**一作穆**古制敦**㊁。**先朝**音潮**納諫諍，直氣橫乾坤。子建文章**一作筆**壯，河間經術存**㊂。此申「丈人嗣三葉」，兼舉其忠義文學。

㊀《唐書》：宗正寺卿一人，從三品，掌天子族親屬籍，以辨昭穆。

㊁肅睦，敬而和也。

㊂曹子建，河間王，注各見前。

爾一作温克富詩禮，骨清慮不喧。洗蘇亥切然遇知己㈠，談論淮湖一作河奔㈡。憶昔初見時，小襦一作孺繡芳蓀㈢。長丁丈切成忽會面，慰我久疾魂。此申「之子白玉温」，備述其人品交情。

㈠潘岳詩：吾子洗然，恬淡自逸。

㈡洙曰：淮湖奔，言談論蜂起，如奔濤之不可涯涘。

㈢鶴曰：百姓歌廉范云：「昔無襦，今五袴。」則襦下於袴也。《急就篇注》：短衣曰襦，自膝以上。古詞：妾有繡腰襦，葳蕤自生光。謝靈運詩：挹露馥芳蓀。

三峽春冬交，江山雲霧昏。正宜且聚集，恨此當離樽。莫怪執杯遲㈠，我衰涕唾煩㈡。重平聲問子何之㈢，西上上聲岷江源㈣。此叙夔江餞別之意。

㈠趙曰：舉杯遲，以涕唾之煩故也。

㈡《解嘲》：涕唾流沫。

㈢《孟子》：先生將何之。

㈣夔江居下流，故赴蜀爲西上。

願子少干謁，蜀都足戎軒。誤失將去聲帥意，不知一作如親故恩。少去聲年早歸來，梅花已飛翻。努力慎風水㈠，豈惟數所角切盤餐。猛虎卧在岸，蛟螭出無痕。王子自愛惜，老夫

困石根。生別古所嗟，發聲爲去聲**爾吞**㈡**。**末致臨別戒勉之辭。人情既不足恃，而物害又復可危。公於知交誼切，故反覆丁寧至此。此章，前四段各八句，末一段十四句。

㈠《魏志·鍾繇傳》：當厄於水，努力慎之。

㈡洙曰：吞聲，聲出而復吞也。

王嗣奭曰：當時戎軒多武夫，公所甚畏，詩每及之。此云：「誤失將帥意，不知親故恩。」又云：「努力慎風水，豈惟數盤餐。」一飯跡便掃，世情大抵然也，故以頻過人飯爲戒，皆忠告之語。李少年，涉世尚淺，故致其惓惓，公之篤於親誼如此。

王道俊《博議》曰：《舊書》：道王元慶，麟德元年薨。子臨淮王誘嗣。次子詢。詢子微，神龍初，封爲嗣道王。景雲元年，官宗正卿，卒。子鍊，開元二十五年，襲封嗣道王，廣德中，官宗正卿。《新書·宗室世系表》於道孝王元慶之下，首書嗣王誘，次書嗣王宗正卿微、嗣王宗正卿鍊、嗣王京兆尹實。《困學紀聞》云：「義蓋微之子。」以予考之，不然。義乃鍊之諸子，而實之弟耳。詩云：「丈人嗣三葉。」丈人，謂鍊。自誘至鍊，爲嗣道王者三世，故曰「嗣三葉」也。又云：「丈人領宗卿，肅穆古制敦。先朝納諫諍，直氣橫乾坤。」按《舊志》：天寶十載正月，遣太子率更令嗣道王鍊，祭沂山東安公，則鍊在玄宗時，已蒙任使，所云「先朝納諫諍」者，蓋玄宗也。又云「憶昔初見時，小襦繡芳蓀。長成忽會面，慰我久客魂」，與「少年早歸來，梅花已飛翻」、「王子自愛惜，老夫困石根」等語，皆前輩諄勉之詞。蓋公天寶中，曾見義於京師，年尚少，今來巫峽，將入蜀干謁，故以猛虎蛟螭戒之。若令義爲微之子，則微卒於景雲中，去大曆二年且五十六七載，義之齒當長於公，安得目爲少年而自居老夫乎？由此言之，則義爲鍊之諸子審矣。

送高司直尋封閬州

鶴注：此當是大曆二年夔州作。司直，大理寺官。後魏永安二年，置司直十人。唐制六人，寺有疑讞，則參議之。

丹雀銜書來㊀**，暮棲何鄉樹。驊騮事天子**㊁**，辛苦在道路。司直非冗官**㊂**，荒山甚無趣。借問泛舟人，胡爲入雲霧。**首叙司直入蜀。上四比興，下四賦詞。趙曰：高通籍事主，故比丹雀之於文王，驊騮之於穆王。荒山雲霧，非司直所宜經，故惜而問之。

㊀《周禮疏》：《中候我應》云：季秋甲子，赤雀銜丹書入豐，止於昌户，昌拜稽首受其文。《遁甲》：赤雀不見，則國無賢。注：赤雀，主銜書，陽精也。

㊁周穆王駕八駿之乘，右服驊騮。

㊂《通鑑》：和帝以尚書令黄香爲東郡太守，香辭以典郡從政，才非所宜，乞冗官。

與子姻婭間㊀**，既親亦有故**㊁**。萬里長江邊，邂逅亦相遇。**長丁丈切**卿消渴再，公幹沉綿**

屢音慮㊂。清談慰老夫㊃，開卷得佳句。此叙相遇交情。得其清談佳句，雖消病沉綿，亦可頓蘇矣。

㊀《詩》：瑣瑣姻婭。

㊁有故，謂故交。

㊂劉公幹詩：余嬰沉痼疾，竄身清漳濱。

㊃周祇箴：清談輟響。

時見文章士，欣然談一作澹情素㊀。伏枕聞別離，疇能忍漂寓。良會苦短促，溪行水奔注。熊羆咆空林，遊子慎馳騖㊁。西謁巴中侯㊂，艱險一作難如跬步㊃。此爲司直惜別。清談，屬高。談情，屬公。水行恐阻奔注，陸行恐遇熊羆，特以巴侯舊契，故視艱險如跬步耳。

㊀《蔡澤傳》：公孫鞅之事孝公，披腹心，示情素。

㊁曹植《節遊賦》：步北林而馳騖。

㊂巴中侯，指封閬州。

㊃《越絶書》：曾無跬步之勞。按：半步曰跬。

主人不世才，先帝常特顧。拔爲天軍佐㊀，崇大王法度㊁。淮海生清風㊂，南翁尚思慕。公宫造廣厦㊃，木石乃無數。初聞伐松柏，猶卧天一柱㊄。此稱閬州之賢。封初爲宿衛官，又嘗仕於淮海，乃歷來宦迹。　且廣厦須梁棟之材，乃採松柏而舍天柱，惜其未得大用也。

㈠《漢・天文志》：虛危南有衆星，曰羽林天軍。

㈡言王朝法度，能尊崇而擴大之。　朱穆《崇厚論》：天不崇大，則覆情不廣。

㈢《詩》：穆如清風。

㈣趙曰：凡官府貴處，謂之公宫。《左傳》：搆其公宫。　桓譚《新論》：雍門周謂孟嘗君曰：「足下居則廣厦高堂，連闥洞房。」

㈤《神異經》：崑崙有銅柱，其高入天，謂之天柱。

我病一作瘦**書不成，成字讀**一作字**亦誤。爲**去聲**我問故人，勞心練征戍。**末以寄語閬州作結。　病不成書，應前消渴沉綿。　練兵征戍，乃當時守土急務。　此章，前二段各八句，中二段各十句，末段四句收。

可歎

此詩據黄氏，當編在大曆二年之末。　鶴注：隆興有石幢，載李勉爲洪州刺史，在張鎬之後、魏少游之前。鎬以廣德二年九月卒，勉即以是月繼之，至大曆二年，凡三年。　是年勉入朝，四月拜京兆尹。　此詩乃勉入京後作，故曰「三年未曾語」。　今按：詩又云「李也疑丞曠前後」，亦是既入朝而以此頌之。黄鶴復疑四年勉入廣時作，蓋誤認山南爲廣南也。詩中山南，本追論前事耳。《抱朴子》：可歎非一。

天上浮雲似一作如**白衣，斯須改變如蒼狗**㈠。**古往今來共一時**㈡，**人生萬事無不有**㈢。首段，借端託興。以浮雲變幻，比人事不常，起下婦人棄夫。

㈠《晉·天文志》：鄭雲如絳衣。又云：牂雲，如狗，赤色長尾。《漢·五行志》：見物如蒼狗。《維摩經》：是身如浮雲，須臾變滅。此用其意。

㈡梁元帝《纂要》：往古來今謂之宙。

㈢嵇康詩：事故無不有。

近者抉眼去其夫陳作眯㈠，**河東女兒身姓柳**㈡。**丈夫正色動引經**㈢，**酆城客子王季友**㈣。**群書萬卷常暗誦，《孝經》一通看**平聲**在手**㈤。**貧窮老瘦**諸本作瘦，唯朱本誤作叟**家賣屩**諸本作屣、作屨。張遠改作屩，吉岳切㈥，**好**去聲**事就之爲**去聲**攜酒**㈦。此叙王生家鄉之事。王有正論，不能挽去婦之心，此事之可歎者，然其家貧好學，人來就正，如此則亦何害於素行乎。

㈠《杜臆》：抉眼，猶云反目。趙曰：柳氏不喜其夫，如抉眼中之物而去之。東北人方言，不喜見者，每曰抉眼。《吴世家》：子胥將死，曰：「抉吾眼置吴東門。」

㈡河東，乃柳氏郡名。《杜臆》以爲唐風近淫。

㈢《雋不疑傳》：引經以斷。

㊃《唐書》：豐城縣，屬洪州豫章郡。

㊄《南史》：徐陵嘗疾，子份燒香泣涕，跪誦《孝經》，日夜不息。又云：庾子輿五歲讀《孝經》，手不釋卷。《北史》：馮亮臨卒，遺誡，右手執《孝經》一卷。崔寔《政論》：一通置坐側。

㊅後漢劉勤家貧，每作屬供食。嘗作一屬，已斷，勤置不賣，他日出，妻竊以易米。勤歸知之，責妻欺取直，因棄不食。

㊆《揚雄傳》：好事者載酒餚，從游學。

豫章太守去聲，後同**高帝孫**㊀**，引爲賓客敬頗久。聞**一作問**道**去聲**三年未曾**音層，後同**語，小心恐懼閉其口**㊁**。太守得之更不疑，人生反覆**方服切**看已醜。明月無瑕豈容易**音異㊂**，紫氣鬱鬱猶衝斗。**此叙王生幕府之事。太守敬而且信，以王生小心慎密，語不外洩，與人情反覆者不同也。明珠，比其德之粹。劍氣，言其才可用。朱注謂：柳氏棄夫，此事之反覆而可醜者。於上句語氣不接。

㊀高帝孫，李勉也。《唐書・世系表》：鄭惠王元懿，生安德郡公琳，琳生擇言，擇言生勉。《舊唐書》：勉歷河南尹，徙洪都刺史、江西觀察使。大曆二年四月，拜京兆尹御史大夫。

㊁《史記・張儀傳》：願陳子閉口毋復言。

㊂《淮南子》：明月之珠，不能無纇。曹植賦：夫言何容易。

時危可仗真豪俊，二人得置君側否。太守頃者領山南一作南山，非㊀**，邦人思之比父母**㊁**。**

王生早曾拜顔色，高山之外皆培部苟切塿路苟切㊂。用爲羲和天爲成㊃，用平水土地爲厚㊄。此稱王李之才，可當大任。本欲表章季友，忽將太守並稱，見一時賓主，俱不尋常，張遠云：如所謂「不知其人視其友」，是也。拜顔色，公與王相遇之早。皆培塿，視衆人皆卑小矣。

㊀《舊書》：肅宗寶應初，勉爲梁州刺史、山南西道觀察使。

㊁《詩》：民之父母。

㊂《左傳》：部婁無松柏。《魏都賦》：培塿之於方壺。《説文》：培塿小土山。《方言》：冢，秦晉間謂之培塿。

㊃《書》：乃命羲和。注：羲仲、和仲，皆堯臣也。《書》：地平天成。

㊄又：汝平水土。

王也論道阻江湖㊀，李也疑一作凝，非丞一作丞疑曠前後㊁。死爲星辰終不滅㊂，致君堯舜焉於虔切肯朽。吾輩碌碌飽飯行㊃，風后力牧長迴首㊄。末慨其不能大用而深惜之。二人之才，可殁爲名神，生爲名相，此風后力牧之儔也，故常迴首而望之。朱注：季友雖云豪俊，何至許以良相。蓋季友爲妻所棄，時議必多嗤薄之者，公盛稱其人以破俗見，明事變無常，不足爲賢者累也。此章，四句起，六句結，中三段各八句。

㊀《書》：論道經邦。

㊁鶴注：德宗初年，勉加平章事、檢校左僕射，詩言「疑丞曠前後」，可謂知人先見矣。《書大傳》：

古者天子必有四鄰：前曰疑，後曰丞，左曰輔，右曰弼。

㊂《莊子》：傳説得之以相武丁，乘東維，騎箕尾，而比於列星。

㊃《世説》：桓温曰：「正在我輩。」《史記·平原君傳》：公等碌碌，皆因人成事者。

㊄《帝王世紀》：黄帝得風后於海隅，進以爲相。得力牧於大澤，進以爲將。《杜臆》：遠引風后、力牧，取其有古心者。

王嗣奭云：「詩題曰《可歎》，是歎其懷才不用，非歎其夫婦乖離。河東女兒，不指季友之妻。王特見此一事，而正色斥之。」今按：若果如其説，則王生偶然論此，亦何關於其身，而舉此以發端乎？開首蒼狗一段，感慨甚深，斷是爲季友妻而發。朱買臣見棄於妻，古人亦明有之，又何必爲季友諱耶。

盧元昌曰：王季友詩，有「自耕自刈食爲天，如鹿如麋飲野泉。亦知世上公卿貴，且養山中草木年」等句，其爲人食貧勵志可知。此詩所云，乃實録也。

朱鶴齡曰：此詩爲季友作也。季友，肅代間人，殷璠謂其詩放蕩，愛險務奇，然而白首短褐。錢起有《贈季友赴洪州幕》詩云：「列郡皆用武，南征所從誰？諸侯重才略，見子如瓊枝。」即豫章賓客之事也。潘淳《詩話》載唐江西新幢子記題名云：「使兼御史中丞李勉，兼監察御史王季友。」蓋勉罷河南尹，以御史中丞歸西臺，出爲江西觀察使，故紀銜如此。于邵《送王司議季友赴洪州序》云：「洪州之爲連率舊矣，朝廷重於鎮定，咨爾宗支勉，移獨坐之權，專方面之寄，是以王司議得爲副車。」按：此詩「豐城客子」云云，則季友祇在勉幕府耳。題名及序所云，與白首短褐語不合，疑御史司議止是虛銜，未嘗官於朝也。

奉賀陽城郡王太夫人恩命加鄧國太夫人原注：陽城郡王，衛伯玉也。

《舊書·代宗紀》：大曆二年六月，荆南節度使衛伯玉，封城陽郡王。　公詩乃賀其母受封，蓋伯玉封王後，母亦進封大國也。　陽城，新舊《唐書》作城陽。

衛幕銜恩重㈠，潘輿送喜頻㈡。濟時瞻上將去聲㈢，錫號戴慈親。富貴當如此，尊榮邁等倫。郡依封土舊，國與大名新。首叙陽城鄧國。《杜臆》：起二擒題，意完詞偉，且衛幕、潘輿，天然佳對。　銜恩，以衛公能濟時也。送喜，以慈親膺錫號也。富貴尊榮，承上起下。　朱注：郡封仍是陽城，故曰舊。　夫人加號鄧國，故曰新。

㈠《漢書》：衛青征匈奴，大克獲，帝就拜大將軍於幕中。　傅咸詩：銜恩非望始。

㈡潘岳《閒居賦》：太夫人乃乘板輿，升輕軒。

㈢上將，爲節度也。　徐陵文：元戎上將。

紫誥鸞迴紙㈠，清朝燕賀人㈡。遠傳冬筍味，更覺彩衣春㈢。奕葉班姑史㈣，芬芳孟母鄰㈤。義方兼有訓㈥，詞翰兩如神㈦。次記郡王之孝及鄧國之賢。　誥命初頒，適當燕來之候。

膳用冬筍，身服綵衣，言伯玉娱親之意。義方比諸孟母，詞翰可繼班姑，又見母氏之受封不偶。

㊀趙曰：紫錦之誥，其紙上有迴鸞之勢。庾信《賀婁慈碑》：臺堪走馬，書足迴鸞。

㊁謝惠連詩：從夕至清朝。《淮南子》：大厦成而燕雀相賀。

㊂冬筍，用孟宗事。綵衣，用老萊子事。注皆別見。

㊃《後漢·列女傳》：扶風曹世叔妻者，同郡班彪之女，名昭，字惠姬。兄固，著《漢書》，其八表及《天文志》未竟而卒。和帝詔昭就東觀藏書閣踵而成之。

㊄《文心雕龍》：佩之則芬芳。《閒居賦》：此里仁以爲美，孟母所以三徙。

㊅《左傳》：臣聞愛子教之以義方。

㊆王儉《褚淵碑》：淒淒辭翰。

委曲承顔體，鶱飛報主身㊀。可憐忠與孝，雙美畫胡化切。一作映**麒麟**一作騏驎㊁。末以忠孝兼稱，并致勉衛之意。《杜臆》：畫麒麟者，忠則有之，未卜其孝。若衛之移孝作忠，非獨擅雙美者乎。此章，前兩段各八句，末段四句收。

㊀曹植書：飛鶱絶跡，一舉千里。

㊁《琴賦》：雙美並進。

送田四弟將軍將夔州柏中丞命起居江陵節度使去聲。一無使字陽城郡王衛公幕 一云《夔府送田將軍赴江陵》

衛伯玉封王，在大曆二年，此詩亦二年所作，黄鶴編在元年者，非。

燕辭楓樹日，雁度麥城霜㊂。**定**一作空**醉山翁酒，遥憐似葛彊**㊃。**離筵罷多酒，起舵**從《杜臆》，舊作地**發寒塘。回首中丞座**㊀，**馳箋異姓王**㊁。

首二送田，三四赴衛，五六送別秋景，七八江陵情事。楓樹，指青楓江，故對麥城。山簡，比衛。葛彊，比田。遠注：此詩兩以酒字作句脚，古人不避，然兩酒字不同。離筵酒，公送時也。山翁酒，到江陵時也。意田將軍好酒，故云。起舵，起船而行，前有《短歌行》「君今起舵春江流」可證。舊作起地，刊誤無疑。

㊀御史中丞，謂之獨座。

㊁《漢書》有《異姓諸侯王表》。劉孝威詩：韓吴異姓王。

㊂《郡縣志》：荆州當陽縣東南有麥城。《杜臆》：時必八月，是玄鳥歸、鴻雁來之候。

㊃襄陽兒童謡：舉鞭問葛彊，何如幽并兒。葛彊，山簡愛將也。

題柏學士茅屋

鶴注：依舊次編在大曆二年，蓋寄詩在先，而題屋在後也。　顧注：公過學士茅屋，羡其立品之高，讀書之勤，故題其茅屋如此。按：詩言讀書以取富貴，於學士尚不相似，黄氏謂勗其子姪者得之。

碧山學士焚銀魚㈠，白馬却走身巖居㈡。古人已用三冬足㈢，年少去聲**今**一作曾**開萬卷餘㈣。晴雲滿户團傾蓋㈤，秋水浮階溜決渠㈥。富貴必從勤苦得㈦，男兒須讀五車書㈧。**

學士茅居，舊有藏書。上四叙事，五六屋前秋景，七八勉其子姪，下截承上。　銀魚見焚，白馬却走，遭禄山之亂也。雲如傾蓋之團，言其濃。水似決渠之溜，言其急也。

㈠江淹詩：遊豫碧山隅。　銀魚，學士所佩之章。

㈡《後漢》：張湛常乘白馬，光武每見曰：「白馬生且復諫。」　《東方朔傳》：臣年十二學書，三冬文史足用。

㈢沈氏蘧説曰：古人春誦，夏弦，秋學禮，冬讀書。故讀書者曰三冬，而不言春夏秋。

㈣梁元帝曰：「讀書萬卷，猶有今日。」

㊄蕭子雲詩：重疊晴雲新。周王褒詩：俯觀雲似蓋，低望月如弓。《鄒陽傳》：傾蓋如故。

㊅漢白公穿渠，民歌之曰：「舉鍤爲雲，決渠爲雨。」陸機詩：豐注溢修霤，黄潦浸階除。雲陰結不解，通衢化爲渠。

㊆《後漢·薊子訓傳》：諸貴人共呼太學生曰：「子勤苦讀書，欲規富貴。」

㊇陸機詩：男兒多遠志。《莊子》：惠施多方，其書五車，其道蹖駁。

杜詩近體，有兩段分截之格，有兩層遥頂之格。此章若移晴雲、秋水二句，上接首聯，移古人、年少二句，下接末聯，分明是兩截體。今用遥頂，亦變化法耳。又中間四句，平仄仄平，俱不合律，蓋亦古詩體也。

黄生曰：舊疑此詩，不似對學士語，今考《寄柏學士》詩及《題柏大兄弟山居屋壁》詩，始知其説。一則云：「自胡之反持干戈，天下學士亦奔波。歎彼幽棲載典籍，蕭然暴露依山阿。」一則云：「叔父朱門貴，郎君玉樹高。山居精典籍，文雅涉風騷。」是學士乃柏大之叔父。柏大之山居，即學士之茅屋。學士奔波之所載，即柏大山居之所精。二詩語意互見。此詩則合而言之，勉其子弟，而本其父兄以爲勸，言勤苦以取富貴，爾叔父業有前效，則年少積學之功，安可少哉？

朱瀚曰：焚銀魚，不言其故，句意未明。第三句，使東方曼倩事，點金爲鐵，以三冬文史足用，爲已用三冬足，可乎？「今開萬卷餘」，開字、餘字，不貫。年少對古人，不工。「晴雲滿户」、「秋水浮階」，足矣。「團傾蓋」、「溜決渠」，蛇足輪困。下句猶可解云，浮於階而溜於所決之渠，但非詩法耳。至於「團傾蓋」，則難乎箋注矣。晴雲高妙，亦無滿户之理。「白帝城中雲出門」，自爲雷雨設色耳。七八可粘村塾，少陵生平，以道義功業自許，何出此語。「五車書」亦與「萬卷餘」犯重。

題柏大兄弟山居屋壁二首

黄鶴謂：柏大，蓋柏貞節子姪。柏爲中丞，是即「朱門貴」，一門四美，是即「玉樹高」也。黄生謂：柏大乃柏學士子姪。詩云：「山居精典籍」，即前詩「歎彼幽棲載典籍」也。又云：野屋流水，山籬帶雲，即前詩「晴雲滿户」、「秋水浮階」也。後説近是。此應是大曆二年夔州作。

叔父朱門貴㈠，郎君玉樹高㈡。山居精典籍㈢，文雅涉風騷㈣。江漢終吾老，雲林得爾曹㈤。哀絃繞白雪㈥，未與俗人操。首章，記柏氏好學，喜得知音。精典籍，則博古。涉風騷，則能文。此正玉樹之姿，不囿於朱門者。哀絃白雪，言相與彈琴詠歌，不與俗人同調，此承雲林句來，是賦，非比。

㈠鄭玄曰：朱門洞啟，當陽之正色。郭璞詩：朱門何足榮。

㈡應璩《與滿公琰書》：外嘉郎君謙下之德。注：璩常事其父，故稱郎君。玉樹，用謝玄語，詳見前。

㊂孫綽詩：山居感時變。《魏志》：向朗優游無事，垂三十年，潛心典籍。

㊃曹植詩：文雅縱横飛。虞茂詩：睿藻冠風騷。風騷，《國風》、《離騷》也。

㊄鮑照詩：寧能與爾曹，瑕瑜稍辯論。《七發》：游涉於雲林。

㊅《記》：絲聲哀，哀以立廉。宋玉對楚襄王曰：客有歌郢中者，其始《下里巴人》，國中屬和數千人，其爲《陽春》《白雪》，國中屬而和者數十人而已。謝希逸《琴論》：《白雪》，師曠所作，商調曲也。鮑照詩：蜀琴抽《白雪》，郢曲繞《陽春》。

其二

野屋流寒水，山籬帶薄一作白雲。**静應**平聲**連虎穴**㊀**，喧已去人群**㊁**。筆架霑窗雨**㊂**，書籤映隙曛。蕭蕭千里足**一作馬㊃**，個個五花文**㊄**。**次章，叙山居景事，而贊其多材。境幽地僻之中，見此筆架書籤，知真能精典籍而涉風騷矣。上章玉樹高，比其質秀。此章千里馬，比其才良。個個，該柏氏兄弟也。

㊀《吴志·吕蒙傳》：不入虎穴，焉得虎子。

㊁《楚辭》：離人群而遁逸。

㊂何遜詩：霏霏入窗雨。

㊃《詩》：蕭蕭馬鳴。漢文帝有千里馬。《説苑》：使驥得王良造父，驥無千里之足乎。酈炎詩：舒吾凌霄羽，奮此千里足。

㈤五花，毛有五色也。丹元子《步天歌》：五個花文王良星。

白帝樓

鶴注：此大曆二年歲晏作。公於元年至夔州，今云「去年梅柳意」，則是二年冬盡時矣。

漠漠虚無裹，連連睥睨侵㈠。樓光去日遠，峽影入江深。臘破思端綺㈡，春歸待一金㈢。去年梅柳意㈣，還欲攪邊心㈤。

上四城樓之景，下四出峽之情。太虚之際，城堞上侵，極言城之高峻。日照水而其光上映，惟樓高，故去日遠。峽臨江而其影下垂，惟水落，故峽影深。臘盡春回，正可出峽。思端綺、一金製春服而作行資，尚不可得，恐仍似去年之留滯耳，故對梅柳而還動邊心。

㈠邵注：女牆，所以睥睨人，故名睥睨。

㈡古詩：客從遠方來，遺我一端綺。

㈢《漢書》：一金直萬錢。

㈣陶潛詩：梅柳夾門植。

㈤《詩》：祇攪我心。《杜臆》：邊心，身在邊而心思鄉也。

白帝城樓

鶴注：此是大曆二年歲晏作。明年正月，公遂出峽，故有夷陵春起、擬放扁舟之句。

江度寒山閣，城高絶塞樓。翠屏宜晚對㈠**，白谷會深遊。急急能鳴雁，輕輕不下**去聲**鷗**㈡**。夷陵春色起，漸擬放扁舟。**此詩，登樓而有出峽之思，在四句分截。公舊居西閣，因上城樓而回望之。晚對則返照增妍，深遊則佳境遍歷，此樓前所見者。又以鳴雁輕鷗，興起春日放舟，此江邊所感者。

《杜臆》：高與度對，皆作活字用，言樓之高，由城高之也，如白帝城最高樓可見。

㈠《天台賦》：搏壁立之翠屏。

㈡陳子昂詩：不及能鳴雁，徒思海上鷗。五六本此，而語更工秀。《莊子》：莊子舍於故人之家，令豎子殺雁烹之。豎子曰：「其一能鳴，其一不能鳴，請奚殺？」主人曰：「殺不能鳴者。」江總詩：終謝能鳴雁。《列子》：海上有人，每旦從鷗鳥游，鷗鳥之至者百數而不止。其父曰：「鷗鳥從汝游，汝取來吾玩之。」明日鷗鳥舞而不下也。

有歎

鶴注：當是大曆二年冬作。詩云兵鬭，蓋指吐蕃之亂。原注云：傳蜀官軍自普還。却另是一事。

壯心久零落，白首寄人間。天下兵常鬭，江東客未還㈠。**窮猿號**平聲**雨雪**㈡，**老馬怯**一作望，一作泣**關山**㈢。**武德開元際，蒼生豈重**義從平聲，讀協去聲**攀**。上四，言衰老而當亂離，此發歎之故。五六，承客未還，流落思歸也。七八，承兵常鬭，亂極思治也。寄人間，謂僑寓他鄉。窮猿、老馬，自況流離失所。盧注：此言武德、開元，而不及貞觀、永徽者，武德爲唐治之始，開元爲唐治之終，舉高祖、明皇以該二宗也。末聯，亦猶《下泉》之念周京歟。

㈠鶴注：江東客，公自謂。盧注：《水經》云：江水東逕赤甲，又東逕魚復，又東逕巫峽，又東逕夔城，故曰江東客，非弟豐在江左之謂。朱注引《元日》詩「不見江東弟」爲證，非是。

㈡《晉書》：窮猿投林。

㈢《管子》：老馬之智可用。《杜臆》：老馬句，從「胡馬依北風」來，比思歸之意。

舍弟觀赴藍田取妻子到江陵喜寄三首

鶴注：此當是大曆二年冬作。邵注：天寶初，荊州爲江陵。

汝迎妻子達荊州，消息真傳解我憂。鴻雁影來連峽内，鶺鴒飛急到沙頭㈠。嶢關險路今虛遠㈡，禹鑿寒江正穩流。朱紱即當隨綵鷁，青春不假報黃牛㈢。首章，弟到江陵而喜，下半敘欲往之志。鴻雁影來，承消息句。鶺鴒飛急，承荊州句。弟到沙頭，則嶢關不見其遠矣。身在寒江，則穩流正可出峽矣。從此乘舟東下，無煩報書峽中也。衣朱紱而乘彩鷁，兄弟骨肉，須作此慰勞語，不嫌侈張也。此詩末二句，與「即從巴峽穿巫峽，便下襄陽向洛陽」語意相似，但彼詩語勢軒豁，此將朱綵青黃作對，不免拙滯矣。

㈠《禮記》雁行比先後有序，《毛詩》鶺鴒比急難相須，故以二鳥喻兄弟。古詩：兄弟鴻雁序。《方輿勝覽》：沙頭市，去江陵十五里。

㈡嶢關，即藍田關，從藍田迎妻子，必經嶢關之險。嶢，音堯，故與禹作借對。《漢·高帝紀》：秦王子嬰，遣將將兵據嶢關。嶢關，在上洛北、藍田南、武關之西。《長安志》：杜氏《通典》曰：七盤十二綪，藍田之險路也。綪坡，在縣東南。

㊂庾信詩：春江下白帝，畫舸向黃牛。

其二

馬度一作瘦**秦山**一作關**雪正深，北來肌骨苦寒侵。他鄉就我生春色，故國移居見客心。歡劇**一作賸**欲提攜如意舞**㊀**，喜多行坐《白頭吟》**㊁**。巡簷索**先則切**共**一作近**梅花笑**㊂**，冷蕊**一作落**疏枝半不禁**平聲。

次章，憫弟遠來之情，下半寫喜慰之意。盧世㴶曰：他鄉就我，故國移居，還題明净，而意更溫深。歡劇喜多，尚與弟相隔許程，於是步繞簷楹，索梅花共笑。此時梅花半開，即冷蕊疏枝，亦若笑不能禁矣。說得無情有情，極迂極切。他鄉，指江陵。故國，指藍田。弟在客途，故云客心。

㊀《世說》：王戎好作如意舞。

㊁朱瀚曰：孔德紹《夜宿荒村》詩：勞歌欲敘意，終是《白頭吟》。袁朗《秋夜獨坐》詩：如何悲此曲，坐作《白頭吟》。六朝人皆通用，不必專屬文君。

㊂煬帝《幸江都》詩：鳥聲爭勸酒，梅花笑殺人。索笑句，本此。

黃生曰：「浣花溪裏花饒笑，肯信吾兼吏隱名」，言其不信己吏。「巡簷索共梅花笑，冷蕊疏枝半不禁」，言其善會人意。此嚴滄浪所謂詩有別趣，非關理也。

其三

庾信羅含俱有宅㊀**，春來秋去作誰家。短牆若在從殘草**㊁**，喬木如存可假花。卜築應**平聲

同蔣詡徑㊂**，爲園須似邵平瓜**㊃**。比**必二切**年**一作因**病**一作斷**酒開涓滴**㊄**，弟勸兄酬何怨嗟。**三章，謀卜居江陵，下半喜同室聚首也。庾、羅舊宅，久歷春秋，未知今屬誰家。倘故宅猶存，雖一草一木，亦不忍傷也。若須别爲營構，亦當開蔣徑以延客，學邵瓜而治生。兄弟勸酬，乃豫道新居樂事。庾信、羅含，就江陵而言。蔣詡、邵平，本長安人物，公以故里先賢偶憶及之，非謂欲卜居長安也，錢箋太泥。黄生曰：此借先賢舊宅以寓意，乃見詩腸之曲，詩趣之靈。

㊀庾信因侯景之亂，自建康遁歸江陵，居宋玉故宅，宅在城北三里。羅含爲桓温别駕，於江陵城西三里小洲上立茅屋而居，布衣蔬食，宴如也。

㊁從，任從也。

㊂蔣詡舍前竹下開三徑，惟求仲、羊仲從之遊，爲兖州刺史，及王莽居攝，以病免歸田里。

㊃邵平瓜，注見四卷。

㊄《王制》：比年一小聘。

盧世㴶曰：三詩，句句是喜，句句是寄，若竟像封面浹洽語，便不是寄矣。

朱瀚曰：一首云「解我憂」，二首云「歡劇」、「喜多」，三首云「何怨嗟」，顧題中「喜寄」二字，次第天然。

篇中庾信、羅含、蔣詡、邵平，疊用四古人。引庾羅者，爲僦舊居也。引蔣邵者，爲構新居也。要之公弟間關至楚，行李蕭條，亦不暇謀及營室，但從意中所籌畫者，喜而筆之於詩。高士襟懷，文人韻致，至今俱可想見，不必真有實事，而詩品遂足流傳矣。

夜歸

鶴注：此詩作於大曆二年瀼西。

夜半歸來衝虎過，山黑家中已眠卧。傍見北斗向江低，仰看明星當空大唐佐切㊀。**庭前把燭嗔**一作喚**兩炬**㊁，**峽口驚猿聞一個**㊂。**白頭老罷舞復**扶又切**歌**㊃，**杖藜不睡誰能那**奴卧切㊄。

上六夜歸之景，下二夜歸感懷。《杜臆》：公深夜歸舍，必有不如意事，而又未易語人，所以杖藜不睡而舞復歌也。又云：一炬足矣，兩則多費，故嗔之，旅居貧態也。

㊀《爾雅》：明星謂之啟明。注：太白星也，晨見東方爲啟明，昏見西方爲太白。

㊁《後漢·廉范傳》：令軍士各縛兩炬，三頭舉火。

㊂王粲《爲劉表與袁尚書》：又弱一個，姜氏危哉。

㊃《蔡興宗傳》：沈慶之曰：「老罷私門，兵力頓闕。」

㊄《左傳》：棄甲則那。注：那，何也。黄生注：那，開口呼，即奈字。此對家人促睡之語，亦見深夜無聊之況。

王嗣奭曰：黑夜歸山，有何情致，而身所經、心所想、耳目所聞見，皆人所不屑寫，而畢寫於詩，却字字靈活，語語清亮。恍覺夜色凄然、夜景寂然，又是人人所不能寫者，唯情真，故妙也。

前苦寒行二首

據次章之説，是公兩遇白帝之雪，明係大曆二年冬作。黄鶴引《舊唐書》，永泰元年正月癸巳，雪盈尺，二年正月丁巳朔，大雪，平地二尺，遂以此詩爲大曆元年作，誤矣。史所記雪，乃長安事，恐與夔州不同。《古今樂録》：王僧虔《技録》：清調有六曲，一《苦寒行》。

漢時長安雪一丈㊀，**牛馬毛寒縮如蝟**㊁。**楚江巫峽冰入懷，虎豹哀號**平聲**又堪記。秦城老翁荆揚客，慣習炎蒸歲絺綌**㊂。**玄冥祝融氣或交，手持白羽未敢釋**㊃。此夔州遇雪而作也。

長安雪寒，古以爲災。巫峽冰寒，今更可異。又歎南方經歲常暖，而今則地氣忽變矣。冰入懷，冷氣切膚。虎豹號，雪中無食。秦翁荆客，公自北而南。玄冥祝融，謂冬夏相似。

㊀《西京雜記》：元封二年大寒，雪深五尺，野中鳥獸皆死，牛馬蜷跼如蝟，三輔人民凍死者十有二三。

㊁《炙轂子》：蝟似鼠，性獰鈍，物少犯則毛刺攢起。

㈢《賈誼傳》：孔子曰：「習慣如自然。」

㈣白羽，指扇，見首卷。

《碧溪詩話》曰：諸史傳稱名，首尾一律，惟左氏傳《春秋》，千變萬狀。有一人而稱目數異者，族氏、名字、爵邑、謚號，皆密布其中，以寓褒貶，此史家祖也。觀少陵詩，亦隱寓此旨，如「杜陵有布衣」、「自爲青城客」、「長安布衣誰比數」、「韋曲幸有桑麻田」、「肯訪浣花老翁無」、「東郭先生住青丘」、「秦城老翁荆揚客」、「杜子將北征」、「臣甫憤所切」、「甫也東西南北人」、「有客有客字子美」，蓋自見其里居名字也。「不作河西尉」、「率府且逍遥」、「白頭拾遺徒步歸」、「曾爲掾吏趨三輔」、「幕府初交辟」、「凡才汚省郎」，其補官遷徙，歷歷可考。至叙他人亦然，如云「粲粲元道州」，又云「結也實國楨」，凡例森然，誠《春秋》之法也。

其二

去年白帝雪在山，今年白帝雪在地。凍埋蛟龍南浦縮，寒刮一作割**肌膚北風利。楚人四時皆麻衣**㈠**，楚天萬里**《英華》作頃**無晶輝。三尺之烏足**《英華》作骨**恐斷**㈡**，羲和送之將安歸**㈢**？**

從《英華》。一作迭送將安歸，郭作送將安所歸，一作送將何所歸。此記連歲雪寒也。雪在山，寒氣尚微。雪到地，祁寒甚矣。末見日色陰霾，而設爲慨歎之詞。冬日無光，豈日烏畏寒，而羲和使之匿影耶？此與「羲和冬馭近，愁畏日車翻」，同屬憑空想像語。

㈠《詩》：麻衣如雪。

㊁《古今注》：日中無光者，三足烏也。

㊂《楚辭》：登山臨水兮送將歸。

晚晴

鶴注：當是大曆二年夔州作。

高唐舊作堂，師尹改作唐暮冬雪壯哉，舊瘴無復扶又切似塵埃。崖沉谷没白皚皚魚開切㊀，江石缺裂青楓摧。從積雪叙起。地皆積雪，故崖谷隱。雪中露石，故狀似裂。雪壓楓林，故勢若摧。

㊀劉歆《遂初賦》：漂積雪之皚皚。

南天三旬苦霧開㊀，赤日照耀從西來。六龍寒急光徘徊㊁，照我衰顏忽落地。口雖吟咏心中哀，未怪及時少去聲年子。揚眉結義黄金臺㊂，汩音聿。一作洎乎吾生何飄零㊃。支離委絶同死灰㊄。此晚晴有感。冬晷短，則寒急。夕影斜，故落地。傷暮年，故心哀。末言老少意氣不同，對景而自傷也。此章，上段四句，下段九句。

㊀《舞鶴賦》：嚴嚴苦霧。

㈡六龍，日馭也。《漢·高后紀》：徘徊往來。摯虞《答杜育》詩：好以義結，友以文會。燕昭王築黄金臺，以禮郭隗。

㈢《盧思道集》：抵掌揚眉，高視闊步。

㈣《離騷》：汩余若將弗及兮。注：汩，去貌，疾若流水。

㈤《莊子》：支離既久。又：心可使如死灰。

杜詩歌行，前半段多隔句用韻，後半段多疊句用韻。此篇前俱疊韻，後反隔韻，又另一變體也。

復扶又切陰

此與上章同時作。

方冬合沓玄陰塞先則切㈠，昨日晚晴今日黑。萬里飛蓬映天過，孤城樹羽揚風直。江濤簸一作欺岸黄沙走，雲雪埋山蒼兕吼㈡。君不見夔子之國杜陵翁，牙齒半落左耳聾。此爲既晴復陰而作也。上六，冬陰悽慘之象。下二，老年作客之感。盧注：齒落耳聾，欲付之不議不聞矣。

㈠謝惠連《雪賦》：玄陰凝不昧其潔。

㈡鮑照詩：蒼兕號空林。

後苦寒行二首

蔡氏編《後苦寒》在《晴》、《陰》二詩之後，次第特清。詩云「天兵新斬青海戎」，大曆二年，吐蕃寇邠、靈州，故云然。黄鶴指永泰元年者，非也。

南紀巫廬瘴不絶㈠，**太古以來無尺雪**。**蠻夷長**子兩切**老畏**一作怨**苦寒**，**崑崙天關凍應**平聲**一作欲折**㈡。**玄猿口噤不能嘯**㈢，**白鵠翅垂眼流**一作出**血**。**安得春泥補地裂**㈣？此章寫雪寒之苦。末句，寒極思春，乃道其常。

㈠舊注：巫、廬二山，南國之綱紀也。《唐·天文志》：李淳風撰《法象志》，以天下山河分爲兩戒，北紀所以限戎狄，南紀所以限蠻夷。鶴注：巫、廬，合二山而言，然廬山在大江之南，未若巫山之迫於炎瘴。

㈡《長楊賦》云：順斗極，運天關，横巨海，漂崑崙。李善注：《天官星占》云：北辰，一名天關。今按：崑崙天關欲折，言天上地下皆凍也。《杜臆》謂天關，當是天柱之别名，引《山海經》爲證，天不足西北，燭龍銜火以照天門。天門，即天關也。夢弼云：崑崙山爲天柱，崆峒山爲天關。《世説》：南州謂之炎方，地温無雪。
㊂樂府《飛鵠行》：吾欲啣汝去，口噤不能開。
㊃《月令》：仲冬之月，冰益壯，地始坼。荀悦《漢紀序》：天開地裂。

其二

晚一作曉**來江門**一作間。一作邊**失大木，猛風中夜吹**《英華》作飛**白屋。天兵斬斷**《英華》作新斬**青海戎**㊀**，殺氣南行動坤軸，不爾苦寒何太**一作其**酷。巴東之峽生凌澌**一作凘，非㊁**，彼蒼迴斡**烏滑切。舊作軻，一作軒**人**一作那**得知。**次章寫風寒之苦。末言峽水生冰，乃慮其變。兵臨青海，殺氣南行，此想其現在。巴峽生凌，蒼天難測，此患其將來。中間「不爾」句，極抑揚頓挫之情。是年五月，楊子琳襲成都，崔寬攻破子琳，果有兵戈之事，知變不虛生矣。朱注謂：巴東冰解，知彼蒼有旋轉之機。却與上章結語同意。且詩云生凌，未嘗言解凍也。

㊀《吴志》：孫堅謂張温曰：「明公親率天兵。」
㊁凌，冰也。《説文》：澌，流冰也。

張溍曰：合前後《苦寒》四首觀之，命意用筆，善於轉換，無一重複處。此可悟詩文活法。

元日示宗武

黄鶴編在大曆三年正月元日。據次章言「十五男兒志」，時年蓋十五歲矣。

汝啼吾手戰㈠，吾笑汝身長。處處逢正月，迢迢滯遠方。飄零還柏酒一作漿。一作葉㈡，**衰病只藜牀**㈢。**訓諭**一作喻**青衿子**㈣，**名慚白首郎**㈤。**賦詩猶落筆，獻壽更稱觴**㈥。**不見江東弟，**原注：第五弟漂泊江左，近無消息。**高歌淚數行**户郎切。首章叙元日情事。首言父子，末及兄弟，中皆觸景而傷懷。《杜臆》：啼手戰，見子孝。笑身長，見父慈。賦詩落筆，應前手戰，故用猶字。獻壽稱觴，因上柏酒，故加更字。

㈠《世説》：桓公讀詔，手戰流汗。

㈡宗懔《歲時記》：正月一日，進椒柏酒。凡飲，次第從小起。庾肩吾詩：聊用柏葉酒，且具五辛盤。

㈢管寧家貧，坐藜牀欲穿。

㈣《詩》：青青子衿。注：青領，學子之所服。鄭箋：《禮》：父母在，衣純以青。

㈤左思詩：馮公豈不偉，白首不見招。

㈥潘岳賦：稱萬壽以獻觴。

此詩皆悲喜並言。啼手戰，是悲；笑身長，是喜。逢正月，是喜；滯遠方，是悲。對柏酒，是喜；坐藜牀，是悲。子可教，是喜；身去官，是悲。賦詩稱觴，又是喜；憶弟淚行，又是悲。只隨意序述，而各有條理。

又示宗武

與上章同時作。

覓句新知律，攤書解五買切**滿牀。試吟青玉案㈠，莫羨**一作帶**紫羅囊㈡。暇**一作假**日從時飲㈢，明年共我長㈣。應**平聲**須飽經術㈤，已似愛文章。十五男兒志㈥，三千弟子行**户郎切**㈦。曾參與游夏㈧，達者得升堂㈨。**次章，專言訓子之意。覓句攤書，武知學矣。飽經術以發爲文章，此進一層語。法先賢之孝行文學，又進一層語。青玉案，謂古詩。紫羅囊，指戲具。暇日方飲，戒其毋縱酒以曠時。吴論：末句，即所云學無先後，達者爲先也。

㈠張衡《四愁詩》：美人贈我錦繡段，何以報之青玉案。

㈡《晉書》：謝玄少好佩紫羅香囊。叔父安患之而不欲傷其意，因戲賭取之，遂止。

㊂《楚辭》：聊假日以媮樂兮。賈逵《國語注》：暇，閒也。或爲假。師氏云：假，是休假之假。
㊃《焦仲卿妻》詩：新婦初來時，小姑如我長。
㊄孔融書：朝士益重經術。
㊅十五句，暗用孔子十五志學語。
㊆《史記》：孔子以詩、書、禮、樂教弟子，蓋三千焉。
㊇後漢郎顗疏：通游夏之藝，履顏閔之仁。
㊈《家語》：衛將軍文子問於子貢，曰：「入室升堂者，七十有餘人。」

胡夏客曰：詩云「覓句新知律」，又云「試吟青玉案」，或疑公有譽兒癖，非也。宗武定是有才，若宗文則「但使樹雞柵」耳。後宗武之子嗣業，能葬祖乞誌，不墜其家聲云。

胡應麟曰：《雲仙雜記》云：甫子宗武，以詩示阮兵曹，阮答以石斧一具，併詩還之。宗武曰：「斧，父斤也。欲使我呈父加斤削耶？」阮聞之曰：「欲令自斷其手耳，不爾，天下詩名，又在杜家矣。」此事甚新，然史傳不載宗武詩，詩亦竟不傳。豈三世爲將，道家所忌哉。杜嘗命宗武熟精《文選》，又作詩屢令其誦。友人之言，宜有可信者，惜無從互證之。

遠懷舍弟穎觀等

張遠注：此詩亦元日所作，因前詩「不見江東弟」句，故又有此詩，觀落句「舊時元日會」，可見。

陽翟空知處㊀，荆南近得書。積年仍遠别，多難去聲不安居㊁。從潁觀叙起。潁在陽翟，仍遠别矣。觀赴荆南，不安居矣。二句分承。

㊀《唐書》：陽翟縣，貞觀元年屬許州，龍朔二年隸洛州。

㊁多難，謂遭喪亂。

江漢春風起，冰霜昨夜除。雲天猶錯莫㊀，花萼尚蕭疏。對酒都疑夢，吟詩正憶渠㊁。舊時元日會，鄉黨羡吾廬。下乃元日感懷。風起霜除，新正氣候。雲天，言異地。花萼，比兄弟。對酒疑夢，憶弟難見也。錯莫，謂紛錯冥莫。舊時元日，傷今而思昔。此章，上段四句，下段八句。

㊀梁范静妻沈氏詩：神往形返情錯漠。

㊁鶴注：渠，猶言伊。蓋陳、梁以來語。庾信詩：無事教渠莫相失。

續得觀書迎就當陽居止正月中旬定出三峽

此亦大曆三年歲初所作。《唐書》：當陽縣，屬荆州府。

自汝到荆府，書來數色角切唤吾㊀。頌椒添諷詠㊁，禁火卜歡娱一作呼㊂。首記續得觀書。頌椒，屬正月。禁火，屬寒食。此接來書，而計歡聚之期。

㈠《世説》：謝安謂謝萬曰：「汝爲元帥，宜數喚諸將宴會。」

㈡頌椒，注見本卷。

㈢《周禮》：司烜氏，仲春修火禁於國中。注：爲季春將出火也。《荆楚歲時記》：寒食禁火三日。

舟楫因人動，形骸用杖扶。天旋夔子峽一作國，**春近岳陽湖**㈠。**發日排南喜**㈡，**傷神散北吁。飛鳴還接翅**㈢，**行**户郎切**序密銜蘆**㈣。此叙出峽之意。天旋，陽和初轉。發日，發行有日。排舟而南，則離散於北矣。接翅，喻隨肩而行。銜蘆，喻旅中防患。《杜臆》：公本北人，以江陵爲南。方喜而忽吁，即下文覲皇都意。

㈠岳陽湖，在巴陵。

㈡《魏略》：孫權稱臣，太子與鍾繇書曰：「得報知喜南方。」

㈢《詩》：題彼鶺鴒，載飛載鳴。

㈣《淮南子》：雁順行以愛氣力，啣蘆而翔以避矰弋。

俗薄江山好，時危草木蘇。馮唐雖晚達，終覲在皇都。末及當陽風土，而終思北歸也。此章，起結各四句，中間八句。

陳輔之曰：柳遷南荒云：「愁向公庭問重譯，欲投章甫作文身。」李白云：「我似鷓鴣鳥，南遷懶北飛。」皆褊忮躁辭，非畎畝惓惓之義。杜詩：「馮唐雖晚達，終覲在皇都。」又：「愁來有江水，焉得北之朝。」《賦張曲江》云：「歸老守故林，戀闕悄延頸。」其乃心王室可知。

太歲日

鶴注：此是大曆三年正月初三日作。《舊書》：是年正月丙午朔，則戊申乃初三日也。潘鴻曰：太歲日，疑當時以是爲慶，故詩有閶闔、衣冠等句。

楚岸行將老㊀，**巫山坐復**扶又切**春**。**病多猶是客**，**謀拙竟何人**㊁。此撫時有感。

㊀陸機云：吾將老而爲客。

㊁竟何人，言不得比於何人。祖延年詩：存殁竟何人。

閶闔開黄道㊀，**衣冠拜紫宸**㊁。**榮光懸日月**㊂，**賜予**上聲。一作與**出金銀**㊃。**愁寂鴛行**户郎切**斷**㊄，**參**初金切**差**此兹切**虎穴鄰**㊅。**西江元下**去聲**蜀**㊆，**北斗故臨秦**㊇。此傷不與朝班也。上四思朝事，下四念歸京。

㊀《楚辭》：吾令帝閽開關兮，倚閶闔而望予。《大人賦》：排閶闔而入帝居。《漢·天文志》：日有中道。中道者，黄道，一曰光道。《晉志》：黄道，日之所行也。半在赤道外，半在赤道内。

㊁宋之問詩：清蹕喧黄道，乘輿降紫宸。《後漢書》：朱暉家世衣冠。鶴注：唐紫宸殿，正殿之

名。李鋭上疏：紫宸殿者，周之路寢，漢之前殿也。

㊂《尚書中候》：帝堯之時，榮光出河，休氣四塞。江淹詩：青雲浮洛，榮光四塞。《齊書》：永明中，天忽黄色照地，王融上《金天頌》。王摛曰：「是非金天，所謂榮光。」武帝大悦。《易》：懸象著明，莫大乎日月。

㊃《蜀志》：先主取蜀城中金銀錢，賜將士。

㊄北齊樂曲：懷黄綰白，鴛鷺成行。

㊅《楚辭》：憭兮栗，虎豹穴。

㊆趙曰：夔州近虎狼之穴，楚人謂蜀江爲西江。

㊇舊注：秦城上直北斗。

散地逾高枕㊀，生涯脱要津㊁。天邊梅柳樹，相見幾回新。末歎流滯夔江也。高枕，謂多病。脱要津，不得仕朝。天邊，指楚岸。幾回新，應坐復春。此章，起結各四句，中間八句。

㊀王弼《明爻通變例》：投戈散地。舊注：散地，閑散之地。《張良傳》：君安得高枕而卧也。

㊁古詩：先據要路津。

詩家採用成語，有增字、減字法，而工拙不同，如庾信詩：「地中鳴鼓角，天上下將軍。」駱賓王賦云：「隱隱地中鳴鼓角，迢迢天上出將軍。」此增五字爲七字，而精警不及。王維詩：「漠漠水田飛白鷺，陰陰夏木囀黄鸝。」李嘉祐詩云：「水田飛白鷺，夏木囀黄鸝。」此減七字爲五字，而風韻不如。王維詩：「九天閶闔開宫殿，萬國衣冠拜冕旒。」杜云：「閶闔開黄道，衣冠拜紫宸。」則節去二字，而語更清勁。薛據詩：「省署開文苑，滄浪學釣舟。」杜云：「獨當省署開文苑，兼泛滄浪學釣舟。」則增加兩字，而句便流逸。用語入化，全係乎作者身分也。

人日二首

鶴注：此大曆三年作。　蔡絛《詩話》：都人劉克，窮該典籍，嘗與客論云：「子美《人日》詩『元日到人日，未有不陰時』，人知其一，不知其二。」起就架上取書示客曰：「此東方朔《占書》也。『歲後八日：一日爲雞，二日爲狗，三日爲豕，四日爲羊，五日爲牛，六日爲馬，七日爲人，八日爲穀。其日晴主所生之物育，陰則災』。少陵意謂天寶離亂，四方雲擾，人物歲歲俱災，豈《春秋》書『王正月』意耶。」　申涵光曰：此詩首二句，紀實也。舊注引東方朔《占書》以證天寶亂離，人物俱災。鑿之極。　果爾，則八日爲穀，較餘日尤要，獨不言陰何耶？

元日到人日，未有不陰時。冰雪鶯難至，春寒花較遲。雲隨白水落㈠，風振紫山悲㈡。蓬鬢稀疏久，無勞比素絲。　首章，感人日陰寒而作也。　上四寫陰慘氣象，下乃觸景而增憂。　《杜臆》：昔比素絲，蓬鬢猶在，今又稀疏，愧於素絲矣。

㊀《山海經》：白水至蜀而東南注江，入江州城下，江州縣屬巴郡。

㊁《後漢·地志》：紫巖山，綿水之所出。

其二

此日此時人共得，一談一笑俗相看平聲。**樽前柏葉休隨酒**㊀，**勝裏金花巧耐寒**㊁。**佩劍衝星聊暫拔**㊂，**匣琴流水自須彈**㊃。**早春重**平聲**引江湖興**去聲，**直道**去聲**無憂行路難**㊄。

次章，當人日而思出峽也。人共得，舉世同此人日。俗相看，流俗相沿爲樂。柏葉休隨，言元日已過。金花耐寒，見人日尚陰。《杜臆》：琴劍乃作客隨行之物。醉後拔劍鳴琴，則江湖興動，直謂行路無難矣。　直道句，舊引忠信可涉風波，解作直道而行者，非是。直道處世，固屬正理，但用之此詩，却非本意。當時一救房琯，十載流離，嘗云「薄俗防人面」，又云「全生狎楚童」，艱難險阻，備嘗之矣。豈敢自矜其直，與世無患哉。李夢陽詩「中年獨覺滄洲穩，直道誰非行路難」，是翻用杜句，却是錯看杜句。

㊀崔寔《四民月令》：元日進椒柏酒。椒是玉樹星精，服之令人却老。柏是仙藥，能駐年却病。尊卑次列，以年少者爲先，各飲畢，遂獻尊長壽。庾信詩：柏葉隨銘至，椒花逐頌來。

㊁《荆楚歲時記》：人日剪綵爲人，或鏤金箔爲人，以貼屏風，亦戴之頭鬢。賈充《李夫人典戒》：人日造華勝相遺，像瑞圖金勝之形，又像西王母戴勝也。《漢書注》：勝，婦人首飾。漢代謂之華勝。《杜臆》：勝，取人勝人之意。沈佺期詩：百福香奩勝裏人。

㊂《晉·輿服志》：自天子至百官，無不佩劍。《晉書》：牛斗之間有紫氣。雷煥曰：「寶劍之精，上

徹於天。」

㈣《呂氏春秋》：伯牙鼓琴，志在流水。鍾子期曰：「善哉！湯湯乎若流水。」

㈤《行路難》，古樂府曲名。

兩詩本同時所作，前見咎徵，有憫時之意，此對習俗，有玩世之情。他注照上章作慨歎語者，太拘。

喜聞盜賊總退口號平聲五首

吐蕃之退，在大曆二年冬，詩作於三年之春，觀末章可見。

蕭關隴水入官軍㈠，**青海黃河卷塞雲**㈡。**北極**晉作闕**轉愁**一作深**龍虎氣，西戎休縱犬羊群。**

首章，喜王師能禦寇也。蕭隴軍入，路嗣恭殲虜於此也。河海雲卷，塞外之風烟已靜矣。時宦官典兵，内憂方切，故云北極轉愁。吐蕃暫退，而禍根未除，故曰西戎休縱。按：遠注：龍虎軍，蓋禁旅也。此時魚朝恩掌禁兵，中外受制，公故深愁之。此從來無人注及者。

㈠鶴注：蕭關，與靈州相近，正指吐蕃寇靈州，而路嗣恭破之也。趙曰：蕭關，在靈州之傍。隴水，則隴州之水。

㈡又曰：青海在西吐蕃之地，黃河則自積石而往。

其二

贊普多教平聲**使**去聲**入秦，數**音朔**通和好止**一作尚**烟塵。朝**音潮**廷忽用哥舒將**去聲**，殺伐虛悲公主親**㊀**。**此追咎邊將之起釁者。當時吐蕃請和，正可息兵，自哥舒翰迎合上意，縱兵恣殺，而邊釁從此開矣。據此章，則哥舒翰當服善戰之刑，前《贈哥舒翰開府》詩，又盛誇其武功，能免諛詞乎。

㊀《唐書》：開元末，金城公主薨。吐蕃遣使告哀，因請和，明皇不許。天寶七載，以哥舒翰節度隴右，攻拔石堡城，收九曲故地。

其三

崆峒西極一作北**過崑崙**㊀**，駞馬由來擁國門。逆氣數年吹路斷，蕃人聞道**去聲**漸星奔**㊁**。**此記吐蕃叛服之不常也。駞馬入貢，往時歸順，自逆命數年，而今乃奔散，喜之也。

㊀趙注：崆峒，在西郡之西。崑崙，又在崆峒西極之西，言其從化之地遠也。

㊁謝瞻書：裹糧攜弱，匍匐星奔。《廣絶交論》：靡不望影星奔。

其四

勃律天西采玉河㊀**，堅昆碧碗最來多**㊁**。舊隨漢使**去聲**千堆寶，少**一作小**答胡**晉作朝**王萬匹羅。**此憶往時和戎之有道也。勃律采玉、堅昆碧碗、來多答少，此朝廷覊縻遠夷之法，惜今不可復見耳。　錢箋：少陵於蠻夷犯順，深憂痛疾，情見乎詞。此詩則曰「舊隨漢使」、「少答胡王」，庶幾許其内屬，不忍以非類絶之，亦《春秋》之書法也。

㈠《唐書》：大勃律，直吐蕃西，與小勃律接。小勃律，去京師九千里而羸，距吐蕃牙帳東八百里。《酉陽雜俎》：天寶初，安思順進五色玉帶，又於左藏庫中得五色玉杯，上怪近日西賚無五色玉，令責安西諸蕃。蕃言比常進，皆爲小勃律所劫。上怒，欲征之，群臣多諫。獨李右座林甫贊成上意，且云：「武臣王天運謀勇可將。」乃命將四萬人，兼統諸蕃兵伐之。及逼城，勃律君長恐懼請罪，悉出寶玉，願歲貢獻。天運不許，即屠城，擄二千人及其珠璣而還。勃律中有術者，言：「將軍無義，不祥，天將大風雪矣。」行數百里，忽風四起，雪花如翼，風吹小海水成冰柱，起而復摧。經半日，小海漲湧，四萬人一時凍死，惟蕃漢各一人得還。具奏，帝大驚異，即令中使隨二人驗之。至小海側，冰猶峥嶸如山，隔冰見兵士死，立者坐者，瑩徹可數。中使將反，冰忽消釋，衆屍亦不復見。　師氏曰：晉平居誨爲張鄴使於闐判官，作《行程記》云：其國采玉之地玉河，在于闐城外，其源出崑山，西流一千三百里，至于闐界牛頭山，乃流爲三河。一曰白玉河，在東。二曰緑玉河，在城西。三曰烏玉河，在緑玉河西。其源雖一，而其玉隨地而變，每歲五六月，大水暴漲，則玉隨流而至。至秋水退，乃可采，人謂之撈玉。

㈡《唐書》：堅崑國，在康居西、葱嶺北。《寰宇記》：黠戛斯，西北荒之國也。本名結骨，又名居易，又謂之堅昆。《酉陽雜俎》：堅昆部落，其上代有神與牸牛交而生。其人髮黄、目緑、赤髭髯。其髭鬚俱黑者，漢將李陵及其兵衆之後也。錢箋：奘師《西域記》云：贍部洲有四主焉：南象主，西寶主，北馬主，東人主。象主，印度國也。人主，中夏國也。馬主，突厥國也。寶主，胡國也。漢通三十六國。甘英抵條支而歷安息，臨西海以望大秦，距玉門陽關四萬餘里。唐置八蕃，亦云西至波斯、吐蕃、堅昆，所謂四主者，前古未聞也。此詩「勃律天西采玉河，堅昆碧碗最來多」，與西方寶主之説符合。宣律師云：雪山之西至于西海，名寶主。今云勃律天西，則爲雪山之西可知。又云地接西海，偏悦異珍，而輕禮重貨，是爲胡國。今云胡王，非胡國而何。報答之禮，以萬匹羅爲重，非輕禮重貨而何。寶主之疆域風土，備寫於兩行之中。考方志者，可以無理絶人區、事出天外之疑矣。　碧碗，琉璃碗也。

其五

今春喜氣滿乾坤，南北東西拱至尊。大曆三一作二年調玉燭，玄元皇帝聖雲孫㈠。末章，備述喜慶之意。　南北東西，喜皇圖無外。玉燭雲孫，喜太平有象。

㈠唐以老君爲聖祖，封玄元皇帝。《爾雅》：玄孫之子爲來孫，來孫之子爲昆孫，昆孫之子爲仍孫，仍孫之子爲雲孫。注：言輕遠如浮雲也。

詩以絶句記事，原委詳明，此唐絶句中，另闢手眼者。

送大理封主簿五郎親事不合却赴通州主簿前閬州賢子余與主簿平章鄭氏女子垂欲納采鄭氏伯父京書至女子已許他族親事遂停

送大理至通州三句，詩題已盡，下數句，申明親事不合之故。　此詩，黄鶴編在大曆三年正月未出峽時作。　《唐書》：大理寺主簿二人，從七品上。　通州通川郡，屬山南西道。　《太平廣記》：天寶中，范陽盧子夢謁其從姑，姑訪盧未婚，曰：「吾有外甥女，姓鄭，甚有容質，當爲兒平章。」據此，則平章，唐人通好語也。

禁臠去東牀㈠，趨庭赴北堂㈡。風波空遠涉，琴瑟幾音洎**虚張㈢。**首段，叙事還題。　風波句，承北堂。　琴瑟句，承東牀。

㈠《晉·謝混傳》：孝武帝爲晉陵公主求婚，謂王珣曰：「主婿但如劉真長、王子敬便足。」珣曰：「謝混雖不及真長，不減子敬。」未幾，帝崩。　袁山松欲以女妻之。　珣戲曰：「卿莫近禁臠。」初，元帝始鎮建業，公私窘罄，每得豚以爲珍膳，項下一臠尤美，輒以薦帝，呼爲禁臠，故珣因以爲戲。　混竟尚主。　《王羲之傳》：郄鑒使門生求女婿於王導，子弟咸自矜持，唯一人在東牀坦腹卧，乃羲之也。

㈡《士昏禮》：婦洗在北堂。注：房半以北爲北堂者，房室所居之地，總謂之堂。朱曰：赴北堂，封至通州省母也。

㈢《詩》：琴瑟友之。又：妻子好合，如鼓瑟琴。　幾，及也。

渥水出騏驥，崑山生鳳凰㈠。兩家誠款款㈡，中道許蒼蒼㈢。頗謂秦晉匹㈣，從來王謝郎㈤。此記封、鄭約婚之事。　騏驥，閬州子。鳳凰，鄭氏女。蒼蒼，指天以誓也。秦晉、王謝，比姻婭相敵。

㈠《東京賦》：鳴女牀之鳥鳥，舞丹穴之鳳凰。

㈡繁欽《定情詩》：中情既款款。

㈢《莊子》：蒼蒼者，天之正色耶？

㈣《左傳》：秦晉匹也，何以卑我。

㈤晉江左以王謝爲冑族，嘗通婚姻。

青春動才調去聲㈠，**白首缺輝光。玉潤終孤立㈡，珠明得暗藏㈢。餘寒折花卉，恨別滿江鄉。**此惜其停婚而去也。　青年負才，而白首未諧，在封郎則孤立無耦，在鄭女則暗藏失所矣。花拆，記別時。江鄉，記別地。　此章，四句起，下二段各六句。

㈠《晉史論》：王接才調秀出，見賞知音。

㈡《晉史》：樂廣，人謂之冰鏡。婿衛玠，時號玉人。議者以爲婦公冰清，女婿玉潤。

㈢《漢書·鄒陽傳》：明月之珠，闇投於道。

將別巫峽贈南卿一作鄉兄瀼西果園四十畝

鶴注：此大曆三年正月作。　仲長統曰：場圃築前，果園樹後。

苔竹素所好去聲**，萍蓬無**一作不**定居**㈠**。遠遊長**子兩切**兒子，幾地別林廬。**首述行踪。幾地，自秦而蜀，又自閬而夔也。　《杜臆》：苔竹萍蓬，湊合生新。

㈠《海賦》：萍流而蓬轉。

雜蕊黄生曰：蕊當作菓**紅相對，他時錦不如。具舟將出峽，巡圃念攜鋤。正月喧鶯末，兹辰放鷁初。雪籬梅可折**之舌切**，風榭柳微舒。**此叙果園之勝。上四，憶已往景色。下四，指現在景物。　曰具舟，曰放鷁，臨别不勝低徊也。　喧鶯末，謂鶯喧正月之末。末字，屬月，不屬鶯。

託贈卿家有，因歌野興去聲**疏**㈠**。殘生逗**一作逼**江漢**㈡**，何處狎樵漁。**末贈園而兼自叙。離園則林泉興少，恐無復漁樵之侣矣。　此章，首尾四句，中間八句。

㈠《洛陽伽藍記》：山情野興之士，遊以忘歸。

㈡《説文》：逗，投合也。　陰鏗詩：行舟逗遠樹。

趙次公曰：果園四十畝，公直舉以贈人。此一段美事，而古今未嘗揄揚其美，可歎也。

鍾惺曰：以果園贈好友，全寫出一片愛惜鄭重之意，方見詩人情趣。若説作輕棄所用，反覺尋常膚淺矣。

胡孝轅曰：八韻詩，除梅柳一韻外，並語對意不對，極貫珠之妙。

陸放翁有《野飯》詩，自注云：《杜氏家譜》謂子美下峽，留一子守浣花舊業。其後避亂成都，徙眉州大埡，或徙大蓬云。今按：當時若留子在夔，應見於詩章，集中既無，或譜説未可信耶。

巫山縣汾州唐使去聲君十八弟宴别兼諸公攜酒樂相送率題小詩留於屋壁

鶴注：此大曆三年正月作。《唐書》：巫山縣屬夔州。《九域志》：縣在夔州東七十二里。

朱注：唐十八，先爲汾州刺史，時貶施州。

卧病巴東久，今年强丘兩切**作歸。故人猶遠謫，兹日倍多違。接宴身兼杖，聽**平聲**歌淚滿衣。諸公不相棄，擁别惜光輝**㊀**。**首二經巫山縣，三四别唐使君，五六宴時酒樂，七八諸公送别。

黄生曰：稱唐爲故人，其餘以諸公概之，筆下自分涇渭。對故人，語極悲涼。對諸公，語如欣荷。

悲涼者情真，欣荷者意泛。公詩言取别隨厚薄，其此之謂歟。

㈠擁别，會别者多人也。

敬寄族弟唐十八使去聲君

鶴注：前有《唐十八使君宴别》詩，蓋下峽時，與唐相别於巫山。此是既别之後，唐寄書而公賦詩以簡之，時猶未出峽也。公《萬年縣君杜氏墓銘》：其先系統於伊祁，分姓於唐杜。師古曰：唐，太原晉陽縣也。杜，京兆杜縣也。按：《左傳》：豕韋唐杜與劉氏，皆出陶唐後，故於唐使君、劉判官，皆稱爲弟，而各叙淵源。

與君陶唐後㈠，盛族多其人。聖賢冠去聲史籍，枝派羅源津。在今氣一作最磊落㈡，巧僞莫敢親㈢。介立實吾弟㈣，濟時肯殺身㈤。首叙唐之世譜人品。聖賢，承盛族。枝派，承唐後。磊落，氣概不群。介立，節操過人。濟時，謂其能忘身救世。

㈠鶴注：《唐·宰相世系表》：杜氏出祁姓，帝堯裔孫劉累之後，在周爲唐杜氏。成王滅唐，以封弟叔虞，改封唐氏子孫於杜城，京兆杜陵是也。然則唐與杜蓋同族也。

㈡《文心雕龍》：慷慨以任氣，磊落以使才。

㊂荀悦《漢論》：僞生於多巧。

㊃顔延之《陶徵士誄》：物尚孤生，人固介立。

㊄《論語》：殺身以成仁。

物白諱受玷㊀，行去聲高無污去聲真㊁。得罪永泰末，放之五溪濱。鸞鳳有鎩所拜切翮㊂，先儒曾音層抱麟㊃。雷霆劈長松，骨大却生筋。此叙其到夔之故。行高無污，言素能自守，知五溪放逐，非其罪也。鎩羽抱麟，言遭時不幸。長松筋骨，言窮而益堅。

㊀《詩》：白圭之玷，尚可磨也。

㊁漢李固書：皦皦者易污。

㊂《五君咏》：鸞翮有時鎩。

㊃劉琨詩：宣尼悲獲麟，西狩涕孔丘。

一失不足傷，念子孰蔡云：與熟同自珍。泊舟楚宫岸，戀闕浩酸辛。除名配清江㊀，厥土巫峽鄰㊁。登陸將首去聲途㊂，筆札枉所申㊃。此記其往施情事。自珍，言窮當愛身。酸辛，謂去不忘君。貶清江，憫流離之迹。枉手札，感念舊之情。

㊀王僧孺書：除名爲民，幅巾家巷。　配，乃流配。

㊁《禹貢》：厥土惟白壤。　《九域志》：施州清江縣，北至州界一百里，自界首至夔一百二十五里。

㊂朱注：首塗，言將赴貶所。

㈣荀悦《漢紀》：尚書給筆札。

歸朝音潮跼病肺，叙舊思重平聲陳㈠。春風洪濤壯㈡，谷轉頗彌旬㈢。我能泛中流㈣，唐突鼉獺嗔㈤。長子丈切年已省舵㈥，慰此貞良臣。結出贈詩之意。病中思友，方將往候，惜爲風濤所阻耳。今泛流觸險，將理舵而行矣。先寄此以慰故人也。此章四段，各八句。

㈠劉琨詩：棄置勿重陳。

㈡顔延之詩：春江風濤壯。

㈢《江賦》：盤渦谷轉。

㈣《詩》：泛彼中流。

㈤任昉箋：惟此魚目，唐突璠璵。

㈥洙曰：長年，操舟者。視舵則將行矣。省，視也。

春夜峽州田侍御長子兩切史津亭留宴得筵字

鶴注：此大曆三年正月作。津亭，在峽州。又詩云「津亭北望孤」，即此。

北斗三更平聲席，西江萬里船。杖藜登水榭㈠，揮翰宿春天。白髮煩一作須多酒，明星惜

此筵㈡。**始知雲雨峽，忽盡下牢邊**㈢。上四留宴之事，下四惜别之情。三更留席，爲餞長行也。水榭，指津亭。揮翰，同賦詩也。峽盡下牢，從此分手矣。

㈠崔湜詩：水榭宜時涉，山樓向晚看。

㈡《詩》：明星有爛。

㈢《杜臆》：前詩有上牢、下牢語，注未詳其處。讀是詩，知下牢設關峽州，而巫山之峽，亦盡於此。《唐志》：峽州，本治下牢戍。又夷陵縣有下牢鎮。

大曆三年春白帝城放船出瞿唐峽久居夔府將適江陵漂泊有詩凡四十韻

鶴注：詩言舟行所經之地，至宜都而止，則此詩作於宜都也。按：詩本四十二韻，曰四十者，舉成數言耳。

老向巴人裏㈠，**今辭楚塞隅**㈡。**入舟翻不樂**音洛㈢，**解纜獨長吁**㈣。從夔州放船叙起。公久欲出峽，及登舟後，仍不樂而長吁者，感懷在於身世。玩末二段可見。

㈠《左傳》：巴人伐楚。修可曰：夔爲中巴。

㈡江淹詩：奉詔至江漢，始知楚塞長。

㈢謝靈運詩：入舟陽已微。

㈣又：解纜乃流潮。

窄轉深啼狖，虚隨亂浴一作落**鳧。石苔凌几杖**㈠**，空翠撲肌膚**㈡**。疊壁排霜劍，奔泉濺水珠**㈢**。杳冥藤上下**㈣**，濃淡樹榮枯。神女峰娟妙**㈤**，昭君宅有無**㈥**。曲留明怨惜**一作别**，夢盡失歡娱**㈦**。**此言放船佳景。　峽窄船轉，時聞猿狖啼深。虚舟隨水，每見浴鳧驚亂。二句山水並言。石苔若凌几杖，空翠直撲肌膚，二句舟行傍岸。　峭壁排劍，飛泉濺珠，藤垂上下，樹間榮枯，此舟中近見者。神女之峰，雲雨夢杳，昭君之宅，琵琶留恨，此舟中遠望者。《杜臆》：神女峰在目，故云娟妙。昭君宅未經，故云有無。多恨少歡，借二女以自慨也。

㈠陳後主詩：石苔侵緑蘚。

㈡空翠，山中陰寒之氣，病人畏其侵膚。謝靈運詩：空翠難強名。

㈢鮑照詩：奔泉冬激射。　謝脁詩：離離水上蒲，結水散爲珠。

㈣江淹詩：白雲上杳冥。

㈤陸游《入蜀記》：過巫山凝真觀，謁妙用真人祠，即世所謂巫山神女也。祠正對巫山，峰巒上插霄漢，山脚直入江中，神女峰最爲奇峭。盛弘之《荆州記》：巫山有神女峰。

㈥《寰宇記》：歸州巴東，有王昭君宅。

㈦《神女賦序》：寐而夢之，寤不自識。惘兮不樂，悵爾失志。

擺闔盤渦沸㈠，**攲斜激浪輸**㈡。**風雷纏地脈**㈢，**冰雪曜天衢**。**鹿角真走**一作趨**險**㈣，**狼頭如跋胡**㈤。**惡灘寧變色，高卧負微軀**。**書史全傾撓**㈥，**裝囊半壓濡**。**生涯臨臬兀**㈦，**死地脱斯須**㈧。此言放船經險。盤渦之沸，轟若風雷。激浪所輸，白如冰雪。過鹿角狼頭，寧免變色，誠恐猝罹水患，負此殘軀也。傾壓幾危，故以死地得生爲幸。

㈠擺闔攲斜，舟行簸蕩之象。《日知録》：《鬼谷子》有《捭闔篇》。擺、捭，古今字。

㈡輸，送也。

㈢《江賦》：流風蒸雷。《關令尹内傳》：地脈亦如之。

㈣《一統志》：鹿角、狼頭、虎鬚三灘，在夷陵州，最險。《左傳》：德，則其人也；不德，則其鹿也。鋌而走險，急何能擇。

㈤《水經注》：江水又東流狼頭灘，其水並峻激奔暴，魚鼈所不能游，其歌曰：「灘頭白滂堅相持，倏忽淪没別無期。」《詩》：狼跋其胡。注：跋，躐也。胡，頷下懸肉。

㈥江淹詩：揆日粲書史。

㈦《易》：困于葛藟，于臲卼。《廣韻》：臲卼，不安也。通作臬兀。

㈧《史記》：致之死地而後生。曹植詩：變故在斯須。

不有平川決一作快㈠，**焉**於虔切**知衆壑趨**㈡。**乾坤霾漲海**㈢，**雨露洗春蕪**。**鷗鳥牽絲颺**去聲，驪龍濯錦紆㊃。落霞沉綠綺㊄，殘月壞金樞㊅。泥筍苞初荻㊆，沙茸出小蒲㊇。雁兒爭水馬㊈，燕子逐檣烏㊉。絶島容烟霧，環洲納曉晡㊀。前聞辯陶牧㊁，轉盼拂宜都㊂。縣郭南畿好㊃，原注：路入松滋縣。津亭北望孤㊄。此出峽所見景物。起二句，反接陡健，峽過則川平矣，因水行之快，故知衆流所趨。霾漲海，形其渺茫。洗春蕪，言其嫩綠。鷗鳥群飛，有類牽絲。驪龍出水，麗如濯錦。落霞映於綺波，殘月没於金樞，皆平川中變幻也。荻筍含泥，蒲茸出沙，雁爭水馬，燕逐檣烏，平川中生動之致也。絶島之中，能容烟霧，環洲之外，常納曉晡，平川之大觀盡此矣。陶牧可辯，江陵近也。宜都將拂，夷陵至也。出宜都縣郭，則南畿在前。登峽州津亭，則長安在北。希曰：荻筍蒲茸，皆仲春時物，而雁燕去來，亦不同時。蓋放船在正月，而作詩在二月。公以三月至江陵，故前後所見如此。

㊀何遜詩：平川看遠鳥。

㊁宋之問詩：天香衆壑滿。

㊂《漢書》：陳茂常渡漲海。

㊃《列子》：千金之珠，必在驪龍頷下。沈懷遠《南越志》：蟠龍身長四丈，青黑色，赤帶如錦文。

㊄謝朓詩：餘霞散成綺。

㊅周王褒詩：殘月半山低。木華《海賦》：大明撫轡於金樞之穴。注：金樞，西方月没處。

㊆《詩》：維筍及蒲。《爾雅》：筍，竹之初生者。陸璣云：薍，或謂之荻。其初生三月中，其心挺

出，其下如箸，以鋭而細。揚州人謂之馬尾。其萌爲蘿。郭云：今江東人呼蘆筍爲蘿。

㈧許慎《説文》云：蒲，水草也。《澤陂》傳云：蒲草柔滑。茸，乃芽之初出者，朱注以爲蒲花，恐非是。謝靈運詩：初篁苞緑籜，新蒲含紫芽。

㈨雁兒争食水馬，蓋蝦蟲之類。子瞻《二蟲》詩云：君不見水馬兒，步步逆流水。大江東流日千里，此蟲趯趯長在此。或引《江賦》之犉馬，或引競渡之水車，或引《本草》之海馬，俱非。周篆曰：宋巴長卿妻李氏詩：池中羅水馬，庭下列蝸牛。水馬對蝸牛，疑即水面四足蟲。方以智《物理小識》云：水馬能化蜻蜓。則水鼈蟲耳，非四足之水秀才也。一名蝦扒蟲，蜻蜓入水生子所化，故復變爲蜻蜓。

㈩陰鏗詩：亭嘶背櫪馬，檣轉向風烏。趙曰：檣烏，船檣上刻爲烏形，以占風者。朱云：此處檣烏，當從舊注，與《西閣》詩不同。

⑪謝靈運詩：環洲亦玲瓏。曉哺，猶言朝夕。《淮南子》：日至於悲谷，是爲晡時。《杜臆》：納曉晡，即所謂日月出入其中。此用三字括之，簡妙。

⑫《登樓賦》：北彌陶牧。注：陶，鄉名。郭外曰牧。《荆州記》：江陵縣西，有陶朱公冢。

⑬趙真景書：從容轉盻。《杜臆》：宜都，即夷陵，在州東九十里，而東抵江陵，尚二百五十里。詩成於將到宜都時也。《水經注》：夷道縣，漢武帝伐西南，路由此出，故曰夷道。劉先主曰宜都。《唐書》：宜都縣屬峽州。

㊃肅宗以江陵府爲南都，故曰南畿。

㊄《水經注》：江津戍，南對馬頭岸，北對大岸，謂之江津口。朱注：此云津亭，疑即江津之亭，公有《春夜峽州津亭留宴》詩。王勃詩：津亭秋月夜。庾信詩：薊門還北望。

勞心依憩息，朗詠劃昭蘇㊀。意遣樂音洛還笑，衰迷賢與愚。飄蕭將素髮，汩没聽洪鑪㊁。丘壑曾音層忘返㊂，文章敢自誣。此生遭聖代，誰分去聲哭窮途㊃。卧疾淹爲客，蒙恩早厠儒㊄。廷争義從去聲，讀用平聲酬造化㊅，樸直乞江湖。灩澦險相迫，滄浪深可逾㊆。浮名尋已已㊇，懶計却區區㊈。此自叙漂泊苦情。憩息，謂舟泊宜都。衰迷，謂老年混俗。返故丘而著詩文，此應前北望意。窮途作客，目前流落之感。廷争樸直，前救房琯之事。身到滄浪而奔走區區，此應前南畿意。「丘壑曾忘返，文章敢自誣」，是慰心語。「此生遭聖代，誰分哭窮途」，是痛心語。「廷争酬造化，樸直乞江湖」，是愜心語。

㊀《天台賦》：朗詠長川。劃昭蘇，謂忽然開豁。《記》：蟄蟲昭蘇。

㊁《王粲傳》：鼓洪鑪以燎毛髮。

㊂謝靈運詩：昔余遊京師，未嘗廢丘壑。曾忘，謂不曾忘。

㊃誰分，猶云誰料。

㊄厠儒，身列儒官也。

㊅《前漢·王陵傳》：陳平曰：「面折廷争，臣不如君。」酬造化，言不負天地。

㈦《杜臆》：武當縣有川曰滄浪，《禹貢》所云「漢水東流爲滄浪」也。

㈧字書：尋，俄也。　已已，本楚狂已而已而。羲之書：俯仰悲咽，實無已已。《世説》：何揚州曰：「使人情何能已已。」

㈨古詩：一心抱區區。

喜近天皇寺，先披古畫圖㈠。**應**平聲**經帝子渚**㈡，**同泣舜蒼梧**㈢。上文歷叙中途情景，下文又寫到荆心事，此四句，乃上下關鍵。　近寺披圖，想古迹依然。經渚泣帝，傷聖治難逢。

㈠原注：此寺有晉王右軍書、張僧繇畫孔子及顏子十哲形像。　《歷代名畫記》：張僧繇，吴人。梁武帝崇飾佛像，多僧繇畫。江陵天皇寺，明帝置也，内有柏堂，僧繇畫盧舍那佛及仲尼十哲像。帝怪問釋門之内，如何畫孔聖。僧繇曰：「後當賴此耳。」及後周滅佛法，焚天下寺塔，獨此殿以有宣尼像，得不毁拆。

㈡《九歌》：帝子降兮北渚。　注：帝子，堯二女，湘夫人也。

㈢同泣，欲與二妃同哭。　《記》：舜葬於蒼梧之野，而二妃未之從焉。

朝音潮**士兼戎服**㈠，**君王按湛盧**㈡。**旄頭初俶擾**㈢，**鶉首麗泥塗**㈣。**甲卒身雖貴**㈤，**書生道固殊**。**出塵皆野鶴**㈥，**歷塊匪轅駒**㈦。自此至末，皆申明不樂長吁之故。　此爲生遭世亂，而思救時也。　戎服按劍，臣主俱憂，總以吐蕃俶擾，而長安塗炭耳。此時武夫得志，儒術不尊，豈知出群歷塊，吾道固堪濟世乎。公之自負，仍不淺矣。

㈠孔融書：朝士益重儒術。《趙國策》：武靈王好戎服。

㈡《吴越春秋》：越王允常使歐冶子作名劍五，一曰湛盧。允常以獻之吴。吴公子光弑吴王僚，湛盧去如楚。

㈢《晉・天文志》：昴爲旄頭。《書》：俶擾天紀。

㈣《晉・天文志》：自東井十六度至柳八度爲鶉首，於辰在未，秦之分野，屬雍州。

㈤淮南王安書：甲卒不下數十萬。

㈥《世説》：嵇紹在稠人中，昂昂如野鶴之在雞群。

㈦王褒頌：過都越國，蹶如歷塊。《前漢・灌夫傳》：局趣作轅下駒。

伊吕終難降㈠，**韓彭不易**音異**呼**㈡。**五雲高太甲**㈢，**六月曠摶扶**㈣。**迴首黎元病**㈤，**争權將**去聲**帥誅**㈥。**山林託疲苶**一作薾，非，**未必免崎嶇**。此慨致治無人，而憂叛將也。朝無伊吕大臣，以故韓彭難馭。今者五雲之下，鵬摶南徙，將藉江陵以託迹矣。但恐生民罷敝，而將帥争權，又未免崎嶇遷播耳。然則漂泊將安止耶？盧注謂：伊吕指李泌歸隱。張注謂：韓彭指藩鎮跋扈。争權將帥，如成都之郭英乂、崔旰，互相殺伐，襄陽之來瑱、裴茙，謀奪節鎮，皆是。未幾，湖南有臧玠之亂，公之明炳幾先如此。此章，起首四句，中腰四句，前二段各十二句，次二段各十八句，後二段各八句。

㈠《漢書贊》：履伊吕之列。

㈡《史記》：淮陰侯韓信、建成侯彭越，期會而擊楚軍。至固陵，信越之兵不會。劉庭芝詩：近取韓彭計。　胡夏客曰：降，用《詩》「維嶽降神」。呼，用《史記》「呼大將如小兒」。

㈢朱注：京房《易候》：視四方有大雲，五色具而不雨，下有賢人隱。五雲當用此。太甲，或出緯書，未可强解。是時公適荆南，故用鵬徙南溟事。　楊德周曰：《史記・封禪書》乃作畫雲氣車。《索隱》曰：畫青車以甲乙，畫赤車以丙丁，畫玄車以壬癸，畫白車以庚辛，畫黄車以戊己。《宋書》：五色安車、五色立車名五乘，即五雲車也。庾信詩「北屬五雲車」，即指此。西方畢宿，晉分野，正屬益州。王勃碑文言華蓋西臨，高望五雲之車於太甲之象。木車色青，既以甲乙畫之，又以甲寅候之，實五車之首，故云太甲。甲乙，皆天神之名。太者，尊之之至也。太甲，猶云太乙。

㈣《莊子》：鵬之徙於南溟也，摶扶摇而上者九萬里，去以六月息者也。司馬云：摶，飛而上也。上行風謂之扶摇。沈佺期詩：弱羽遽摶扶。

㈤《前漢・谷永傳》：天下黎元，咸安家樂業。

㈥《史記》：張耳、陳餘，據國争權，卒相滅亡。

按：「五雲高太甲」，注家凡數説。王伯厚《困學紀聞》云：杜詩「五雲高太甲」，注不解五雲之義。嘗觀王勃《益州夫子廟碑》云：帝車南指，遁七曜於中階；華蓋西臨，藏五雲於太甲。《酉陽雜俎》謂：燕公讀碑至此四句，悉不解，訪之一公。一公言：北斗建於七曜，在南方，有是之祥，無位聖人當出。華蓋以下，則不可悉。《晉・天文志》：華蓋在旁六星曰六甲，分陰陽而配節候。太甲，恐是六甲一星之名，然未有考證耳。嚴滄浪《詩話》云：太甲，即太乙。甲乙相近而誤用也。董斯張曰：此與廟碑「華蓋西臨」語，不甚合。考《隋書》：天子有所遊往，其地先發天子氣，或如華蓋在霧中，或有五色。蒼帝起，青雲扶日。白帝起，白雲扶日。黑帝起，黑雲扶日。孔子，周素王，故子安以天子氣比之，華蓋、五雲之説，當本於此。魯分野在戌之奎婁。奎爲溝瀆，婁爲聚衆，皆在西宫，故曰華蓋西臨。戌，後天乾方也。京氏《易·納甲》以甲屬乾宫，甲爲歲陽首，故曰太甲，乃借《爾雅》太歲在甲字面也。華蓋之氣，一臨乾甲，五帝五雲，皆逡巡不敢方駕，所云賢於堯舜也，是之謂藏。若杜公引用五雲、太甲，正用蒼帝起青雲扶日意。蒼帝盛德在木，太昊曆起甲寅。代宗於壬寅歲即位，而改元之春，實唯甲寅，是時國雖多難，而五雲猶扶翼蒼帝也。「六月曠摶扶」，冀其將來一奮乾斷，如乘扶摇而上。黄生謂：五雲句，申上「伊吕終難降」。六月句，申上「韓彭不易呼」。今按：諸説異同，董説可謂苦心思索矣，然輾轉湊合，終覺晦僻，不如從朱長孺之説，以京房《易候》爲證，而姑闕太甲之疑。

補注：太甲二字，偏查諸注，皆未詳所出。年友張希良石虹曰：《漢武帝内傳》：帝受太甲靈飛於西王母。又考桑道茂能爲太乙遁甲之術。太甲、太乙，皆上天貴神。得此一證，宿疑爲之頓釋。

行次古城店泛江作不揆鄙拙奉呈江陵幕府諸公

此亦大曆三年春作。《水經注》：江水又東逕陸抗故城北。《荆州圖記》：夷陵縣南對岸有陸抗故城，周迴十里，即山爲墉，四面天險。

老年常道路，遲日復扶又切**山川。白屋花開裏**㊀**，孤城麥秀邊**㊁**。濟江元自闊，下**去聲**水不勞牽。風蝶勤依槳，春鷗懶避船。**首叙途中景物。一二叙行，三四城店，乃岸上景。下四泛江，乃舟前景。《杜臆》：白屋、孤城一聯，寫得景象蕭條。風蝶、春鷗一聯，寫得物情親切。陶開虞曰：此數語，開闔點次，在有意無意之間。

㊀白屋，旅店也。《王莽傳》：延士不及白屋。

㊁箕子歌：麥秀漸漸兮。

王門高德業㊀**，幕府盛才賢**㊁**。行色兼多病，蒼茫泛愛前**㊂**。**此呈幕府諸公。原注：衛伯玉爲江陵節度，時封陽城郡王，故云王門。黄生曰：結句，隱動諸公眄睞，蒼茫二字，含許多難言之情。此章，上八句，下四句。

㊀陸韓卿詩：王門所以貴，自古多俊人。

㊁蔡邕《薦邊讓文》：幕府初開，博選清英。

㊂荀悦《漢論》：觀其温良，泛愛賙急。殷仲文詩：廣筵散泛愛。此指幕府諸公也。

泊松滋江亭

鶴注：當是大曆三年三月作。《唐書》：松滋縣屬江陵府。《輿地紀勝》：江亭，在松滋縣治後，杜子美、孟浩然俱有詩。

紗帽隨鷗鳥，扁舟繫音計此亭。江湖深更白，松竹遠微一作還青。一柱全應平聲近㈠，高唐莫再經。今宵南極外，甘作老人星㈡。首二泊江亭，三四亭前景，下四泊舟感懷。黄生注：前詩言「生涯臨臬兀，死地脱斯須」，幾有性命之憂，今幸而獲免，則雖老人星，亦甘爲之矣。邵寶曰：公大曆五年，卒於湘潭道中，豈此詩爲之讖與。

㈠《杜臆》：一柱觀，即在松滋縣，其觀猶在縣東丘家湖，故云全應近。

㈡《史記·天官書》：狼星北地有大星，曰南極老人。老人見，治安。不見，兵起。常以秋分時，候之南郊。《正義》：老人一星在弧南。夔州詩云：「南極青山衆。」南極，指夔州。此曰「南極外」，去夔至江陵也。但玩詩意，乃取南極老人而拆用之。

乘雨入行軍六弟宅

鶴注：公大曆三年春抵荆南，是時衛伯玉爲節度使，故位爲行軍司馬。行軍六弟，即杜位也。《唐志》：元帥府、節度使、大都督府，皆有行軍司馬，掌弼戎政。居則習蒐狩，有役則申戰守之法。

曙角凌雲亂朱作亂。舊作罷，春城帶雨長。水花分塹七艷切弱㊀，巢燕得泥忙。令弟雄軍佐，凡才污去聲省郎㊁。萍漂忍流涕，衰颯近去聲中堂。上四，春時雨景。下四，入宅有感。角聲齊起，故曰亂。雨氣連城，故曰帶。分塹弱，荷初抽葉也。得泥忙，燕急營巢也。省郎，公自謂。中堂，位聽事。

㊀潘徽詩：潮落水花翻。

㊁羊祜《與弟琇書》：凡才而居重任。

上巳日徐司録林園宴集

鶴注：大曆三年三月三日在江陵作。《舊唐書》：開元元年，改録事參軍爲司録參軍。《周禮》：三月三日爲上巳，女巫掌歲時以祓除疾病修禊。禊者，潔也，故於水上盥潔之。按：每月天干三换，故經史所用，如先甲、先庚、上丁、上辛，皆主天干，不主地支。上巳，亦其類也。宋周公謹《癸辛雜識》謂是戊己之己。顧炎武曰：季春之月，辰爲建，巳爲除，故用三月上巳爲祓除不祥。古人謂病愈爲巳，亦此意也。吴才老《韻譜》：辰巳之巳，如已矣之已。《説文》：巳，已也。四月陽氣已出，陰氣已藏。據此則辰巳之巳不當音仕。

鬢毛垂領白㈠，花蕊亞枝紅㈡。敧倒衰年廢，招尋令節同。薄一作蕩衣臨積水，吹面受和風。有喜留攀桂㈢，無勞問轉蓬㈣。上四林園宴集，五六上巳之景，七八司録之情。《杜臆》：鬢白花紅，彼此相左。衰年到園，以令節見招也。上截，悲中有喜。臨水受風，修禊樂事，暫留攀桂，而莫問轉蓬。下截，喜中有悲。　盧注謂：薄衣與吹面相對，是侵薄之薄，非單薄之薄，又引高適詩「水氣薄行衣」爲證。今按：上巳御單袷之衣，故云薄衣。若説水氣薄衣，更不得用臨字矣。還依舊解爲當。

㈠《秋興賦》：斑鬢髟以承弁兮，素髮颯以垂領。

㈡花亞，見十八卷。

㈢劉安《招隱士》：攀援桂枝兮聊淹留。

㈣曹植詩：轉蓬離根本。

趙汸曰：邵康節詩：「梧桐月向懷間照，楊柳風來面上吹。」僧志高詩：「霑衣欲濕杏花雨，吹面不寒楊柳風。」意本於邵，亦爲朱子所賞。老杜「吹面受和風」句，已先道之矣，乃知子美無所不有也。

劉逴曰：唐詩「霜重柳條疏」，刻畫固佳，不如「秋深萬木疏」，渾然無迹。又如「芙蓉露下落，楊柳月中疏」，有何深意？但視「月到梧桐上，風來楊柳邊」，氣象自殊。「薄衣臨積水，吹面受和風」，有何深意？視「吹面不寒楊柳風」已殊，視「楊柳風來面上吹」，愈殊愈遠。能辨此，方可言詩。

宴胡侍御書堂原注：李尚書之芳、鄭秘監審同集，得歸字韻。

此大曆三年春江陵作。

江湖春欲暮，牆宇日猶微。闇闇書籍滿㊀，輕輕花絮飛。翰林名有素㊁，墨客興去聲無違。今夜文星動㊂，吾儕醉不歸㊃。上四，侍御書堂。下四，李鄭同宴。闇闇句，貼日微。輕輕句，貼春暮。翰林，指李鄭。墨客，公自謂。文星，兼賓主，言德星聚也。吴論：書翰文墨，俱點書堂。

㊀《法書》：闇闇在上。

㊁《長楊賦序》藉翰林爲主人，子墨爲客卿以諷。

㊂後漢陳仲弓，從諸子過荀季和家，其夜德星聚。

㊃《左傳》：吾儕小人。

書堂飲既夜復扶又切邀李尚書下去聲馬月下賦絶句

此與上章同時之作。

湖月楊慎作月，一作水，俗本作上林風相與清，殘樽下去聲馬復扶又切同傾㈠。久一作已拚野鶴如雙羅大經作雙，諸本皆作霜鬢，遮莫鄰雞下下字重出，當作不五更平聲㈡。周珽注：風月既清，酒興未闌，飲當垂白，達旦何妨，鍾情自道，氣味宛然。少陵七絶，老健奇瑰，别成盛唐一家。

㈠《史記·留侯世家》：漢王下馬踞鞍而問。

㈡《杜臆》：野鶴如霜鬢，倒語以協韻。野鶴，注見本卷。《趙典傳》：大儀鶴髮。注：白髮也。《鶴林玉露》：詩家用遮莫字，蓋俗語所謂儘教也。杜詩「已判野鶴如雙鬢」，言鬢如野鶴，已判老矣。「遮莫鄰雞下五更」，言日月逾邁，不復惜也。《藝苑雌黄》：李太白詩：「遮莫枝根長百尺，不如當代多還往。」又：「遮莫親姻連帝城，不如當代自簪纓。」姜氏曰：唐鄭綮《傳信記》云：劉朝霞獻《明皇幸温泉詞》：「直攫得盤古髓，掐得女媧孃。遮莫你古時千帝，豈如我今日三郎？」此是俳諧，正合俗語。《杜臆》：遮莫，恐即今俚語怎麽。庾肩吾詩：鄰雞聲已傳。《洞冥記》有司夜雞，隨鼓節而鳴，從夜以至曉。一更爲一聲，五更爲五聲，亦謂之五時雞。

奉送蘇州李二十五長子兩切史丈之任

鶴注：當是大曆三年公在江陵作。《唐書》：蘇州吴郡，屬江南西道。

星拆台衡地㈠，曾音層**爲人所憐㈡。公侯終必復㈢，經術竟**一作昔**相傳㈣。食德見從事㈤，克家何妙年㈥。一毛生鳳穴㈦，三尺獻龍泉㈧。**首叙李丈家世才華。

㈠朱注：長史父必以宰相得罪，故云「星拆台衡」，但未詳其人。或云是適之。胡夏客曰：明皇時，李適之爲左相，罷後仰藥死。此恐是適之之子，但適之子季卿，史不載爲蘇州長史，或另是一子也。《張華傳》：華爲司空，少子韙，以中台星拆，勸華遜位，華不從，未幾被害。

㈡漢成帝歌謡：故爲人所羡，今爲人所憐。

㈢《左傳》：公侯之子，必復其始。

㈣《漢書》：韋賢號稱鄒魯大儒，少子玄成，復以明經歷位至宰相。

㈤《易·訟·六三》：食舊德，貞厲終吉，或從王事。

㈥《蒙·九二》：子克家。　曹植表：終軍以妙年使越。

㈦《南史》：帝謂謝莊曰：「超宗殊有鳳毛。」《抱朴子》：丹穴之山，其上有鳥焉，名曰鳳凰。

㈧《漢·高帝紀》：提三尺，取天下。注：三尺，劍也。《越絶書》：歐冶子鑄劍三枚，一曰龍淵。

赤壁浮春暮㈠，姑蘇落海邊㈡。客間頭最白㈢，惆悵此離筵。此送其赴任蘇州。此章，上八句，下四句。

㈠黄希曰：赤壁有三。一在漢水之側，竟陵之東；一在齊安郡之步下；一在江夏郡西南二百里間。按《魏武紀》及《周瑜傳》：操自江陵而下，劉備、周瑜由夏口往逆戰，則操所敗之地，乃在江夏之西南，今屬漢陽縣。李長史自江陵往姑蘇，正經漢陽也。

㈡《越絶書》：闔廬起姑蘇臺，三年聚材，五年乃成，高見三百里。《吴郡志》：姑蘇山，連横山之北，古臺在其上。舊圖經云：在吴縣西三十里。《九域志》：蘇州東北去海一百八十里。

㈢頭白，自謂。

暮春江陵送馬大卿公恩命追赴闕下

鶴注：大曆三年三月作。

自古求忠孝㈠，**名家信有之。吾賢富才術，此道未磷緇**㈡。首將朝命馬卿總提。

㈠《後漢》：韋彪議：求忠臣必於孝子之門。

㈡未磷緇，謂忠孝無虧。

玉府標孤映㈠，**霜蹄去不疑。激揚音韻徹**㈡，**籍甚衆多推**㈢。**潘陸應**平聲**同調**徒弔切㈣，**孫吴亦異時**㈤。此備言其道術過人。玉府，比其操潔。霜蹄，比其才敏。激揚二句，言詩名獨震。潘陸二句，言文武兼優。亦異時，前後相符也。

㈠《穆天子傳》：天子至於群玉之山，四徹中繩，先王之所謂策府。《梁簡文帝集》：神峰標映。

《北山移文》：高霞孤映，明月獨舉。

㈡范蔚宗論：激揚名聲，互相題拂。《文選》：音聲悽以激揚。

㈢《前漢·陸賈傳》：賈遊漢庭，名聲籍甚。

㈣《南史》：江右稱潘、陸，江左稱顔、謝。　謝靈運詩：誰謂古今殊，異代可同調。

㈤梁簡文帝詩：少解孫吴法，家本幽并兒。　趙曰：潘岳、陸機、孫武、吴起。

北辰徵事業㈠，南紀赴恩私㈡。卿月昇金掌㈢，王春度玉墀㈣。薰風行應律㈤，湛露即歌詩㈥。此記其承命赴闕。　事業可徵，則赴召非虚往矣。南紀記地，卿月紀官，王春紀時。　金掌，謂内擢。　玉墀，謂陛見。　應薰風而歌湛露，預道入朝後事。

㈠《前漢·天文志》：北辰，一名天關，一名北極。

㈡《詩》：滔滔江漢，南國之紀。　鮑照詩：結主遠恩私。

㈢《洪範》：卿士惟月。　上官儀詩：金掌露初稀。

㈣《春秋》：春王正月。　宋袁伯文詩：玉墀滴淒露。　陶開虞曰：卿月、王春二句，工緻正在典雅中。

㈤《吕氏春秋》：東南方曰薰風。　《記》：八風從律而不姦。

㈥《詩》：湛湛露斯。序：《湛露》，天子燕諸侯之詩。

天意高難問，人情老易音異**悲。樽前江漢闊，後會且深期。**末叙送别之情。　天意人情，自述貧老淒涼。　此章，首尾各四句，中間各六句。

劉克莊曰：杜《送馬卿》云：「天意高難問，人情老易悲。」《送惠子》云：「皇天無老眼，空谷滯斯人。」唐詩送山人處士，五言多矣，似此二聯，劉隨州、鮑溶輩，精思不能逮。

和去聲江陵宋大少去聲府暮春雨後同諸公及舍弟宴書齋

鶴注：此大曆三年季春作。　顧注：宋少府於春雨後，宴諸公及杜位，席上必皆賦詩，公聞而和之也。

渥洼汗血種上聲，天上麒麟兒㊀。才士得神秀㊁，書齋聞爾爲。棣華晴雨好㊂，綵服暮春宜㊃。朋酒日歡會㊄，老夫今始知。汗血、麒麟，所謂神秀也，此稱諸公及弟。才士，指宋少府。爾爲，言各賦詩。棣華比其弟。綵服，兼諸公。兩句并點暮春雨後。今始知，不得與宴，而遥和其詩也。

㊀渥洼馬，漢天馬也。汗血馬，大宛馬也。麒麟兒，用徐陵事，注各别見。

㊁嵇康《琴賦》：歷世才士，並爲之賦。

㊂《詩序》：常棣之華，宴兄弟也。

㊃綵服，有職者之服。
㊄《詩》：朋酒斯饗。注：兩樽曰朋。

暮春陪李尚書李中丞過鄭監湖亭泛舟得過字韻

鶴注：湖在峽州，公往江陵，時過此而同遊也。

海内文章伯㈠，湖邊意緒多。玉樽移晚興去聲，桂檝帶酣歌。春日繁魚鳥，江天足芰荷。鄭莊賓客地㈡，衰白遠來過。

首聯叙二李才思，三四泛舟之事，五六春亭之景，七八美鄭監而誌陪遊。

意緒，謂賦詩之意。《杜臆》：用移帶兩字，説舟宴生色。

㈠洙注：唐文三變，而王楊爲之伯，此比二李。
㈡鄭當時置驛馬以邀賓客，此比鄭審。

宇文晁尚書之子崔彧司業之孫重平聲泛鄭監審前湖

此當是大曆三年初夏作。《唐書·宰相世系表》：崔彧官太子少詹事。同遊當是三人，尚書之子，司業之孫，當是小注。原本孫字下，重出尚書之子，必題内脱一姓名，今依《杜臆》，並削去。

郊扉俗遠長幽寂，野水春來更接連㈠。錦席淹留還出浦，葛巾攲側未迴船。樽當霞綺輕初散㈡，棹拂荷珠碎却圓㈢。不但習池歸酩音茗**酊**音頂**，君看**平聲**鄭谷去夤緣**㈣。首二鄭監湖亭，三四泛舟同飲，五六前湖晚景，末則歸美鄭監也。郊居俗遠，而又春水接連，寫得野趣悠然。淹留，亭中先酌。攲側，舟中醉容。霞綺，暮天景。荷珠，雨後景。結乃借古形今，言不但習池醉歸，昔著風流，還看鄭谷頻來，今成韻事矣。習池，因地近而用之。鄭谷，因姓同而用之。酩酊，昏醉貌。夤緣，連絡之意。一説，後二句是結重遊意，謂不但前遊見其酩酊，今來更覺夤緣矣。一説，結出遊人踵至意，言不但同舟醉歸，而後來者又雜沓矣。

㈠《海賦》：群産接連。沈約詩：歸海流漫漫，出浦水濺濺。

㈡謝朓詩：餘霞散成綺。

㈢梁元帝詩：荷珠漾水銀。謝朓詩：風碎池中荷。梁武帝詩：墜露散珠圓。

㈣習池、鄭谷口，注見首卷。《吴都賦》：夤緣山岳之岊。澤州陳冢宰注：夤緣，本詩家常用字。孟浩然詩「沙岸曉夤緣」，公詩「萍泛苦夤緣」。俗語以潛通賄賂爲夤緣，與此不同。

申涵光曰：「樽當霞綺輕初散」，補綴不成語。「棹拂荷珠碎却圓」，景真而近俗矣。

歸雁

《唐會要》：大曆二年，嶺南節度使徐浩奏：「十一月二十五日，當管懷集縣陽雁來，乞編入史。」從之。先是五嶺之外，朔雁不到，浩以爲陽爲君德，雁隨陽者，臣歸君之象也。朱注：詩云「聞道今春雁，南歸自廣州」，正是三年春所作。又云「是物關兵氣，何時免客愁」，蓋浩以爲祥，公以爲異耳。錢箋：史稱浩貪而佞，公詩蓋深譏之。

聞道去聲**今春雁，南歸自廣州。見花辭漲海㊀，避雪到羅浮㊁。是物關兵氣，何時免客愁。年年霜露隔，不過五湖秋㊂。**上六記其異，下二道其常。辭漲海，言今春之去。到羅浮，遡去秋之來。南方地氣忽寒，故北雁乘秋而至，此殺氣之可愁者。在往時則瘴暖無霜，雁飛原不過湖也。衡山一陽峰以内，有霜，自此峰以南，有露無霜矣，故曰「霜露隔」。今詢之粤東人，却云有霜有雁，豈地氣自北而南，始於大曆間耶。《杜臆》：禽鳥得氣之先，明年，潭州果有臧玠之亂，桂州又有朱濟之亂。此與邵子洛陽聞杜鵑無異，可謂具前知之見矣。

㊀謝承《後漢書》：交阯七郡，土獻皆從漲海出入。《南史》：扶南國東界即大漲海，海中有大洲，洲上有諸薄國。

㈡《羅浮山記》：羅山、浮山，二山合體，謂之羅浮，在增城博、羅二縣境。《一統志》：羅浮山，在今惠州府連廣州境。

㈢後漢唐檀因南昌婦生四子，占云京師當有兵氣，禍發蕭牆。　地志：衡山一陽峰極高，雁不能過，遇春北歸，故名迴雁。　朱注：雁至衡陽則回。此五湖，當指洞庭湖言。《史記索隱》：具區、洮滆、彭蠡、青草、洞庭，共爲五湖，則洞庭正得稱五湖耳。

黄生曰：事起景接，事轉景收，亦虚實相間格。　又曰：五六本屬結意，却作中聯。七八本是發端，翻爲結語。前半先言歸，次言辭，後言到，終乃言不過，章法層層倒捲，矯變異常。

短歌行贈王郎司直

朱注：此詩「仲宣樓頭」二句，乃在荆南時作，諸本誤入寶應元年成都詩内，獨草堂本編在大曆三年，最是。　前漢蕭望之爲丞相司直。《唐書・百官志》：司直，掌糾劾官僚。　錢箋：《贈友》詩「官有王司直」，即其人也。

王郎酒酣拔劍斫地歌莫哀㈠，我能拔爾抑塞先則切**磊落之奇才㈡。豫章**一作樟**翻風白日動㈢，鯨魚跋浪滄溟開。且脱劍佩休徘徊。**此慰司直哀歌之意。　醉酣拔劍，歌聲甚哀，公勸其莫哀，而激厲振拔之。翻風跋浪，言奇才終當大用，何須撫劍悲歌乎。　盧注：首句「歌莫哀」，王郎之歌。　後面「青眼高歌」，公自歌也，即題中所云「短歌」，須見分別。

㈠《世説》：王曇首年十四五便歌，謝靈運出東府土山，王往土山下庾家墓中，作一曲歌，卒曲便去。妓白謝公曰：「此是王郎歌。」《後漢·齊武王傳》：張邛拔劍擊地。

㈡《後漢·郭太傳》：「振拔士人，皆如所鑒。」此拔字所本。　《史記》：公孫鞅年雖少，有奇才。

㈢陸賈《新語》：楩柟豫章，天下之名木。

西得諸侯棹錦水㈠，**欲向何門趿**先荅切。一作颯**珠履**㈡。**仲宣樓頭春色**一作已**深**㈢，**青眼高歌望吾子**㈣。**眼中之人吾老矣**㈤。　此送司直赴蜀之情。　王赴西蜀，將謁侯門，今樓頭贈別，注眼高歌，惟望知己遭逢，以慰我衰老之人也。　此章二段，各五句分截。

㈠字書：棹，摇動也。

㈡《説文》：趿，進足有所擷取也。

㈢朱注：《荆州記》：當陽縣城樓，王仲宣登之而作賦。《一統志》：仲宣樓，在荆州，即當陽縣城樓。按《方輿勝覽》：仲宣樓，在荆州府城東南隅。　此乃後梁時高季興所建，或引之非也。

㈣《記》：望吾子之教之也。注：吾子，相親之辭。　陸雲詩：髣髴眼中人。

㈤《國語》：中行宣子謂趙文子曰：「惜也，吾老矣。」

盧世㴶曰：兩《短歌行》，一《贈王郎司直》，一《送邛州録事》。一突兀横絶，跌宕悲涼；一委曲温存，疏通藹潤。一則曰「青眼高歌望吾子」，一則曰「人事經年記君面」。待少年人如此肫摯，直是腸熱心清，盛德之至耳。

全詩皆贈司直語，單復將上截作王郎勸公者，非是。諸侯，指成都節鎮，黄氏謂司直刺蜀中者，非是。仲宣樓，乃送别之地。蔡氏謂公欲依司直者，非是。高歌望子，蓋望司直遇合，朱氏謂望其早還江陵者，非是。諸説紛紛，總未體貼本文耳。

此歌，上下各五句。於五句中間，隔一韻脚，則前後叶韻處，不見其錯綜矣。此另成一章法。

孔穎達《詩正義》云：詩以申志，一字則言蹇而意不會，故詩之見句，少不減二，即「祈父」、「肇禋」之類也。三字者，「綏萬邦」、「屢豐年」之類也。四字者，「關關雎鳩」、「窈窕淑女」之類也。五字者，「誰謂雀無角」、「何以穿我屋」之類也。六字者，「昔者先王受命」、「有如召公之臣」之類也。七字者，「如彼築室於道謀」、「尚之以瓊華乎而」之類也。八字者，「十月蟋蟀入我牀下」、「我不敢效我友自逸」是也。其外更不見九字、十字者。摯虞《流别論》云：詩有九言者，「洞酌彼行潦挹彼注兹」是也。遍檢諸本，皆云《洞酌》三章章五句，則以爲二句也。顔延之云：詩體本無九言者，將由聲度闡緩，不協金石，仲治之言，未可據也。句字之數，四言爲多，雜以二三七八者，將由言以申情，唯變所適，播之樂器，俱得成文故也。

《懷麓堂稿》云：國初人有作九言者，謂：「昨夜西風擺落千林梢，渡頭小舟捲入寒塘坳」，以爲可備一體。不知九言起於高貴鄉公，鮑明遠、沈休文亦有此體。唐人則李太白《蜀道難》「然後天梯石棧相鈎連。上有六龍迴日之高標，下有衝波逆折之回川」，杜集中「炯如一段清冰出萬壑，置在迎風露寒之玉壺」，又「何時眼前突兀見此屋，吾廬獨破受凍死亦足」，此九言之最妙者。詩有十字成句者，太白：「黄帝鑄鼎於荆山鍊丹砂，丹砂成騎龍飛上太清家。」又有十一字成句者，杜詩：「王郎酒酣拔劍斫地歌莫哀，我能拔爾抑塞磊落之奇才。」李詩：「紫皇乃賜白兔所搗之藥方。」韋應物詩：「一百二十鳳凰羅列含明珠。」若坡公詩「山中故人應有招我歸來篇」，似可讀作兩句矣。

憶昔行

鶴注：當是大曆三年出峽後作。

憶昔北尋小有洞㈠，洪河怒濤過輕舸㈡。辛勤不見華蓋君，艮岑青輝慘么麽亡果切㈢。**千崖無人萬壑静，三步回頭五步坐**㈣。**秋山眼冷魂未歸，仙賞心違淚交墮**㈤。首憶初入山景事。洪河怒濤，水行之險。千崖萬壑，山行之艱。曰不見，曰魂未歸，時華蓋君已亡矣。慘么麽，謂山色無光。仙賞心違，求仙之志不遂也。

㈠《御覽》：《名山記》云：王屋山有洞，周迴萬里，名曰小有清虚之天。《王君内傳》：三十六洞天之第一，在河内沁水縣界。

㊁梁簡文帝詩：洪濤猶鼓怒。《廣雅》：南楚江湘，凡船之小者謂之舸。

㊂艮岑，東北之山。　麽，《漢書》作𦝫。《通俗文》：不長曰么，細小曰麽。

㊃曹公《祭橋玄文》：車過三步。　李陵《別蘇武》詩：五步一徬徨。

㊄陸機詩：中心若有違。

弟子誰依白茅一作石屋**，盧老獨啟青銅鎖。巾拂香餘擣藥塵，階**一作前**除灰死燒丹火**㊀**。玄圃滄洲莽空闊**㊁**，金節羽衣飄婀**於可切**娜**奴可切㊂**。落日初霞閃餘映，倏忽東西無不可**㊃**。**

次憶入山後景事。　上四言物在人亡，下四言遊魂無定。　盧老，華蓋君弟子。　藥塵餘香，沾於巾拂，丹火死灰，蒙在階除，此身後荒涼之狀。

㊀巾拂，是二物。《舞鶴賦》：巾拂兩停。　階除，是庭除。《景福殿賦》：階除連延。　或云：巾以拂塵，階上除灰。　恐非。

㊁《葛仙傳》：崑崙，一曰玄圃。　滄洲，十洲之一。

㊂洙曰：以黃金爲節，鳥羽爲衣。　漢武帝拜欒大爲五利將軍，使衣羽衣，立白茅上。　謝朓詩：葉生既婀娜，葉落更扶疏。

㊃《苕溪漁隱詩話》：王屋山中，日西落而人影或在西，日東出而人影或在東，不可致詰，故曰「落日初霞閃餘映，倏忽東西無不可」。　王粲詩：山岡有餘映。　梁元帝《纂要》：日在午曰亭，在未曰映。　蔡琰曲：人生倏忽兮，如白駒之過隙。

松風磵水聲合時，青兕黄熊啼向我㈠。徒然咨嗟撫遺跡㈡，至今夢想仍猶左一作佐㈢。秘訣隱文須内教平聲㈣，晚歲何功使一作收願果㈤。更討一作覓衡陽董鍊師㈥，南浮一作游早鼓瀟湘柁㈦。從華蓋君而及董鍊師，乃全詩歸結。松風二句，觸耳增悲。遺跡，即藥丹舊處。内教，謂傳授密諦。《杜臆》：公泛舟瀟湘時，董鍊師在衡陽，欲乘便訪之，因而追憶華蓋君也。其詞筆玄超，真帶仙靈之氣。此章三段，各八句。

㈠謝靈運詩：熒熒非向我。

㈡王粲詩：先民遺跡。

㈢左思詩：夢想騁良圖。

㈣《陶弘景傳》：既得神符秘訣，以爲神仙可成。《御覽》：《玉清石刻隱銘》曰：佩玉帝隱文者，得爲上仙。梁武帝《立神明成佛義記》：早念身空，栖心内教。

㈤《楞嚴經偈》：願今得果成寶王。

㈥《輿地紀勝》：董奉先，天寶中修九華丹法於衡陽，棲朱陵後洞。《六典》：道士修行，其德高思精，謂之鍊師。《真仙通鑑》：東楚董鍊師，周游三湘名山，混跡於衡陽後洞，嘗以咒術治人病苦，後尸解如蟬蜕。

㈦晉庾闡《楊都賦》：青雀飛艫，余皇鼓柁。范元實《詩眼》云：昔嘗問山谷：「耕田欲雨刈欲晴，去得順風來者怨。」山谷云：「不如『千崖無人萬嬖静，三步回頭五步坐。』」蓋七言詩，四字三字作兩截也。此句法，出《黄庭經》，自「上有黄庭下關元」以下，多此體。張平子《四愁》詩，句句如此，雄健穩愜。至五言詩，亦有三字二字作兩截者，老杜云：「不知西閣意，肯別定留人。」肯別耶，定留人耶。山谷尤愛其深遠閑雅。

今按：杜詩有兩字作截者，如「雪嶺獨看西日落，劍門猶阻北人來」。有三字作截者，如「漁人網集澄潭下，估客舟隨返照來」。有五字作截者，如「五更鼓角聲悲壯，三峽星河影動摇」。有全句一滚不能截者，如「松浮欲盡不盡雲，江動將崩未崩石」。又陸務觀詩有六字作截者：「客從謝事歸時散，詩到無人愛處工。」

惜別行送向卿進奉端午御衣之上都

鶴注：當是大曆三年在荆南作。

肅宗昔在靈武城，指揮猛將去聲**收咸京。向公泣血灑行殿，佐佑卿相**去聲**乾坤平**㈠**。逆胡冥寞隨烟燼**㈡**，卿家兄弟功名震**㈢**。麒麟圖**一作閣**畫鴻雁行**音杭**，紫極出入黄金印**㈣**。**首叙向卿。　上四述其扈從之功，下四稱其家門俱顯。

㈠《王彬別傳》：佐佑皇業，累遷侍中。

㈡逆胡，指安史。

㈢按：盧注云：向公、向卿，是兩人，故曰卿家兄弟。錢箋疑向公爲芮公，乃指衛伯玉，非也。《世説》：郗超謂傅瑗曰：「保卿家，終當在兄。」又：謝太傅謂戴安道曰：「卿兄弟志業，何其太殊。」

㈣陸機詩：奕世台衡，扶帝紫極。鶴注：紫極，比王居爲北極紫微垣。漢丞相金印紫綬。

尚平聲**書勳業超千古，雄鎮荊州繼吾祖**㈠。**裁縫雲霧成御衣**㈡，**拜跪題封賀**一作向**端午**㈢。**向卿將命寸心赤，青山落日江湖**一作潮**白**。**卿到朝**音潮**廷説老翁，漂零已是滄浪客**。此記送別。　進奉御衣者，衛伯玉也。以節鎮而加尚書，代衛將命者，則向卿也。其赤心，如懸白日。盧注：公昔在朝，曾叨端午賜衣，故逢進衣端午，有老客飄零之歎。　此章，上下各八句。

㈠朱注：《舊書》：廣德元年，衛伯玉拜江陵尹、荊南節度使，尋加檢校工部尚書，封陽城郡王，故曰「鎮荊州」。「繼吾祖」者，杜預以鎮南大將軍都督諸軍事也。

㈡江總《山水衲袍賦》：裁縫則萬壑縈體，針縷則千崖映目。　李義府《堂堂詞》：裁雲作舞衣。雲霧，謂衣上織文。

㈢漢《隴西行》：却略再拜跪。　《世説》：桓玄發厨取畫，封題如故。

黄常明《詩話》曰：杜云：「卿到朝廷説老翁，漂零已是滄浪客。」又：「朝覲從容問幽仄，勿云江漢有垂綸。」其後夢得《送陳郎中》云：「若問舊人劉子政，而今懶拙每如初」，《送慧則》云：「休公久別如相問，楚客逢秋心更悲。」小杜：「江湖酒伴如相問，終老烟波不計程。」「交遊問我憑君道，除却鱸魚更不聞。」

商隱《寄崔侍御》云：「若向南臺見鶯友，爲言垂翅度春風。」臨川：「故人亦見如相問，爲道方尋木雁編。」「歸見江東諸父老，爲言飛鳥會知還。」聖俞：「倘或無忘問姓名，爲言懶拙皆如故。」東坡：「單于若問君家世，莫道中朝第一人。」語皆有所因也。

夏日楊長寧宅送崔侍御常正字入京得深字韻。一作探韻得深字。

鶴注：當是大曆三年作。《唐書》：長寧縣，屬鎮北大都護府。秘書省有正字一人。

醉酒揚雄宅，升堂子賤琴。不堪垂老鬢，還對欲分襟。天地西江遠，星辰北斗深。烏臺俯麟閣㈠，長夏白頭吟。揚雄子賤，借比楊長寧。醉酒升堂，同飲其家也。三四送別崔常，五六承上分襟。公在江陵，故曰西江。崔常赴京，故曰北斗。烏臺麟閣，侍御、正字官署也。末句，回應垂老，點還夏日。

㈠《通典》：漢氏圖籍藏麒麟、天禄二閣，桓帝延熹二年，始置秘書監一人。《唐六典》：秘書省，天授初改爲麟臺監。神龍元年，復舊。初漢御史中丞掌蘭臺秘書圖籍，故歷代置都邑、建臺省，以秘書與御史爲鄰。

夏夜李尚書筵送宇文石首赴縣聯句

鶴注：此亦大曆三年作。石首縣，在江陵府東南二百里。王道俊《博議》：題中宇文石首，即前宇文晁也。詩注彧者，即崔彧也。公與彧，同在李尚書筵中送宇文石首，故有宅相、令宰等句以美晁也。舊本俱作宇文彧，誤耳。

愛客尚平聲**書重**㊀，**之官宅相**去聲**賢**㊁。甫。**酒香傾坐側，帆影駐江邊。**之芳。**翟表郎官瑞**㊂，**凫看**平聲**令宰仙**㊃。彧。**雨稀雲葉斷**㊄，**夜久燭花偏。**甫。**數**音朔**語攲**一作敧**紗帽，高文擲綵箋**㊅。之芳。**興**去聲**饒行處樂**音洛，**離惜醉中眠。**彧。**單父**音斧**長多暇，河陽實少年**㊆。甫。**客居逢自出**㊇，**爲別幾淒然。**之芳。首聯，李餞宇文。次聯，筵宴之事。三聯，宇文赴縣。四聯，送別時景。五聯，同席聯句。六聯，座中惜別。七聯，記宇文之賢。八聯，記送別之情。

㊀劉孝綽詩：愛客待驪歌。

㊁宅相，比宇文晁。此用魏舒事，注見一卷。

㊂翟，雉名。蕭廣濟《孝子傳》：蕭芝至孝。除尚書郎，有雉數十飛鳴車前。

㊃凴看，用王喬事。

㊄陸機《雲賦》：金柯分，玉葉散。

㊅徐陵詩：高文會斗樞。

㊆單父，子賤所治。河陽，潘岳所治。

㊇《爾雅》：男子謂姊妹之子爲出。《左傳》：康公我之自出。

西漢《柏梁》詩，即聯句之始，六朝人效之，遂人各兩句。但以一氣呵成，次序秩然者，方爲合法。

玩此篇，起結承轉，各極自然。

多病執熱奉懷李尚書之芳

鶴注：當是大曆三年四月作。　邵注：執，囚也，囚困於熱也。

衰年正苦病侵凌，首夏何須氣鬱蒸㊀。**大水淼**弭沼切**茫炎海接，奇峰硉兀火雲升**㊁。**思霑道暍**音壹**黃梅雨**㊂，**敢望宫恩玉井冰**㊃。**不是尚**平聲**書期不顧**㊄，**山陰夜雪興**去聲**難乘**㊅。

首聯，拈多病執熱。炎海火雲，言鬱蒸之狀。梅雨井冰，思解熱而不得也。欲赴期約，而無雪可乘，總緣畏熱所阻耳。此結懷李之意。

㈠魏文帝《槐賦》：即首夏之初期。　應璩書：處涼臺而有鬱蒸之氣。

㈡大水炎海，上實下虚；奇峰火雲，上虚下實。　淼茫，水大貌。《江賦》：狀滔天以淼茫。　炎海，南海也。《十洲記》：炎洲，在南海之中。　陶潛詩：夏雲多奇峰。　硉兀，峰高貌。《江賦》：巨石硉兀以前却。　火雲，夏雲也。《吕氏春秋》：旱雲烟火。

㈢暍，暑熱也。　湘江四月有熟梅雨。　薛道衡詩：細雨應黄梅。

㈣魚豢《魏略》：明帝九龍殿前，爲玉井綺欄，蟾蜍含受，神龍吐水。　陸翽《鄴中記》：石季龍於冰井臺藏冰，三伏日以賜大臣。《後漢書》：瑯琊有冰井。　趙曰：唐制：百官賜冰。　公嘗爲拾遺，當預賜冰之列。

㈤《漢書》：陳孟公每飲賓客，輒閉門，取客車轄投於井中。　時北部刺史奏事過陳，值其方飲，刺史大窮。　候陳霑醉時，突入見其母，叩頭自白，當對尚書有期會狀。　母乃令從後閤出去。　應璩書：仲孺不辭同産之服，孟公不顧尚書之期。

㈥《世説》：王徽之嘗居山陰，夜雪初霽，月色清朗，忽憶戴逵。　逵時在剡，便夜乘小船詣之，不前而返，曰：「乘興而行，興盡而返，何必見安道。」

水宿遣興去聲奉呈群公

鶴注：詩云小江異縣，當是在江陵，暫至外邑，大曆三年夏作。　盧注：此群公，即行次古城店時所呈幕府諸公所云「蒼茫泛愛前」，此語蓋有爲矣。　謝靈運詩：客游倦水宿。

魯鈍仍多病，逢迎遠復扶又切**迷。耳聾須畫字㊀，髮短不勝**平聲**篦。澤國雖勤雨㊁，炎天竟淺泥。小江還積浪，弱纜且長堤。**從衰年流落叙起。　上四，與諸公致款。下四，爲水宿引端。　魯鈍多病，而又遠行，以故昧於逢迎。耳聾髮短，猶泊舟江上，諸公當亦念及此耶。勤雨之後，故江猶積浪。淺泥礙船，故纜繫長堤。

㊀《易林》：目盲耳聾。

㊁《周禮》：澤國用龍節。《穀梁傳》：言不雨者，勤雨也。注：思雨之勤也。鶴注：此言得雨勤數，與《穀梁傳》注異。

歸路非關北，行舟却向西。暮年漂泊恨㊀，今夕一作久客**亂離啼。童稚頻書札㊁，盤飧詎**俗本作具**糝藜㊂。我行何到此，物理直難齊。**此水宿感懷，歎行蹤漂蕩也。　歸北，思故鄉。向西，往武陵。是年四月，楊子琳與崔寬戰於成都，故云亂離。書頻移而飧不給，則此行之寥落甚矣。

㊀古詩：烈士暮年。

㊁《杜臆》：公因右臂偏枯，故囑兒子代書。　古詩：遺我一書札。

㊂《莊子》：孔子在陳、蔡之間，七日不火，藜藿不糝。　《莊子》有《齊物篇》。

高枕翻星月，嚴城疊鼓鼙㊀。風號平聲**聞虎豹㊁，水宿伴鳧鷖㊂。異縣驚虛往㊃，同人惜**

解攜㊄。**蹉跎長泛鷁，展轉屢鳴雞。**此水宿景事，歎旅沉無聊也。夜卧舟中，故見星月翻動。夔蜀有警，故聞鼓鼙疊響。虎豹號，則地險。鳬鷖伴，則身孤。驚虛往，傷近邑無贈遺者。惜解攜，惜與群公分手也。泛鷁、聞雞，水邊不寐之狀。

㊀《抱朴子》：人君恐姦釁之不時，故嚴城以備之。何遜詩：嚴城方警夜。張載詩：此郭非吾城，人聞鼓鼙聲。《衛公兵法》：鼓三百三十槌爲一通，鼓止角動，吹十二聲爲一疊。

㊁《蕪城賦》：風嘷雨嘯。《苦寒》詩：虎豹夾路啼。

㊂《蜀都賦》：雲飛水宿，哢吭清渠。

㊃古樂府：他鄉復異縣。

㊄《易》：出門同人。宋之問詩：骨肉初分愛，親朋忽解攜。以解攜對分愛，謂攜手者解散也。張九齡詩：義玷投分末，情及解攜初。岑參詩：爲君題，惜解攜。皆説分離之意。

嶷嶷瑚璉器㊀，**陰陰桃李蹊**㊁。**餘波期救涸**㊂，**費日苦輕齎**㊃。**杖策門闌邃，肩輿羽翮低。自傷甘賤役，誰愍强**丘兩切**幽棲。**此奉呈群公之意。瑚璉器，謂人品不凡。桃李蹊，言奔趨者衆。本期餘波救涸，乃日久而齎資已竭矣。杖策步行，則閽者不報，故門闌邃。肩輿往拜，則窮途乏費，故羽翮低。賤役如此，誰復愍其勉强棲遲乎？蓋諷群公之不見恤也。公詩：「殘杯與冷炙，到處潛悲辛。」此云：「杖策門闌邃，肩輿羽翮低。」曲盡干人情狀。

㊀《史記》：其色郁郁，其德嶷嶷。言德高也。瑚璉器，見《論語》。

㈡葛洪詩：陰陰驅千乘。《李廣傳》：桃李不言，下自成蹊。

㈢《左傳》：其波及晉國者，君之餘也。《莊子》：車轍中有鮒曰：「吾得升水，可以活矣。」

㈣《後漢・朱儁傳》：輕齎數百金到京師。虞世基詩：輕齎不遑舍。

巨海能無釣㈠，浮雲亦有梯。勳庸思樹立㈡，語默可端倪㈢。贈粟囷區倫切**應**平聲**指㈣，登橋柱必題㈤。丹心老未折㈥，時訪武陵溪㈦。**末述己志以遣興。釣海梯雲，想勳庸之得遂。平時思爲樹立，嘗於語言中微露之。今當旅困，倘有贈我以粟者，則題橋之志猶存也。寸心未灰，終期有濟，武溪之行，特暫時焉耳。《杜臆》：想群公必有許救濟者，故以指囷望之，時武陵有故人，而公將訪之也。　此章五段，各八句。

㈠裴秀《九州圖論》：峻山巨海之隔。《莊子》：任公爲大鈎，以五十犗爲餌，投釣於東海。

㈡虞世基詩：勳庸震邊服。《周禮》：民功曰庸。司馬遷書：素所樹立然也。

㈢江總詩：語默豈同歸。《莊子》：反覆終始，不知端倪。

㈣《吴志》：魯肅家富於財，廬江周瑜爲居巢長，聞之往求資糧。肅時有米二囷，各三千斛，直指一囷與瑜。瑜奇之，乃結僑札之交。

㈤司馬相如題昇仙橋柱，注見三卷。

㈥古樂府：皇恩空已重，丹心悵不紓。《別賦》：心折骨驚。

㈦《杜臆》：武陵即今常德，在荆州西南。

遣悶

鶴注：當是大曆三年夏江陵作。

地闊平沙岸，舟虚小洞房㊀。使去聲塵來驛道，城日避烏檣一作牆。暑雨留蒸濕，江風借夕涼。行雲星隱見音現，疊浪月光芒㊁。螢鑒緣帷徹㊂，蛛絲罥音畎鬢長㊃。哀筝猶凴去聲几㊄，嗚笛竟霑裳。此記舟中夜景。上四泊舟初晚，中四入夜景事，下四坐久見聞。來驛道，晚將宿也。避烏檣，城障日也。胡夏客曰：隱見，言雲中之星。光芒，言浪中之月。繪景能新。盧注：螢光能鑒，緣帷乍徹。蛛絲引風，掠鬢加長。《杜臆》：哀筝尚凴几而聽，嗚笛則淚下霑裳，初猶强忍，後竟難忍也。二句已涉悶意。

㊀潛注：小洞房，舟如洞房也。

㊁柳惲詩：風生疊浪起，霧卷孤帆出。

㊂阮籍詩：薄帷鑒明月。

㊃江總詩：蜘蛛作絲滿帳中。　鮑照詩：絲罥千里心。《選》注：罥，結也。

㊄魏文帝詩：哀筝順耳。

倚著陟略切如秦贅㊀，過平聲逢類楚狂。氣衝看平聲劍匣㊁，穎脱撫錐囊㊂。妖孽關東臭㊃，兵戈隴右瘡。時清疑武略，世亂跼文場。餘力浮於海㊄，端憂問彼蒼㊅。百年從萬事，故國耿難忘。此述遣悶之情。上四自叙，中四傷時，末四感懷。隨地漂流，身如出贅矣。意多感憤，迹若楚狂矣。看劍，壯心猶在。撫囊，欲試未能。關東，安史之亂。隴右，吐蕃之警。時方右武，故文人失志。浮海，思避世。問蒼，乃悲天。萬事聽其自然，唯故國難忘，所以常悶耳。此章兩段，各十二句。

㊀《賈誼傳》：秦人，家富子壯則出分，家貧子壯則出贅。

㊁劍氣衝牛斗，出《張華傳》。

㊂《平原君傳》：夫賢者處世，譬如錐處囊中，其末立見。毛遂曰：「使遂早得處囊中，乃脱穎而出。」

㊃《後漢·來歙傳》：諸將方務關東。

㊄浮海，見《論語》。

㊅《月賦》：端憂多暇。《詩》：彼蒼者天。

江邊星月二首

鶴注：當是大曆三年江陵作。

驟雨清秋夜，金波耿玉繩㈠。天河元自白，江浦一作渚向來澄。映物連珠斷㈡，緣空一鏡升㈢。餘光隱一作憶更平聲漏，況乃露華凝㈣。朱注：首章，咏雨後星月。首聯，江邊星月。雨後氣清，故云元白、向澄，此承首句。星月夜皎，故如珠連、鏡升，此承次句。更深光隱，則露華凝而天欲曉矣。末句，逗起下章。

㈠謝朓詩：金波麗鳷鵲，玉繩低建章。

㈡《漢・律曆志》：日月如合璧，五星如連珠。

㈢古詩：破鏡飛上天。公孫乘《月賦》：蔽修堞而分鏡。

㈣謝莊詩：露華識猿音。

其二

江月辭風纜一作檻㈠，江星別霧一作露船。雞鳴還曙一作曉色㈡，鷺浴自晴川㈢。歷歷竟誰種㈣，悠悠何處圓㈤。客愁殊未已，他夕始去聲相鮮㈥。朱注：次章，咏將曉星月。星月離舟，光將没矣。雞鳴鷺浴，天已曉矣。想星月無踪，而俟之他夕。蓋客愁藉之以頻遣也。

㈠謝惠連詩：亭亭映江月。

㈡江總詩：忽聽晨雞曙，非復楚宫歌。蕭慤詩：野禽喧曙色。

㈢袁嶠之詩：俯仰晴川焕。

㊃古詩：天上何所有，歷歷種白榆。
㊄謝莊《月賦》：升清質之悠悠，降澄暉之藹藹。
㊅郭璞詩：容色更相鮮。
王嗣奭曰：二詩，照定星月，比偶發揮，如應制文字，别是一體。惜次章結句近拙，不見精彩耳。

舟月對驛近寺

鶴注：當是大曆三年舟中作。

更平聲**深不假燭，月朗自明船。金刹青楓外㊀，朱樓白水邊㊁。城烏啼眇眇㊂，野鷺宿娟娟。皓首江湖客，鈎簾獨未眠。**首聯，舟中月。金刹切寺，朱樓切驛，四句完題。烏啼鷺宿，月下見聞，鈎簾而望，借此遣懷也。

㊀《維摩經》：佛言佛滅後，以金身舍利起七寶塔，表刹莊嚴而供養。《西京雜記》：以黄金爲刹。阮籍詩：上有青楓林，遠望令人悲。《方輿勝覽》：青楓浦在潭州瀏陽縣。
㊁馮衍《顯志賦》：伏朱樓而四望。黄希曰：江陵府松滋縣有白水鎮。
㊂《左傳》：城上有烏。《漢·文帝紀》：眇眇之身。注：眇眇，細末也。

舟中

年月同前。　鶴注：詩云驛樓，即前詩題所云對驛也。

風餐江柳下，雨卧驛樓邊㈠。結音係**纜排魚網㈡，連檣並米船㈢。今朝雲細薄，昨夜月清圓。飄泊南庭老㈣，衹應**平聲**學水仙㈤。**　前詩，舟中月下所作。此詩，舟中朝起之作。　風餐雨宿，舟行苦況。魚網米船，舟前喧境。　顧注：昨夜今朝，變態不同，而繫舟如故，故有飄泊南庭之感。下四作一氣説。

㈠鮑照詩：風餐委松宿，雲卧恣天行。　古詩：阻風餐柳下，值雨坐蓬窗。

㈡結，音係。《漢書》：張釋之跪爲王生結襪。

㈢郭璞賦：舳艫相屬，萬里連檣。

㈣趙傁曰：南庭謂南方之庭，猶北地謂之北庭，公泊舟於此，故自稱南庭老。

㈤邵注：馮夷得爲水仙，名河伯。《列仙傳》：琴高行涓彭之術，浮遊冀州涿郡間，二百餘年。後入涿水中取龍子，與諸弟子期曰：「皆潔齋，待於水旁。」果乘赤鯉來，留月餘，復入水去。　吴均詩：是有琴高者，凌波去水仙。

江陵節度使陽城郡王新樓成王請嚴侍御判官賦七字句同作

陽城郡王，即尚書衛伯玉。初代宗幸陜，以衛有幹略，可當方面，任大事，拜荆南節度使。鶴注：當是大曆三年夏至江陵作。史云：衛伯玉，大曆初丁母憂，則是夏末再期也。雖曰起復，亦不當作樓命客賦詩，當時士論醜之，宜哉。顧注：公詩極贊美揚厲，倘亦迫於賓主之情故耶。《杜臆》：題云賦七字句，知當時無律詩之名，王特請賦，亦以七言爲難也。

樓上炎天冰雪生㊀，高飛燕雀賀新成。碧窗宿霧濛濛濕，朱栱浮雲細細輕㊁。仗鉞褰帷瞻具美㊂，投壺散帙有餘清㊃。自公多暇延參佐㊄，江漢風流萬古情。 首章，誌新樓落成，而稱陽城韻事，在四句分截。碧窗朱栱，樓新故麗。霧宿雲浮，樓高故涼。瞻具美，言文武兼優。有餘清，言儒雅不俗。延參佐，暗用庾亮登樓事。黄生注：一席風流，與江漢相爲終古，命意弘遠。

㊀《廣雅》：南方曰炎天。

㊁舊注：晉羊球《登西樓賦》：晝棟浮細細之輕雲，朱栱濕濛濛之飛雨。碧窗二句，修可引羊球賦爲證，未知何據。濛濛二字，形容其濕。細細二字，形容其輕。

㊂《司馬法》：左杖黄鉞。漢宗資爲中郎將，杖鉞督兵。《後漢·賈琮傳》：琮爲冀州刺史之部，升

車言曰：「刺史當遠視廣聽，糾察美惡，何反垂帷裳以自掩塞乎？」命御者褰之。《祭遵傳》：爲將軍對酒設樂，必雅歌投壺。

㊃謝靈運詩：凌澗尋我室，散帙問所知。按：靈運初襲封康樂公，後移籍會稽，與隱士王弘之、孔淳之等爲娱，故與祭公投壺並用。《説文》：帙，書衣也。謝靈運詩：密林含餘清。

㊄《詩》：退食自公。

黄生曰：首句見時，結句見地，此杜詩章法。其全篇温潤和雅，非公平日本色，却是盛唐正宗。

又曰：杜詩善用清字，如「當暑著來清」，則以清爲涼；「關河霜雪清」，則以清爲寒；「天清木葉聞」，則以清爲静；「沙亂雪山清」，則以清爲明；「天清皇子陂」，則以清爲霽；「侍立小童清」，則以清爲秀；「衣乾枕席清」，則以清爲爽；「投壺散帙有餘清」，則以清爲閒，是也。

又作此奉衛王

與前首同時作。

西北樓成雄楚都㊀，遠開山嶽散江湖。二儀清濁還高下㊁，三伏炎蒸定有無㊂。推轂幾年惟鎮静㊃，曳裾終日盛文儒。白頭授簡焉於虔切能賦㊄，愧似相如爲大夫㊅。次章，咏登樓景事，而作謙己之辭，亦四句分截。　顏箋：山岳分峙曰開，江湖流別曰散。引句見楚中形勝。　樓極高，故二儀各還其高下。　樓最涼，故三伏莫定其有無。　鎮静則能愛民，文儒則知好士。　末用梁王授簡事，切於郡王。

㈠黄生注：古詩：西北有高樓。　起語用之，乃見句老。　《前漢·地理志》：南郡江陵縣，故楚郢都，楚文王自丹陽徙此。　代宗時，江陵已陞爲南都。

㈡曹植《惟漢行》：太極定二儀，清濁始以形。《列子》：輕清者上爲天，重濁者下爲地。《記》：天高地下。　黄生注：初時爲物所蔽，及登樓曠觀，始還出天地之高下，古今詩人不能道此。

㈢顏師古曰：伏者，謂陰氣將起，迫於殘陽而未得升，故爲藏伏，因爲伏日。　孟康曰：周時無伏，至漢乃有此名。　舊注：夏至後，三庚爲初伏，四庚爲中伏，立秋後初庚爲末伏。　遠注：金畏火，見火而伏，惟長夏火最盛，秋初金方稚，尤爲相剋，故夏末秋初逢庚謂之伏。　庾信詩：五月炎蒸氣。　《西京雜記》：董仲舒曰：「二氣之初蒸也，若有若無。」

㈣推轂，注見本卷。　《劉惔别傳》：真長有雅裁，歷司徒左長史侍中丹陽尹，爲政務鎮静信誠。

㈤《鄒陽傳》：何王之門，不可曳長裾乎？　《晉·儒林傳》：迄漢孝武，蔚爲文儒。

㈥《雪賦》：梁王遊兔園，授簡於司馬大夫曰：「爲寡人賦之。」　《漢·藝文志》：登高能賦，可以爲大夫。

劉誠意伯《題靈峰寺棲雲樓》詩，中二聯云：九霄雨露宜高下，六月風雷送往還。　青嶂曉光浮藻棁，銀河夜氣濕松關。本於兩詩佳句。

胡應麟曰：杜七言句，壯而閎大者：「二儀清濁還高下，三伏炎蒸定有無。」壯而高拔者：「藍水遠從千澗落，玉山高並兩峰寒。」壯而豪宕者：「五更鼓角聲悲壯，三峽星河影動摇。」壯而沉婉者：「三年笛裏關山月，萬國兵前草木風。」壯而飛動者：「含風翠壁孤雲細，背日丹楓萬木稠。」壯而整嚴者：「江間波浪兼天湧，塞上風雲接地陰。」壯而典碩者：「紫氣關臨天地闊，黄金臺貯俊賢多。」壯而穠麗者：「香飄合殿春風轉，花覆千官淑景移。」壯而奇峭者：「窗含西嶺千秋雪，門泊東吴萬里船。」壯而精深者：「織女機絲虚夜月，石鯨鱗甲動秋風。」壯而瘦勁者：「萬里悲秋常作客，百年多病獨登臺。」壯而古淡者：「百年地僻柴門迥，五月江深草閣寒。」壯而感愴者：「錦江春色來天地，玉壘浮雲變古今。」壯而悲哀者：「雪嶺獨看西日落，劍門猶阻北人來。」結語之壯者：「關塞極天惟鳥道，江湖滿地一漁翁。」疊語之壯者：「高江急峽雷霆鬭，古木蒼藤日月昏。」拗字之壯者：「側身天地更懷古，回首風塵甘息機。」雙字之壯者：「江天漠漠鳥雙去，風雨時時龍一吟。」以上諸句，古今作者，無出其範圍也。

秋日荆南述懷三十韻

鶴注：當是大曆三年秋末移公安前作。

昔承推獎分音問，**愧匪挺生材**㈠。**遲暮宫臣忝**㈡，**艱危衮職陪**㈢。**揚鑣**樊作鞭**隨日馭**㈣，**折**

檻出雲臺㊄。罪戾寬猶活㊅，干戈塞先則切未開。首叙授官去位之故。推奬，謂房琯薦引。趙曰：公拜拾遺時，掌供奉諫諍，故云官臣衮職。隨日，謂赴行在。折檻，指救房相。罪戾寬，張鎬救而得免。干戈塞，安史之亂未平。

㈠劉峻《辯命論》：孔墨之挺生。

㈡江淹《擬陸機》詩：矯跡厠宫臣。

㈢《詩》：衮職有闕。

㈣嵇康詩：揚鑣踟蹰。

㈤朱雲折檻，別見前。

㈥《左傳》：趙孟曰：「老夫罪戾是懼。」

星霜玄鳥變㈠，身世白駒催㈡。伏枕因超忽㈢，扁舟任往來。九鑽巴噀蘇困切火㈣，三蟄楚祠雷㈤。望帝傳應平聲實㈥，昭王問不迴㈦。蛟螭深作横去聲，豺虎亂雄猜。素業行已矣㈧，浮名安在哉。此記漂泊蜀夔之迹。超忽句，承上星霜身世。往來句，起下巴火楚雷。望帝昭王，又承巴楚遺事。蛟螭豺虎，比悍將群盗。素業浮名，歎己志莫伸。黄希曰：公以乾元入蜀，於大曆二年下峽，是九鑽火也。自大曆元年秋至雲安，於大曆三年春下峽，是三蟄雷也。錢箋：上皇爲輔國劫遷西内，悒悒而崩，故以望帝、昭王喻之。昔人謂陶淵明悼國傷時，不欲顯斥，寓以他語，使奥漫不可指摘。知此，可與讀杜詩矣。

㊀《月令》：二月玄鳥至，八月玄鳥歸。

㊁《史記》：魏豹謝酈生曰：「人生一世間，如白駒過隙耳。」

㊂超忽，言時光倏忽。謝靈運詩：虚舟有超忽。

㊃九鑽句，即鑽燧改火意，兼用欒巴噀酒爲雨滅火成都事。

㊄《月令》：八月，雷乃收聲，故曰蟄。

㊅望帝化爲杜鵑，注見前。

㊆《左傳》：昭王南征而不復，君其問諸水濱。《湘中記》：益陽有昭潭，其下無底，湘水最深處，或謂昭王没於此潭，因以爲名。

㊇《晉書》：陸納怒兄子俶曰：「穢我素業。」

琴烏曲怨憤㊀，庭鶴舞摧頹㊁。秋水一作雨**漫湘竹**一作水**㊂，陰風過嶺梅㊃。苦摇求食尾㊄，常曝報恩鰓㊅。結舌防讒柄㊆，探腸有禍胎㊇。蒼茫步兵哭，展轉仲宣哀㊈。饑藉家家米㊉，愁徵處處杯。**此叙流寓江陵之事。琴怨鶴摧，乃興意。秋水陰風，切時景。求食，言逆旅之艱。報恩，言知己未酬。結舌二句，言世路險阻，途窮故哭，遭亂故哀。客況無聊，故借米尋杯。

吴論：報恩，應前推獎之事。

㊀《琴録》：琴曲有《烏夜啼》。吴兢《解題》：《烏夜啼》，宋臨川王義慶造也。義慶爲江州刺史，文帝徵之，家人大懼。妓妾夜聞烏啼，憂思而成曲。

㈡《韓非子》：師曠援琴奏流徵，有玄鶴二八，延頸而鳴，舒翼而舞。《舞鶴賦》：振迅騰摧。

㈢湘妃斑竹，注見前。

㈣大庾嶺多梅，人號爲梅嶺。

㈤司馬遷書：猛虎在深山，百獸震恐。及在檻穽，摇尾而求食。

㈥辛氏《三秦記》：魚集龍門下，登者化爲龍，不登者點額曝腮而退。《三輔決録》：昆明池人釣魚，綸絶而去。夢於漢武帝，求去其鈎。明日帝游於池，見大魚銜索，帝取而去之。後三日，池邊得明珠一雙，帝曰：「魚之報也。」

㈦《前漢·李尋傳》：知者結舌，邪僞並進。吴注：《漢書·王章傳》：結諫臣之舌。

㈧庾信詩：探腸見膽無所惜。《枚乘傳》：禍生有胎。

㈨王粲有《七哀》詩。翰曰：哀漢亂也。

㈩藉，借也，如字讀，不必轉作籍。

休爲貧士歎，任受衆人咍音台㈠。**得喪**去聲**初難識，榮枯劃易**音異**該。差**此兹切**池分組冕，合沓起蒿萊。不必伊周地，皆登**吴作知**屈宋才。漢庭和異域**㈡**，晉史坼**一作拆**中台**㈢。**霸業尋常體**㈣**，宗臣忌諱災**㈤。此乃慨歎時事。貧士二句，承上文。得喪二句，起下文。《杜臆》：劃易該，言劃然之間，榮枯易見。如組冕起自蒿萊，崛起者得官矣。伊周不皆屈宋，樞要皆武夫矣。師氏曰：是時官資濫進，宿德元勳，多擯棄不用，數語蓋以諷也。胡震亨曰：和異域，言回紇和親。坼中台，言房琯道卒。霸業句，言和親乃漢道雜霸，非國體之正。宗臣句，言房琯建諸王分鎮之議，觸肅宗忌諱而得禍。何雲曰：廣德元年，房琯病卒於閬州。其年六月，回紇登里可汗歸蕃，皆代宗初元事，故牽連書之。

㊀《楚辭注》：楚人謂相啁笑曰咍。

㊁《漢·匈奴傳》：高帝出白登圍，使劉敬結和親之約。

㊂庾信《傷王褒》詩：豈意中台坼，君當風燭前。《晉書》：中台星坼，張華被誅。

㊃《史記》：晉文公初立，欲修霸業。《諸葛武侯傳》：霸業可成。

㊄《前漢·李尋傳》：開大明，除忌諱。後漢郎顗疏：稟性愚戇，不識忌諱。《魏志·魏覬傳》：犯顏色觸忌諱。

群公紛戮力，聖慮窅樊作睿徘徊㊀。數色角切見銘鐘鼎㊁，真宜法斗魁㊂。願聞鋒鏑鑄㊃，莫使棟梁摧㊄。磐石圭多翦㊅，凶門轂少推㊆。垂旒資穆穆㊇，祝網但恢恢㊈。赤雀翻然至㊉，黄龍詎一作不假媒⑪。此望朝政更新也。言今者群臣協力，聖主焦思，在諸將雖勒名鐘鼎，尚宜法斗魁以衛宸極。願聞以下，乃進策也。銷鋒鏑，生民可以休息。選棟梁，相臣毋用凡材。多翦圭，同姓自此蟠固。少推轂，藩鎮免於跋扈。且垂旒而法無爲，祝網以寬文法，則赤雀黃龍，嘉祥自致，而天下可治平矣。《博議》：此段自屬泛論，不必復主房琯。

㊀窅，深目也。

㈡《庾信集》：功烈則鐘鼎俱銘。

㈢《晉·天文志》：北斗七星，在太微北。魁四星爲璿璣，杓三星爲玉衡。杓南三星，及魁第一星、西三星，皆曰三公，主宣德化，調七政，和陰陽之官也。

㈣《始皇本紀》：秦收天下兵，聚之咸陽。銷鋒鏑，鑄金人十二，以弱天下之兵。

㈤衛玠卒，謝琨哭之曰：「棟梁折，不覺哀。」晉陸抗拜司空，謂賓客曰：「以我爲三公，是天下無人矣。」索酒著柱間祝曰：「當今之才，以爾爲柱石之臣，莫傾人棟梁。」

㈥《漢書》：高祖封王子弟，地犬牙相制，所謂磐石之宗也。《史記》：成王封唐叔，剪桐葉爲圭。

㈦《淮南子》：大將受命已，則設明衣，剪指爪，鑿凶門而出。《馮唐傳》：上古王者之遣將也，跪而推轂。

㈧《説文》：旒，垂玉也。《記》：衮冕王十二旒。《詩》：天子穆穆。又：穆穆皇皇，宜君宜王。

㈨古史：成湯祝網。《老子》：天網恢恢，疏而不漏。

㈩《春秋考異郵》：黄帝將起，有黄雀赤頭立日旁。《尚書中候》：赤雀銜丹書入豐，止於昌前。

⑪《瑞應圖》：黄龍，四龍之長，王者不漉地而漁，則應和氣而游於池沼。《尚書中候》：舜沉璧於河，榮光休至，黄龍負卷舒圖，出入壇畔。《漢郊祀歌》：天馬徠，龍之媒。

賢非夢傅野㈠，**隱類鑿顔坏**普回切㈡。**自古江湖客，冥心若死灰。**末歎窮老飄零也。　公知世不見用，故非傅説而類顔闔，心若死灰，不當復問天下事矣。

此章，八句起，四句結，中四段各十二句。

㊀古史：高宗夢得説於傅巖之野。

㊁《淮南子》：魯君欲相顔闔，使人以幣先焉，鑿坏而遁之。坏，屋後牆也。

秋日荆南送石首薛明府辭滿告别奉寄薛尚書頌德叙懷斐然之作三十韻

鶴注：當是大曆三年秋至荆南作。　公與薛尚書有舊契，此因明府以寄之。詩意全重在尚書，中後分頌德叙懷兩段。斐然之作，猶云文思勃然而有作。《舊書·吐蕃傳》：大曆二年十一月。和蕃使檢校户部尚書薛景仙自吐蕃使還，首領論泣陵隨景仙入朝，此詩云「聞道和親入」，又云「跋涉體何如」，則薛尚書必景仙也。薛明府，尚書之弟。

南征爲客久，西候别君初㊀。**歲滿歸鳧舄，秋來把雁書**㊁。**荆門留美化**㊂，**姜被就離居**㊃。**聞道**去聲**和親入，垂名報國餘**㊄。**連枝不日並**㊅，**八座幾時除**㊆。送别奉寄，兩意兼提。客久，自謂。别君，送薛。鳧舄，切石首令。雁書，寄薛尚書。留美化，别後遺愛。就離居，歸晤其兄。和親入，尚書使吐蕃而還，其名足垂後世。連枝，言兄弟聚首。八座，期明府陞陟也。

㊀隋尹式詩：西候追孫楚，南津送陸機。朱云：孫子荆有《征西官屬送於陟陽候》詩。注：陟陽，亭

名。候，亭也。西候謂此，唐人每用之。趙次公作斗杓建西之候，謂秋日。

㈡鳧舄、雁書，注皆別見。

㈢唐蕭詵屯軍荆門，號荆門軍，在夷陵。

㈣姜被，注見前。

㈤陸機《豪士賦序》：志士思垂名於身後。《楊賜傳》：累世見寵，無以報國。

㈥蘇武詩：況我連枝樹，與子同一身。

㈦《唐書》：劉洎疏：八座比於文昌。

往者胡星孛㈠，**恭惟漢網疏**㈡。**風塵相澒**胡孔切**洞**㈢，**天地一丘墟**㈣。**殿瓦鴛鴦坼**㈤，**宮簾翡翠虛**㈥。**鉤陳摧徼道**㈦，**槍櫐**力軌切**失儲胥**㈧。**文物陪巡狩，親賢病拮据**㈨。此敘祿山陷京事。祿山稱亂，由朝廷過寵，故曰漢網疏。風塵，謂兵戈遍地。丘墟，謂城郭一空。瓦坼，謂天子出奔。簾虛，謂妃嬪皆走。鉤陳，指侍衛。摧徼道，巡徼皆散矣。槍櫐，指守禦。失儲胥，庫藏盡亡矣。陪巡，謂衣冠扈從。拮据，謂宗室憂勞。

㈠洙曰：星，指旄頭，其光四出，孛孛然也。

㈡《漢書·循吏傳》：禁網疏闊。

㈢《洞簫賦》：風澒洞而不絶。

㈣王粲詩：崤函一丘墟。

㈤《鄴中記》：鄴城銅雀臺，皆鴛鴦瓦。舊注：魏文帝問晉宣王曰：「吾夢殿屋兩瓦墜地，化爲鴛鴦。」對曰：「後宮當有暴死者。」

㈥《洞冥記》：漢武帝甘泉宮，起招仙閣，編翠羽麟毫以爲簾。《西京雜記》：有翡翠簾。

㈦《西都賦》：周以鉤陳之位，衛以嚴更之署。又：周廬千列，徼道綺錯。《漢書注》：遊徼循禁備盗賊。徼道，徼循之道。

㈧揚雄《長楊賦》：木擁槍纍，以爲儲胥。注：槍纍，作木槍相纍爲栅也。儲胥，言儲蓄以待所須。《杜臆》：漢武帝作儲胥館，故李義山詩：「風雲長爲護儲胥。」宋子京詩：密疏叩儲胥。又：秋色遍儲胥。俱作皇居用之。

㈨任昉《齊景陵行狀》：地尊禮絶，親賢莫貳。《詩》：予手拮据。

公時呵猰音軋，乙黠切**貐**弋渚切㈠**，首唱却鯨魚**㈡**。勢愜宗蕭相**去聲**，材非一范睢。屍填太行**音杭**道，血走浚儀渠**㈢**。滏口師仍會**㈣**，函關憤已攄。紫微臨大角**㈤**，皇極正乘輿**㈥**。賞從**去聲**頻峨冕**㈦**，殊恩再直廬**㈧**。豈惟高衛霍，曾**音層**是接應**平聲**徐**㈨**。降集翻翔鳳**㈩**，追攀絶衆狙**⑪**。侍臣雙宋玉**⑫**，戰策兩穰苴**⑬**。**　此爲薛尚書頌德。　前十句，功在兩京。後八句，才兼文武。　盧注：薛景仙爲陳倉令，殺楊國忠妻子及虢國夫人，是呵猰貐也。既克復扶風，又擊破賊兵，是却鯨魚也。　時軍中乏餉，景仙控禦賊衝，故江淮之粟，得自襄陽達於扶風，其功與蕭何之轉輸關中相埒，不但如范睢之攻拔城邑也。　舊注以蕭相比郭令公，以范睢比諸將，未合。　太行，乃思明之寇。浚儀，乃慶緒之兵。滏口即安陽河，時王師共會於此。函谷關，在陝州，東京復而舊憤可攄也。紫微臨，帝星復明也。皇極正，肅宗還京也。賞從，謂扈從有功。原注：再直廬者，薛舊執金吾，新授羽林軍，前後二將軍也。衛霍，比戰功。應徐，比文學。朱注：薛爲太子賓客，官在宮僚，故方之應徐。降集二句，言其才品超出，非衆人可及。雙宋玉，承應徐。兩穰苴，承衛霍。《誠齋詩話》：猶云三王不足四，五帝不足六。朱注：句法與「居然雙捕虜」相似。次公以「降集」四句，爲兼美兄弟，非也。

㊀《爾雅》：猰貐，類貙虎，摩牙食人。《述異記》：猰貐，獸中最大者，龍頭馬尾，長四百尺，善走，以人爲食。

㊁《傅亮傳》：首唱大義，興復王室。《左傳》：取其鯨鯢，以爲京觀。

㊂《水經注》：禹塞滎澤，淫水於滎陽下，引河通淮、泗，名浪蕩渠，一名浚儀渠。《舊唐書》：浚儀縣，屬汴州。

㊃《元和郡縣志》：滏水出磁州滏陽縣西北四十五里。鼓山亦曰滏山，泉源奮湧若滏水，故以滏名之。太行八陘，第四曰滏口陘，對鄴西，山嶺高深，實爲險絶。禄山破東京，先至函關，後入潼關。

㊄《隋志》：紫微，大帝之座也。又：大角一星，在攝提，天王座也，又名天棟。

㊅《書》：建用皇極。舊注云：乘輿反正。

㈦《左傳》：晉侯賞從亡者。
㈧《史記》：衛令曰：「周廬設卒甚謹。」《漢書音義》：直宿曰廬。
㈨衛青、霍去病，漢武名將。應德璉、徐公幹，魏太子賓客。《通鑑》：廣德二年正月，吐蕃陷京師，既去，以太子賓客薛景仙爲南山五谷防禦使。
㈩賈誼賦：鳳凰翔於千仞兮。
㈠《列子》：智籠衆狙。
㈡《風賦序》：楚襄王遊於蘭臺之宫，宋玉、景差侍。
㈢《史記》：齊威王追論古司馬兵法，附穰苴於其中，號曰《司馬穰苴兵法》。

鑒徹勞懸鏡㈠，荒蕪已荷去聲**鋤㈡。嚮來披述作㈢，重**平聲**此憶吹噓。白髮甘凋喪**去聲**，青雲亦卷舒㈣。經綸功不朽㈤，跋涉體何如㈥。應**平聲**訝躭湖橘㈦，常餐占**去聲**野蔬。十年嬰藥餌，萬里狎樵漁。揚子淹投閣，鄒生惜曳裾。但驚飛熠燿㈧，不記改蟾蜍㈨。烟雨封巫峽，江淮略孟諸㈩。**此與薛尚書叙懷。前八句，叙薛交情。後十句，自叙旅況。言尚書有知人之鑒，惜己之荒蕪，不足有爲也。述作中見其吹噓，所謂鑒徹也。白頭無意於青雲，所謂荒蕪也。經綸，指薛能戡亂。跋涉，謂薛曾和蕃。湖橘四語，述貧病流離之狀。淹投閣，久於蜀。惜曳裾，不干人。熠燿飛而歲忽换，故可驚。蟾蜍改而月頻移，故不記也。自峽至荆，又將渡江淮、過孟諸而北歸矣。

㈠朱注：懸鏡，如水鏡之懸也。秦嘉詩：明鏡可鑒形。
㈡陶潛詩：眷言終荷鋤。
㈢魏文帝《與吳質書》：斐然有述作意。原注：石首處見公新文一通。
㈣《史記·范雎傳》：須賈曰：「君能自致青雲之上。」
㈤《易》：君子以經綸。
㈥《詩》：大夫跋涉。
㈦潭州有橘洲。
㈧《詩》：熠燿宵行。注：螢火也。
㈨張載詩：下車如昨日，蟾蜍四五圓。
㈩《禹貢》：導菏澤，被孟諸。《爾雅》：十藪，宋有孟諸。郭璞注：在睢陽縣東北。

湯池雖險固㈠**，遼海尚填淤**㈡**。努力輸肝膽**㈢**，休煩獨起予**㈣**。**以勗勉尚書作結。金湯，指長安。遼海，在河北。時幽薊尚有不順命者，故勸其努力報君，不必專以起予爲念。起予，依《杜臆》，照上吹噓説。舊解謂休作詩以起予，是泥《論語》「子夏起予」耳。此章，前二段各十句，中二段各十八句，末段四句收。

㈠《齊書》：文宣常望并州城曰：「此何等城？」唐邕曰：「金城湯池。」
㈡《通鑑》：大曆三年六月，幽州兵馬使朱希彩與朱泚、朱滔，共殺節度使李懷仙，自稱留後，朝廷不能制，故云「遼海尚填淤」。《前漢·溝洫志》：填淤反壤之害。師古注：填淤，謂壅泥也。

㊂《史記》：蒯通曰：「臣願披腹心、輸肝膽。」

㊃沈約詩：起予聖衷，此借言起廢也。

朱鶴齡曰：新舊書皆不立《薛景仙傳》，《逆臣傳》載：代宗討史朝義，右金吾大將軍薛景仙，請以勇士二萬，摧鋒死賊。觀此詩滏口數語，則收東京時，景仙嘗會師滏陽，立功河北矣。《舊書》：至德元載十二月，秦州都督郭英乂，代景仙爲鳳翔太守，而不言景仙遷轉何官。此詩云「殊恩再直廬」，豈景仙自鳳翔入，即歷金吾羽林之職耶。史家闕軼甚多，可據此補之。又《通鑑》：廣德二年正月，吐蕃陷京師。既去，以太子賓客薛景仙爲南山五谷防禦使。景仙嘗官宮僚，故以應徐比之也。公與景仙，俱扈從還京。景仙獨承恩侍直，官躋八座。賞從以下，雖云頌美，流落淹遲之感，實寓其中。

杜詩排律，其前後段落，必多寡勻稱，未有長短錯出者。此詩，諸家分截，亦尚未清，細玩，始見其整齊也。

杜詩詳注卷之二十二

暮歸

梁權道編在大曆三年。按：是年暮秋在公安作。

霜黄碧梧白鶴棲㈠，**城上擊柝復**扶又切**烏啼**㈡。**客子入門月皎皎**㈢，**誰家搗練風淒淒**㈣。**南渡桂水闕舟楫**㈤，**北歸秦**一作洛，非**川多鼓鼙**㈥。**年過**平聲**半百不稱**去聲**意，明日看雲還杖藜**㈦。上四，暮歸見聞之景。下四，暮歸流落之感。《杜臆》：闕舟楫，無錢雇船。多鼓鼙，吐蕃爲寇。杖藜看雲，可謂安時而處順者。黄生注：朝出於斯，暮歸於斯，南渡不可，北歸不能。年老客居失意，可勝道哉。起一復字，結一還字，見日日如是，皆無可奈何之詞。

㈠梁鮑泉詩：露色已成霜，楸梧半欲黄。邵氏謂鶴不木棲，恐是白鶻。然《詠懷古跡》云「古廟松杉巢水鶴」，亦言棲木矣。《抱朴子》：千年之鶴，能隨時而鳴，登於木上。

㈡漢童謡：城上烏，尾畢逋。《易》：重門擊柝。陳後主詩：烏啼漢没天應曙。

㊂客子，自謂。《史記·范雎傳》：謁君得無與諸侯客子俱來乎？《記》：客入門而左。古詩：明月何皎皎，照我羅裳幃。

㊃樂府《折楊柳歌》：夜聞擣衣聲，窈窕誰家婦。漢昭帝歌：涼風淒淒揚棹歌。

㊄《楚辭》：淼南渡之焉如。廣東韶州有桂水，其地北抵湖廣衡州之桂陽。《易》：舟楫之利。

㊅《水經注》：秦水，出大隴山。歷秦川，川有秦亭，秦仲所封也。《記》：君子聽鼓鼙之聲。《通鑑》：大曆三年八月，吐蕃復寇靈邠，京師戒嚴。邠去京師不滿四百里。

㊆黄生注：陶詩《停雲》，爲思友也。

盧世㴶曰：《崔氏東山草堂》、《暮歸》、《曉發公安》三首，皆拗調詩之絶佳者。「愛汝玉山」，前半篇高爽鮮新，操勝於人。後半篇質款近情，詼諧有趣。詩之頓放宜如此。「霜黄碧梧」，全首矯秀，原是悲詩，却絶無一點悲愁潺氣犯其筆端，讀去如竹枝樂府。《曉發公安》一首，更瘦更狂，播曳脱灑，真七言律中散仙也。

申涵光曰：作拗體詩，須有疏斜之致，不衫不履，如「客子入門月皎皎」，及「落日更見漁樵人」，語出天然，欲不拗不可得，而此一首律中帶古，傾敧錯落，尤爲入化。又曰：「霜黄碧梧白鶴棲」，一句中用三個顔色字，見安插頓放之妙。李空同云「野寺霜黄鎖碧梧」，此偷用杜句，黄碧之中，隔一鎖字，而文義却難通矣。

毛奇齡曰：杜律拗體，較他人獨合聲律，即諸詩皆然，始知通人必知音也。

哭李尚書之芳

鶴注：詩當作於大曆三年秋，江陵府。考《宗室世系表》，之芳，乃蔣王惲之孫。又《舊史》云，安禄山奏爲范陽司馬，禄山反，自投歸京師，廣德二年兼御史大夫，使吐蕃，被留二歲乃得歸，拜禮部尚書，改太子賓客。黄生曰：時公在公安，而李殁於江陵。

漳濱與蒿里㈠，逝水竟同年。欲挂《英華》作把**留徐劍㈡，猶迴憶戴船㈢。**從哀死叙起。得病隨亡，故曰同年。挂劍，將赴弔。迴船，不果行也。

㈠劉楨詩：余嬰沉痼疾，竄身清漳濱。洙曰：魏文帝爲太子時，應瑒、劉楨，並見友善。李歷禮部尚書，薨於太子賓客，故用漳濱事。蒿里，注見十六卷。

㈡挂劍，注見十四卷。

㈢戴船，注見九卷。

相知成白首㈠，此别間去聲**黄泉㈡。風雨嗟何及㈢，江湖涕泫然㈣。修文將管輅㈤，奉使**去聲**失張騫。史閣行人在㈥，詩家秀句傳㈦。**此記交情遺事。風雨思友，又值江湖，更覺哀慘矣。修文，言精靈不没。奉使，指出使吐蕃。下二分承。

㈠潘岳詩：投分寄石友，白首同所歸。
㈡《左傳》：鄭莊公曰：「不及黄泉，無相見也。」
㈢《詩》：風雨淒淒。序：《風雨》，思君子也。《詩》：何嗟及矣。
㈣《文中子》：泫然流涕。
㈤顔回、卜商，爲地下修文郎，注見十四卷。《魏志》：管輅，字公明，平原人。舉秀才，謂弟辰曰：「天與我才明，不與我年壽，恐四十七八間，不見女嫁男婚也。」是歲八月，爲少府丞。明年二月卒，年四十八。《杜臆》：修文句，兼用兩事。
㈥《周禮·秋官》有大行人、小行人。
㈦鍾嶸《詩品》：奇章秀句，往往警遒。

客亭鞍馬絶，旅櫬網蟲懸㈠。復魄一作塊**昭丘遠㈡，歸魂素滻偏㈢。樵蘇封葬地㈣，喉舌罷朝音潮天㈤。秋色凋春草㈥，王孫若個邊㈦。**末傷其客死遠歸也。馬絶蟲懸，見空館荒涼。昭丘素滻，言歸途遼闊。喉舌，點尚書。秋色，點時景。王孫，切李姓。若個邊，言葬於舊壘之傍。此章，前段四句，中後八句。

㈠沈約詩：網蟲垂户織。
㈡《記》：復諸侯以褒衣。鄭司農曰：復，謂始死招魂復魄也。昭丘，楚昭王墓。
㈢潘岳《西征賦》：地有玄灞素滻。

㈣任昉《卞忠貞墓啟》：樵蘇之刑，遠流於皇代。

㈤《後漢・李固傳》：斗爲天之喉舌，尚書亦猶陛下之喉舌。

㈥《楚辭・招隱》：王孫游兮不歸，春草生兮萋萋。

㈦若個，唐人方言。沈佺期詩：京華若個邊。

重平聲題

涕泗不能收，哭君餘一作余**白頭。兒童相識**一作顧**盡，宇宙此生浮。江雨銘旌濕**㈠**，湖風井徑秋**㈡**。還瞻魏太子，賓客減應**平聲**劉**㈢**。**

涕不能收，拈重哭意。下三句，有身世無窮之悲。江湖風雨，對景悽然。客減應劉，李爲太子賓客也。申涵光曰：《哭李尚書》二首，是挽詩絶調。兒童相識盡，哭及衆友。宇宙此生浮，兼哭自己矣。黄注：三四申明餘字意。

㈠何遜詩：蕭蕭江雨聲。《檀弓》：銘者，旌也。以死者爲不可别已，故以其旌識之。

㈡《蕪城賦》：邊風起兮城上寒，井徑滅兮丘壠殘。注：九夫爲井，遂上有徑。黄生注：井徑，似指隧道，今形家目穴内爲金井。

㈢原注：李公薨於太子賓客。魏文帝《與吴質書》：徐、陳、應、劉，一時俱逝。

哭李常侍嶧二首

鶴注：當是大曆三年冬江陵作。　李常侍，蓋死於廣南，歸葬長安。公逢於江漢間而哭之也。　《唐志》：左右散騎常侍，隸門下中書省，掌規諷過失、侍從顧問。

一代風流盡㈠，修文地下深。斯人不重平聲見，將老失知音㈡。短日行梅嶺㈢，寒山一作江落桂林㈣。長安若個伴一作畔，猶想映貂金㈤。　首章，悼常侍之亡。上四爲自己惜，下四爲他人惜也。　梅嶺桂林之間，歸櫬已在中途，而長安同伴，猶望生還，蓋愛之深而不忍其死也。

㈠《齊史》：張緒卒，從弟融哭曰：「阿兄風流頓盡。」

㈡曹丕《與吴質書》：伯牙絶絃於鍾子期，痛知音之難遇也。

㈢《史記·東越傳》：令諸侯屯豫章梅嶺。

㈣謝靈運詩：南州實炎德，桂水凌寒山。　舊注：桂林，指衡州之桂陽。

㈤唐制，侍中冠金蟬珥貂。

其二

青瑣陪雙入，銅梁阻一辭㈠。風塵逢我地，江漢哭君時。次第尋書札㈡，呼兒檢贈詩㈢。

發揮王子表㈣，不愧史臣詞。次章，於往日交情，現前哀死，身後留名，曲盡之矣。公昔在長安，與李同入青瑣之門，後李在銅梁，公疏於一辭之寄。今旅櫬相逢，但有歿後一哭耳。尋書檢詩，常侍手跡所在。王子表，李爲宗室也。史臣有詞，録其素行也。

㈠唐銅梁縣，屬渝州，隷劍南道。渝州，即今重慶府。

㈡周捨《上雲樂》：乃欲次第説。《釋名》：弟，第也，言次第相生也。則第字本與弟相通，故可對兒。古詩：遺我一書札。

㈢又：呼兒烹鯉魚。應瑒詩：贈詩見存慰。

㈣《漢書》有《王子侯表》。

楊德周曰：詩有假對法，如「子雲清白守，今日起爲官」、「次第尋書札，呼兒檢贈詩」，以日對雲，以第對兒，是也。後人濫觴，借一對柏，以十對遷，謬矣。葉石林謂杜詩對偶至嚴，必無散句，甚欲改今日爲令尹，則又太拘。至《東原録》又改今日爲金日，謂金日磾没入官，輸黄門養馬。唐中興時，贊普入中國，必有相類，故杜用之。更穿鑿不通矣。

舟一有中字出江陵南浦奉寄鄭少去聲尹審

鶴注：此當是大曆三年秋作，是時公移居公安。公安，在江陵之南，故出南浦也。時鄭審爲江陵少尹。

更欲投何處？飄然去此都㊀。**形骸元土木**㊁，**舟楫復**扶又切**江湖。社稷纏妖氣，干戈送老儒。百年同棄物**㊂，**萬國盡窮途。**此舟行有感。《杜臆》：起語突然，悲不自勝，言己之飄流無定，皆因亂離所致，今身棄途窮，將安託乎？　申涵光曰：「更欲投何處」，窮途堪涕。「干戈送老儒」，暮景足悲。

㊀賈誼云：何必懷此都。

㊁嵇康土木形骸。

㊂《老子》：聖人嘗善救人，故無棄物。

雨洗平沙净㊀，**天銜闊岸紆。鳴螿**音將**隨泛梗**㊁，**別燕起**一作赴**秋菰。棲託難高臥**㊂，**饑寒迫向隅**㊃。**寂寥相呴沫**㊄，**浩蕩報恩珠**㊅。此撫景言情。雨洗二句，南浦之景。鳴螿二句，秋候之景。謀棲託而不能安臥，總爲饑寒所驅耳。《杜臆》：人少相呴之沫，而己亦曠於報恩之珠，見人情不足深怪，與一味責人者不同。

㊀謝朓詩：雨洗花葉鮮。

㊁《爾雅注》：蜺，一名寒蜩，又名寒螿，似蟬而小，青赤。　趙曰：螿得梗而託之，故隨泛梗而鳴。

㊂《世說》：謝公與王右軍書：「敬和棲託好佳。」

㊃徐悱詩：向隅獨心傷。

⑤《莊子》：魚相呴以濕，相濡以沫。

⑥洙曰：隋侯見傷蛇，以藥封之，蛇銜明珠以報。

溟漲鯨波動㊀，**衡陽雁影徂。南征問懸**當作解**榻**，**東逝想乘桴**㊁。**濫竊商歌聽**㊂，**時憂卞泣誅**㊃。**經過**平聲**憶鄭驛**，**斟酌旅情孤**㊄。末乃叙懷别鄭。《杜臆》：見雁影而問南征，對鯨波而想東逝，所往尚未定耳。商歌、卞泣，知己難逢也。每有經過，便思鄭尹，爲其能酌酒以慰旅情。如前此兩飲湖亭，皆是。此章三段各八句。

㊀謝靈運詩：溟漲無端倪。

㊁曹植詩：乘桴何所志，吁嗟我孔公。

㊂甯戚商歌，注見二十卷。

㊃《韓非子》：卞和得玉璞以獻楚王，王刖其足，乃抱璞而哭於荆山之下。

㊄蘇武詩：願子留斟酌，叙此平生親。

移居公安山館

朱氏編在大曆三年冬自江陵至公安時作。《唐書》：公安縣，屬江陵府。《杜臆》：公安山，在荊州東南七十里。**南國晝多霧，北風天正寒。路危行木杪，身迥**樊作迴，一作遠**宿雲端**㈠。**山鬼吹燈滅**㈡。**廚人語夜闌**㈢。**雞鳴問前館，世亂敢求安**㈣？此移居公安時，途次所作。上半，投宿之景。下半，將發之事。黄注：三四本屬苦境，翻得佳語。雞鳴之前，廚人夜起，因手燈吹滅，戲語爲鬼所吹。細人口角如此。兩句用倒插法。問乃問道，安謂安眠也。

㈠鮑照詩：雲端楚山見。

㈡《楚辭》有《山鬼》篇。

㈢傅玄詩：廚人進藿茹，有酒不盈杯。

㈣世亂，是秋又有吐蕃之警也。

醉歌行贈公安《英華》有縣字顔十一本無十字少去聲府請顧八題壁

鶴注：此大曆三年至公安時作。是公作詩，而使顧書於少府之壁。邵注：顔少府，公安尉也。朱注：顧八，即顧八分文學戒奢。

神仙中人不易音異**得**㈠，**顔氏之子才孤標**㈡。**天馬長鳴待駕馭，秋鷹整翮當雲霄。**先稱美顔少府。天馬遠行，秋鷹高舉，正見才氣孤標。洙曰：言負駿逸之才，以待用也。

㈠鶴注：梅福爲南昌尉，謂之神仙尉。此以顔爲尉而用之。《世説》：杜乂，預之孫，美姿容，王逸少目之曰：「膚如凝脂，眼如點漆，神仙中人也。」

㈡《易·繫辭》傳：顔氏之子，其庶幾乎！梁元帝碑文：獨振孤標，倫數之所遠絶。

君不見東吴顧文學㈠，君不見西漢杜陵老㈡？詩家筆勢君不嫌，詞翰升堂爲去聲**君掃。**次記題壁作歌。君指顔少府。兩用君不見，意氣豪放。詩家，自謂。筆勢，謂顧。詞承詩家，翰承筆勢。

㈠《前漢·仲長統傳》：秦時以文學徵待詔博士。

㈡杜陵在西京，故曰西漢。

是日霜風凍七澤㈠，烏蠻落照銜赤壁。酒酣耳熱忘頭白㈡，感君意氣無所惜，一爲《英華》有醉字**歌行歌主客。**末賦景而兼言情。七澤、烏蠻，記地。霜風、落照，記時。下三句，結出醉歌，以誌一時賓主之興。此章前二段各四句；後段五句收結，歌行體，可以錯綜也。

㈠《子虚賦》：楚有七澤，其小小者，名曰雲夢。烏蠻在西。赤壁在東。落照自西而映東也。

㈡《漢書》：楊惲曰：「酒後耳熱，仰天拊缶，而呼烏烏。」魏文帝《與吴質書》：昔日游處，每至酒酣耳熱，仰面賦詩，忽然不自知其樂也。

送顧八分文學適洪吉州

鶴注：當是大曆三年秋公安作。　歐陽公《集古録》：唐吕諲表，元結撰，顧戒奢八分書。景祐三年，余謫夷陵，過荆南，謁吕公祠堂，見此碑。　《西溪叢語》：吕公表，前太子文學翰林待詔顧誡奢書。　《唐書》：洪州豫章郡，吉州廬陵郡，俱屬江西道，採訪使治洪州。

昔在開元中，韓蔡同贔平秘切**屭**虚器切㈣。**中郎石經後**㈠，**八分蓋憔悴。顧侯運鑪錘**㈡，**筆力破餘地**㈢。**玄宗妙其書**㈤，**是以數子至。御札早流傳，揄揚非造**七到切**次**㈥。**三人並入直，恩澤各不二。顧於韓蔡内，辯眼工小字**㈦。**分日侍**《英華》作侍，别作示**諸王，鉤深法更秘**㈧。首叙顧君書法見重於朝廷。　《杜臆》：謹守途轍，謂之奴書。筆力破餘地，是深於論書者。　明皇御札精工，知其揄揚不爽矣。各不二，蒙恩如一。侍諸王，使講書法也。

㈠《水經注》：蔡邕以熹平四年，與五官中郎將堂谿典等，奏求正定六經文字，靈帝許之。邕乃自書丹於碑，使工鐫刻，立太學門外。

㈡洙曰：運鑪錘，言能鍛鍊以成一家之書。《莊子》：皆在鑪錘之間耳。

㈢《隋·藝文傳》：筆有餘力。　《莊子》：恢乎有餘地。

㊃《西都賦》：綴以二華，巨靈贔屭。注：屭，作力之貌。　韓、蔡，指韓擇木、蔡有鄰。

㊄《書苑》：明皇好圖畫，工八分章草，豐茂英特。張説等獻詩，明皇各賜贊褒美，自於彩箋上八分書之。　妙其書，稱美三人也。

㊅盧諶《贈劉琨詩序》：抑不足以揄揚弘美，亦以攄其所抱而已。

㊆衛恒《字勢》：梁鵠宜爲大字，邯鄲淳宜爲小字。

㊇《易・繫辭》：探賾索隱，鈎深致遠。

文學與我游㊀，蕭疏外聲利。追隨二十載上聲，浩蕩長安醉。高歌卿相去聲宅，文翰飛省寺。視我揚馬一作班揚間，白首不相棄。驊騮入窮巷，必脱黄金轡㊁。一論朋友難，遲暮敢失墜。古來事反覆音福，相見横涕泗。嚮者玉珂人，誰是青雲器㊂。才盡傷形骸《英華》作骸，一作體㊃，病渴污去聲官位㊄。故舊獨依然㊅，時危話顛躋㊆。此叙平日交情，見其始終無間。　二十載，通前後而言。高歌以下，憶長安事。窮巷脱轡，再會公安也。遲暮敢墜，克踐白首之言矣。才盡以下，自傷老病而喜顧之舊好依然。

㊀《前漢・儒林傳》：延文學儒者以百數。《宣帝紀》：詔内郡國舉文學高第各一人。

㊁趙曰：黄金轡，言其富貴也。

㊂顔延之《五君詠》：仲容青雲器。　言其器之高遠。此云誰是青雲器，歎貴者未必賢也。

㊃才盡，用江淹事。

㊄李尋曰：久污玉堂之署。
㊅朱超道詩：悵望轉依然。
㊆《書·微子》：王子弗出，我乃顛躋。

我甘多病老，子負憂世志。胡爲困衣食，顔色少稱去聲遂。遠作辛苦行，順從衆多意。舟楫無根蒂，蛟鼉好去聲爲祟㈠。況兼水賊繁，特戒風飇駛。崩騰戎馬際一作險㈡，往往殺長吏㈢。子干東諸侯㈣，勸一作勸勉防縱恣。邦以民爲本㈤，魚饑費香餌㈥。請哀瘡痍深，告訴皇華使去聲，下同。使臣精所擇，進德知歷試。此因洪吉之行，望其留心世事。我甘句，承上。子負句，起下。少稱遂，不能愜心也。順衆意，委蛇從俗也。舟楫四句，備言水路之險，此應上辛苦行。戎馬四句，以防亂告東諸侯，侯乃州刺史也。邦本四句，以愛民告皇華使，使即觀察使也。使臣二句，言觀察爲民擇官，必能進有德者而歷試之。此十句，應上憂世志。

㈠《莊子》：其鬼不祟。
㈡李顒《雷賦》：濆淪隱轔，崩騰磊落。
㈢鶴注：大曆三年，商州兵馬使劉洽，殺刺史殷仲卿。幽州兵馬使朱希彩，殺節度使李懷仙。所謂往往殺長吏也。
㈣洪吉州在荆州之東，故曰東諸侯。《舊史》：大曆二年魏少游爲洪州刺史，兼江西觀察使。洪州即觀察使治所也。

㈤《書》：民惟邦本。

㈥《五略》：香餌之下，必有懸魚。　費香餌，即招徠意。

惻隱誅求情，固應平聲**賢愚異。烈**一作列**士惡**烏固切**苟得，俊傑思自致**㈠**。贈子《猛虎行》**㈡**，出郊載酸鼻**㈢**。**　末戒其失身於所往，見朋友相規之意。　見民困誅求，而動惻隱之情，賢者諒當異於庸愚，此行豈可苟得而不思自盡乎。　贈言酸鼻，臨別丁寧也。　此章十六句起，六句結，中二段各二十句。

㈠《史記》：不能自致於青雲之上。

㈡陸機《猛虎行》：渴不飲盜泉水，熱不息惡木陰。　惡木豈無枝，志士多苦心。

㈢江淹書：履影弔心，酸鼻痛骨。

王嗣奭曰：此詩全篇無一字虛飾，可以知其相與之情。至末，而愛民之真懇，規友之直諒，又兩見之矣。

官亭夕坐戲簡顏十少去聲府

年月同上。　顧注：時公在官亭夕坐，候少府不至，故戲爲此簡。　漢章帝詔：過止官亭，無雇舍宿。

南國調寒杵㊀，西江浸日車㊁。客愁連蟋蟀㊂，亭古帶蒹葭㊃。不返青絲鞚㊄，虚燒夜燭花。老翁須地主，細細酌流霞㊅。上四，亭前夕景，記其聞見。下四，坐待少府，戲簡索飲也。杵聲應節，故曰調。日影沉江，故曰浸。顧注：用一連字，倍增客情悽切。用一帶字，愈覺亭畔蒼涼。　鞚疑不返，恐留客無人。燭曰虚燒，恐燈前無酒，故有落句爲戲。

㊀庾信《搗衣詩》：南國女郎砧，調聲不用琴。《杜臆》：搗衣杵，有音節，俗謂之花練槌。司空曙詩「宫響傳花杵」，即此意也。
㊁又云：西江即蜀江。
㊂《詩》：十月蟋蟀入我牀下。
㊃又：蒹葭蒼蒼，白露爲霜。
㊄梁元帝詩：宛轉青絲鞚。
㊅流霞，注見十七卷。

移居公安敬贈衛大郎鈞

鶴注：公於大曆三年秋移居公安。

衛侯不易音異得，余病汝知之㈠。雅量涵高遠㈡，清襟照等夷㈢。平生感意氣，少去聲小愛文詞㈣。江海由來合，風雲若有期㈤。從衛郎叙起。公處貧病，而衛獨知之。由其雅量能涵，清襟能照也。且感其平時意氣，如江海之流易合。又愛其少而能文，知風雲之會有期也。

㈠予病汝知，猶管仲言知我貧故也。

㈡《魏志》：曹公曰：「周瑜雅量高致。」

㈢袁粲《答王儉詩》：老夫亦何寄，之子照清襟。《張良傳》：諸將皆陛下舊等夷。

㈣秦嘉詩：少小罹煢獨。鍾嶸《詩品》：文詞之命世也。

㈤古詩：風雲若遇會。

形容勞宇宙㈠，質樸謝軒墀。自古幽人泣，流年壯士悲㈡。水烟通徑草，秋露接園葵㈢。入邑豺狼鬭，傷弓鳥雀飢。此叙公安旅况。謝軒墀，作幽人遁迹。勞宇宙，則流年已逝。水烟秋露，言風景淒涼。狼鬭，慨世亂。雀飢，傷旅窮也。

㈠陶潛《歸去來辭》：寓形宇内復幾時。

㈡《後漢·傅毅傳》：徂年如流。

㈢陸士衡詩：種葵北園中，零露垂鮮澤。

白頭供宴語，烏几伴棲遲㈠。交態遭輕薄，今朝豁所思。以贈衛意作結。宴語誰供，惟伴烏几，則交態之薄可知，故得衛郎而憂思頓豁耳。末句，仍應雅量清襟。此章前二段各八句，末段四句結。

㈠《詩》：衡門之下，可以棲遲。

盧元昌曰：公在江陵，至小吏相輕，吾道窮矣。於顔少府曰不易得，於衛大郎亦曰不易得，志幸亦志慨也。是時公安有警，故於《山館》有「世亂敢求安」句，後《曉發》則曰「鄰雞野哭如昨日」，《發劉郎浦》則曰「岸上空村盡豺虎」。此章「入邑豺狼鬭」，必有所指矣。

公安送韋二少去聲府匡贊

鶴注：當是大曆三年秋晚作。是年吐蕃入寇，故詩云兵甲黄塵。邵注：少府，今之典史。匡贊，韋名也。

逍遥公後世多賢㈠，**送爾維舟惜此**俗本作别**筵**。**念我能書**一作常能**數字至，將詩不必萬人傳**。**時危兵革黄塵裏，日短江湖白髮前**。**古往今來皆涕淚**㈡，**斷腸分手各風烟**㈢。上四送韋之情，下四離别之感。

《演義》：韋蓋後輩而知慕公者，故起用樸直之詞。詩不必傳，舊指韋詩。《演義》謂公詩多傷時語，故囑其不必浪傳。時逢兵革，身泊江湖，白髮之年，短如秋日。此情此景，乃今古所同悲者，況故人分手於風烟之際，能不爲之傷心而腸斷乎！四語疊遞，意極慘悽。

㊀朱注：《唐書》：韋嗣立，中宗亦封爲逍遥公。韋氏九房，以敻後爲逍遥公房，嗣立後爲小逍遥公房。田注：此詩所云逍遥公，指韋敻也。《北史》：周韋敻，養高不仕，明帝號爲逍遥公。

㊁潘岳《西征賦》：古往今來，邈矣悠哉。

㊂謝瞻《送王撫軍》詩：分手東城闉。《别賦》：造分手而銜涕。

公安縣懷古

年地同上。

野曠吕蒙營，江深劉備城㊀。寒天催日短，風浪與雲平。灑落君臣契，飛騰戰伐名。維舟倚前浦，長嘯一含情㊁。首二遺迹，三四時景。下述懷古之意。野曠寒侵，江深浪激，劉合君臣，吕爭戰伐，四句各用分承，長嘯含情，傷迹在而人已亡矣。胡夏客云：此嘯，從抱膝吟《梁父》化出。先主之待關張，誼同兄弟，其得孔明，歡如魚水，所謂「灑落君臣契」也。吕蒙之破皖城，軍士皆騰躍而升。其擒盧陵賊帥，孫權稱其百鳥不如一鶚。所謂「飛騰戰伐名」也。黄生注：結以前浦二字，綰住前半，以含情二字，雙綰後半，章法極整。

㊀《寰宇記》：公安縣有孱陵城。《十三州志》：吴大帝封吕蒙爲孱陵侯，即此地。《水經注》：沲水，東至孱陵縣，入油水縣治故城。王莽更名孱陵。劉備孫夫人，權妹也，又更修之，其城背油向澤。《荆州記》：吴大帝推劉備爲左將軍、荆州牧，鎮油口，即居此城，時人號爲左公，故名其城公安也。

㊁阮籍見孫登，長嘯而返。嘯，蹙口出聲也。《名勝志》：公安縣北二十五里，有吕蒙城，即蒙所屯兵處。先主得公安，使關羽守之。及羽討樊城，吕蒙乘虚襲之，孫劉之戰争，始自公安。漢業之不振，亦撓於公安。公至其地，故弔古而有慨。近年常州吕城之處，有修關壯繆廟，掘地得吕蒙墓者，千年姦窟，一朝發露，事奇而快。

呀虚加切鶻胡骨切行

蔡夢弼編在大曆三年江陵詩内，以詩有江邊秋日語也。然在夔州亦可言之，今姑依蔡編，未定何年耳。錢箋：此詩見陳浩然本，又見《英華》。呀，張口貌。

病鶻孤陳作卑**飛俗眼醜，每夜江邊宿衰柳。清秋落日**《英華》作月**已側身，過雁歸鴉錯迴首。緊腦雄姿迷所向，疏翮稀毛不可狀。彊神非**舊作迷**復**扶又切**皂雕前**㊀**，俊才早在蒼鷹上。**

此見呀鶻而自傷也。首段，寫其病憊之狀。俗眼看醜，憎其病廢。雁鴉回首，畏其餘威。緊腦二句，仍摹其病態。彊神二句，迴想其猛氣。

㊀迷復二字，出《易·復卦》，言迷於所復也。上文有迷所向，下句不應又用迷復，當作非復爲是。

風濤颯颯寒山陰，熊羆欲蟄一作蟄**龍蛇深。念爾此時有一擲**㊀**，失聲濺血非其心。**下段深致憐惜之意。言當此天寒物藏，正鶻鳥凌厲之秋，此時應有一擊，而悲鳴悽慘如此，豈其本心乎？ 此章上八句，下四句。

㊀擲，投也，鷙鳥搏物，必自上投下。

宴王使君宅題二首

鶴注：當是大曆三年秋作。 邵注：王必荆州人，閑居邑中者。

漢主追韓信㊀**，蒼生起謝安**㊁**。吾徒自漂泊，世事各艱難。逆旅招要**平聲，一作邀**近，他鄉意**《英華》作意，一作思**緒寬。不才甘朽質，高卧豈泥蟠。**首章，宴中有感。 古人皆獲大用，而使君乃漂泊艱難，惜其不遇也。若己之逆旅他鄉，亦唯借酒寬懷耳。不才高卧，豈望泥蟠復奮乎？又自解也。 五六點宴。

㊀《史記》：高帝入關，諸將多道亡者，蕭何聞韓信亡，自追之。

㊁《晉書》：謝安高卧東山，當時皆曰：「安石不出，其如蒼生何！」《莊子》：陽子之宋，宿於逆旅。

《揚子法言》：龍蟠於泥。

其二

泛愛容霜鬢一作髮㊀，**留歡卜夜閒**一作闌，一作上夜關㊁。**自吟詩送老，相對酒開顔**㊂。**戎馬今何地？鄉園獨在**一作舊**山。江湖墮清月，酩酊任扶還。**次章，宴時之興。愛而留宴，德使君也。送老，承霜鬢。開顔，頂留歡。今當戎馬之地，使君獨有故園，不覺留連而醉歸耳。五六，點王宅。

㊀《杜臆》：公詩每用泛愛，蓋以衆人自居也。《前漢·伍被傳》：泛愛烝庶。《後漢書》：李軼曰：「劉伯升兄弟，泛愛容衆。」殷仲文詩：廣筵散泛愛。

㊁《英華辯證》：世傳杜公不避家諱，其實非也。卞圜集杜詩及別本自是「留歡上夜關」，蓋有投轄之意。或改作夜闌，又不在韻。盧注：王維《登裴迪小樓》云：「好客多乘月，應門莫上關。」顧炎武曰：閒乃閑暇，於閑字自不相犯。

㊂謝靈運詩：開颜披心胸。

送覃二判官

詩云「卧荆衡」，當是大曆三年江陵作。

先帝一作皇**弓劍遠**㈠，**小臣餘此生。蹉跎病江漢，不復**扶又切**謁承明**㈡。**餞爾白頭日，永懷丹鳳城**㈢。此送覃而動歸朝之興。先帝，指肅宗。白頭，公自謂。

㈠牛弘《隋文帝頌》：慕深考妣，哀纏弓劍。《前漢·郊祀志》：黄帝鼎成，騎龍上天，小臣持龍髯，拔墮，墮黄帝之弓。《列仙傳》：黄帝葬橋山，山崩，空棺無尸，唯劍舄在焉。

㈡《前漢·嚴助傳》：君厭承明之廬。張晏注：承明廬，在石渠閣外。曹植詩：謁帝承明廬。

㈢《唐書》：至德二載十一月，上御丹鳳門下制，即此城門。

遲遲戀屈音厥**宋，渺渺卧荆衡**㈠。**魂斷航舸**居何切**失，天寒沙水清。肺肝若稍愈，亦上**上聲**赤霄行**㈡。此申言别後思歸之意。身卧荆衡，而見乘舸遠去者，何堪復滯水濱乎？故欲寒時一返舊京也。

曰承明、曰丹鳳、曰赤霄，懷君戀闕之誠，篇中蓋三致意焉。此章兩段，各六句。

㈠屈宋，自比賦詩。荆衡，謂荆門衡岳。

㈡《太宗實録》：貞觀六年二月，宴三品已上於九成宫赤霄殿。

公安送李二十九弟晉肅入蜀余下沔鄂

鶴注：此大曆三年冬作。晉肅，李賀之父，見韓文《諱辯》。《唐書》：沔州，漢陽郡。鄂州，江夏郡。俱屬江南西道，後併沔州入鄂州。

正解柴桑纜㊀**，仍看**平聲**蜀道行。檣烏相背**音悖**發**㊁**，塞雁一行**音杭**鳴。南紀連銅柱**㊂**，西江接錦城**㊃**。憑將百錢卜，漂泊問君平**㊄**。**上四送别之情，下四别後之慨。方爲沔鄂之遊，而送李入蜀，是兩舟背發，不如雁序同行矣。南紀、西江，頂上背發。寄卜君平，問何時得免漂泊也。李稱弟，故用雁行。往蜀中，故引君平。

㊀黄生注：柴桑，在江州。前詩云「江州涕不禁」，豈公有弟客此，而欲訪之耶？又詩「九江春色外，三峽暮帆前」，知公久有此興，或此行終不果耳。《通典》：潯陽縣南楚城驛，即漢柴桑縣也。《一統志》：在今九江府城南。

㊁檣烏，檣上相風烏。劉孝綽詩：别有啼烏曲，東西相背飛。

㊂趙注：南紀，江漢也，下沔鄂所經。《杜臆》：《名勝志》：銅柱，在衡陽縣城北百二十里，吴黄武二年，都督程普與蜀將關羽分界，共立銅柱爲誓。公將下衡州，正指此處，與馬援交阯之銅柱

不同。

㊃世説：成都城皆種芙蓉，至秋開，望之若錦。

㊄舊注：嚴君平賣卜成都，日得百錢，即閉肆下簾。

留别公安太易沙門

鶴注：此當是大曆三年冬作。《後漢·郊祀志》：沙門，漢言息心，剃髮出家，絶情洗慾，而歸於無爲也。舊注：沙門，乃僧之通稱，梁會稽沙門惠皎作《高僧傳》云，漢始有沙門。太易，僧名。

隱居欲就廬山遠㊀，麗藻初逢休上人㊁。數色角切**問舟航留製作，長開篋笥擬心神㊂。沙村白雪仍含凍㊃，江縣紅梅已放春。先**去聲**踏鑪峰置蘭若**爾者切**㊄，徐飛錫杖出風塵㊅。**

上四，贊太易詩詞。五六，誌相别時地。末則望其修道廬山也。澤州陳冢宰云：末二句，言太易當築室鑪峰，以俟道成飛舉。舊解謂公欲先往廬山置寺，以待太易之來，遂引志公争山麓事，以證飛錫，其説非也。此本用廬山神仙事。

㊀廬山，在江西九江府。周武王時，匡俗先生兄弟七人隱於此，因號匡廬山。晉惠遠，姓賈氏，見

廬山清净，遂居焉。公欲就者，蓋託言也。

㈡麗藻，謂文詞葩麗。《文賦》：嘉麗藻之彬彬。　宋惠休，姓湯氏，能詩，宋世祖令其還俗。

㈢任昉詩：已矣生平事，咏歌盈篋笥。　張華《感婚賦》：心神内正。　擬者，欲和其詩也。

㈣《上林賦》：其北含凍裂地。

㈤《辯林》曰：梵言阿蘭若，蘭，香草也，若，乾草也，乃香潔草菴之意。

㈥陳注：湛方生《廬山神仙詩序》云：潯陽有廬山者，盤基彭蠡之西，阻絶重險，窈窕冲深，可謂神明之區域，列真之苑囿。　太元十一年，有樵採其陽者，於時鮮霞褰林，傾暉映岫，見一沙門，披法衣，獨在巖中，俄頃振裳揮錫，陵崖直上，排丹霄而輕舉，起九折而一指，窮日蒼蒼，翳然滅迹。

久客

黄編在廣德二年，閬州詩内。　蔡氏編在大曆三年江陵詩内。　按：是年正月，公出峽，三月，至江陵，秋晚，遷公安，冬之岳陽。　詩言小吏相輕，蓋其時落落寡合也。　又引王粲、賈生皆楚中事，應在出峽以後。

羈旅知交態㈠，**淹留見俗情**㈡。**衰顔聊自哂，小吏最相輕**㈢。**去國哀王粲**㈣，**傷時哭賈生**㈤。**狐狸何足道**去聲，**豺虎正**一作亂**縱**平聲**横**㈥。　上四客況，下四感懷。　《杜臆》：交態俗情，世人類然，而小吏爲最。其見輕者，爲衰顔也。顧注：狐狸比小吏，豺虎比亂賊，言一己見侮，猶可自解，天下遭亂，憂不能釋耳。公《述懷》詩「豺虎亂雄猜」，意有所指。時楊子琳、崔寧之徒，互相攻擊，所云豺虎縱横也。黄鶴以爲吐蕃，誤矣。

㈠《鄭當時傳》：一貧一富，乃知交態。

㈡《抱朴子》：仲尼不免乎俗情。

㈢《過秦論》：小吏詈罵而榜笞之。

㈣漢末西京擾亂，王粲去而依劉表於荆州，故其詩云：「復棄中國去，遠身適荆蠻。」

㈤賈誼上書言時事，可爲痛哭者一，可爲流涕者二，可爲長太息者六。

㈥《前漢・孫寶傳》：豺狼横道，不宜復問狐狸。

冬深 一作《即日》

黄編在雲安，蔡編在夔州。今按公在雲安一冬，在夔州兩冬，未嘗他往，何云風濤不穩，夜宿誰門耶？當是發公安後詩。江溪石根，景固相合，於末二語，尤爲切當矣。梁簡文帝詩：冬深柳條落。

花葉惟諸本作隨，犯重，當是惟字，蓋聲近而訛**天意**㈠，**江溪共石根。早霞隨類**一作淚，非**影**㈡，寒水各依一云流痕。易音異下去聲楊朱淚㊂，難招楚客魂。風濤暮不穩㊃，捨棹宿誰門。

上四冬深之景，下四舟行有感。　此章全用倒插。花葉惟天意，以早霞隨類影也。江溪共石根，以寒水各依痕也。易下楊朱淚，以風濤暮不穩也。難招楚客魂，以捨棹宿誰門也。《杜臆》謂此在五律中，另一奇格。　初疑寒水與石根緊承，早霞與花葉似不相貫，後見《杜臆》，方悟霞狀變化，如花如葉耳。蓋霞有紅、紫、青諸色，故比之花葉，且玩天意二字，明屬早霞矣，起句特奇。

㊀宋子侯詩：花葉正低昂。

㊁趙曰：隨類影，隨其所類而呈影也。摯虞《祈禮表》：隨類合之。

㊂舊注：楊朱泣歧路，謂其可南可北也。

㊃古詩：風濤暮不止，幾日到瀟湘。

曉發公安原注：數月憩息此縣。

陸游《入蜀記》：公《移居公安》詩：「水烟通徑草，秋露接園葵。」而《留別太易沙門》詩：「沙村白雪仍含凍，江縣紅梅已放春。」則以是秋至此，暮冬始去，其曰數月憩息，蓋謂此也。　黄鶴注：此大曆三年冬，自公安往岳陽時作。

北城擊柝復扶又切欲罷，東方明星亦不遲㊀。鄰雞野哭如昨日，物色生態一云生生能幾時㈡。舟楫眇然自此去，江湖遠適無前期。出門轉眄已陳迹㈢，藥餌扶吾隨所之㈣。上四曉景，歎流光易逝。下四發舟，傷行踪莫定。杜律有語承、意承之法，不遲承欲罷，幾時承如昨，此句承法也。鄰雞承擊柝，以所聞言，物色承明星，以所見言，此意承法也。物色指物，生態指人，陳迹指公安之地。

㈠《詩》：東有啟明，西有長庚。注曰：旦出，謂明星爲啟明。日既入，謂明星爲長庚。晉傅玄詩：東方大明星，光景照千里。

㈡顔延之詩：日暮行樂歸，物色桑榆時。樂府《滿歌行》：居世詎能幾時？

㈢《劉恢傳》：俛仰之間，已爲陳迹。

㈣謝靈運詩：藥餌情所止。

王嗣奭曰：七律之變，至此而極妙，亦至此而極真。此山谷所云不煩繩削而自合者，蓋夔州以後詩也。

唐人作拗體律詩，平仄多有失粘處。明季蕭雲從作《杜律細》，平仄用轉音，改拗從順，雖考證詳洽，但恐多此轉折耳。如此章仄聲七字，改作平聲，欲字音迂。揚雄《羽獵賦》：壯士慷慨，殊嚮别趨。東西南北，騁勢奔欲。杜詩五律《初月》首句「光細弦欲上」，可證也。罷字即疲，叶遲，在沈氏四支韻。《史記》：漢與楚相距，士卒罷弊。《左傳》：師退曰疲。《禮·少儀》：師役曰罷。方字音訪，漢帝欲殺雍齒，用張良計，封爲什方侯，猶言釋放也。又後漢楊仁，拜什方令。《易韻》：水在火上，君子以慎辯物居方，亦音放。昨字音槎。《周禮·大宗伯·雞人》：諸臣之所昨。注：謂諸臣酢酒尊也。《戰國策》：蘇厲上趙王書：著之槃盂，屬之讎柞。注：即酬酢。如《周禮》柞人，掌攻草木者，與《公羊傳》山木不槎，《國語》木不槎枿同。《中原音韻》：昨，隔宵也。曲有入作平聲而分陰陽。北音精戈翻，南音静羅翻，皆平聲爾。態音臺，司馬相如《封禪文》：旼旼穆穆，君子之態，蓋聞其聲，今視其來。態作臺音可證。自當音私，《説文》曰：倉頡作字，自營爲私。雖不解爲私音，而會意當然耳。杜五律「風月自清夜」及「致此自僻遠」，皆宜作平聲用矣。已字音遺，元人侯正卿《菩薩蠻》第二句「心頭已」，作平聲陽音。杜五律「乘爾亦已久」，亦讀平聲。今按：態讀作臺音，則能字宜讀作耐，平仄乃各諧也。

發劉郎浦

當是大曆三年冬作。趙曰：公自公安縣往岳州，故經劉郎浦，浦在公安之下。《江陵圖經》：劉郎浦，在石首縣，先主納吴女處。錢箋：吕温詩云：「吴蜀成婚此水潯，明珠步障握黄金。誰將一女輕天下，欲换劉郎鼎峙心。」正詠此事。

掛帆早發劉郎浦，疾風颯颯昏亭午㊀。舟中無日不沙塵，岸上空村盡豺虎。十日北風風未迴，客行歲晚晚一作尤相催。白頭厭伴漁人宿，黄帽青鞋歸去來㊁。上四寫景，見浦中不可復留。下四叙懷，歎飄流未有歸計。空村人少，故豺虎縱横。北風則南行便，歲晚故舟不停。黄帽、青鞋，野人之服。

㈠孫氏曰：亭，高貌。午時，日正高也。

㈡沈氏曰：黄帽，籜冠。青鞋，芒鞋。

别董頲

鶴注：當是大曆三年作。詩云「逆浪開帆難」，蓋董泝漢水而之鄧也。又云「老夫纜亦解」，公是時將適潭州矣。

窮冬急風水，逆浪開帆難㈠。士子甘旨闕㈡，不知道里寒。叙董生出遊之故。

㈠晉《長干曲》：逆浪故相邀。

㈡《内則》：昧爽而朝，慈以甘旨。

有求彼樂音洛土㈠，南適小長安㈡。别一作到我舟檝去，覺君衣裳單㈢。素聞趙公節㈣，兼盡賓主歡。已結門閭一作廬望㈤，無令平聲霜雪殘㈥。送别而望其早旋。曰「不知道里寒」，表其孝思也。曰「覺君衣裳單」，憫其冬行也。曰「無令霜雪殘」，勉其歸侍也。贈行而作衷語，可謂委曲情至矣。

㈠《詩》：適彼樂土。

㈡《光武紀》：戰於小長安。注：《續漢書》：淯陽縣有小長安聚，古城在鄧州南陽縣南。

㈢吴均詩：江南霜雪重，相如衣裳單。

㈣趙公，鄧州守也。

㈤《國策》：王孫賈之母曰：「汝朝出而暮歸，則吾倚門而望。汝暮出而不還，則吾倚閭而望。」閭，里門也。

㈥霜雪殘，老人易凋殘於冬日也。

老夫饑亦解，脱粟朝未餐㈠。**飄蕩兵甲際，幾時懷抱寬**。**漢陽頗寧静**㈡，**峴首試考槃**㈢。**當念著**音勺**皂**吴作白**帽**一作褐，**采薇青雲端**。以自叙行踪作結。朱注：峴山在襄陽，與鄧州相近。公素欲居襄陽，故因董適鄧而及之。言己亦將道漢陽，登峴首，皂帽采薇，爲終隱之計，子能念我於雲端否耶？黄鶴以漢陽峴首，爲董頲所經之地，詩意不然。此章四句起，下二段各八句。

㈠《公孫弘傳》：弘食一肉，脱粟飯。

㈡《唐書》：鄂州漢陽縣，本沔州漢陽郡，武德四年，以沔陽郡之漢陽、汶川二縣置。

㈢《詩》：考槃在澗，碩人之寬。注：考，成也。槃，盤桓之意。

夜聞觱篥

梁權道編在大曆三年離公安次岳州時，以詩中有「江湖行路難」句也。其云「天地干戈滿」者，以去年吐蕃兩入寇，桂州山獠反，是年之夏楊子琳反成都也。《樂府雜録》：觱篥者，本龜茲國樂，亦名悲栗，以竹爲管，以蘆爲首，其聲悲栗，有類於笳。《樂部》：觱篥者，笳管也，唐編鹵部，名爲笳管。

夜聞觱篥滄江上，衰年側耳情黄生注：情字，疑作尋**所嚮**㈠。**鄰舟一聽多感傷，塞曲三更**平聲**欻悲壯**㈡。**積雪飛霜此夜寒，孤燈急管復**扶又切**風**一作奔**湍。君知天地**一作下**干戈滿，不見江湖**一作湘**行路難。**夜吹觱篥，復歌塞曲，而又佐以急管，此江上哀音也。公在鄰舟，乍聽已足感傷，久聞尤加悲慘，況當寒夜孤燈，霜雪零而風湍緊，兼之急管悲鳴，不勝慘絶矣。故語觱篥者曰：君爲此曲，但知干戈離亂之苦，獨不見舟中漂泊者，江湖行路之難乎？何爲故作此聲，動人愁思也。情所向，謂旅情頓起。鄰舟句，即承此起下。

㈠《前漢·伍被傳》：引領而望，側耳而聽。

㈡蔡琰有《入塞曲》、《出塞曲》。

衡州送李大夫七丈勉赴廣州

朱注：李勉自江西觀察使入爲京兆尹，兼御史大夫，大曆三年十月，拜廣州刺史，充嶺南節度使。詩應是其年冬作。　盧注：時嶺南番帥馮崇道與桂州朱濟時叛，故朝廷遣勉討之。《唐書》：衡州衡陽郡，屬江南西道。

斧鉞下去聲**青冥**㈠，**樓船過洞庭**㈡。**北風隨爽氣**㈢，**南斗避文星**㈣。**日月籠中鳥**㈤，**乾坤水上萍**㈥。**王孫丈人行**音項㈦，**垂老見飄零**。上四送李入廣，烜赫有勢。下四自叙飄流，悲惋動情。　盧注：青冥自北而來，故風隨爽氣。洞庭向南而往，故斗避文星，便見叱咤風雲，指揮天地氣象。　《杜臆》：日月照臨之下，身如籠鳥；乾坤覆載之中，迹若浮萍。此垂老飄零之狀。王孫乃我丈人行，忍見其若此耶？蓋望之援手矣！

㈠《記》：諸侯賜斧鉞，然後專征伐。漢光武書：黄鉞一下無處所。　下青冥，猶言自天而下。黄生謂入廣度嶺如下青冥，非也。

㈡漢楊僕爲樓船將軍，正合粤中事。

㈢《世説》：王子猷曰：「西山朝來致有爽氣。」

㈣盧注：勉好古尚奇，故曰文星。今按：文昌本在北斗宫，李自北至南，故南斗應避之。

㈤方回曰：日月，年年也。乾坤，處處也。張綖注：虚度日月，起下垂老。浪跡乾坤，起下飄零。左思詩：習習籠中鳥，舉翮觸四隅。

㈥王粲詩：朝霧竟幾何，忽如水上萍。

㈦《前漢·蘇武傳》：漢天子，我丈人行也。黄生注：唐人極重中表親，皆叙行輩，同者稱兄弟，卑者稱侄，尊者稱丈，此自勉爲丈人行，蓋中表尊屬也。

黄生曰：前半極其雄邁，五六意悲而語則壯，得此方稱，結亦不覺衰颯，此章法凑泊之妙也。又曰：王右丞詩「鐃吹喧京口，風波下洞庭」，似可敵首二語。而微遜者，此起即用韻，其響雄亮故也。

胡應麟曰：少陵詩，兼總盛唐，集諸家之勝，如「山隨平野闊，江入大荒流」，太白壯語也。杜「星隨平野闊，月湧大江流」，骨力過之。「九衢寒霧斂，萬井曙鐘多」，右丞壯語也，杜「星臨萬户動，月傍九霄多」，精彩過之。「氣蒸雲夢澤，波撼岳陽城」，浩然壯語也。杜「吴楚東南坼，乾坤日夜浮」，氣象過之。「弓抱關西月，旗翻渭北風」，嘉州壯語也。杜「北風隨爽氣，南斗避文星」，風神過之。讀唐諸家至杜，輒令人自失。

今按：日月籠中二句，須添字注釋，句義方明。不如「日月低秦樹，乾坤繞漢宫」詞氣雄壯。亦不如「乾坤萬里眼，時序百年心」、「身世雙蓬鬢，乾坤一草亭」語意明爽也。

歲晏行

鶴注：此當是大曆三年次岳州作。

歲云暮矣多北風，瀟湘洞庭白雪一作雲**中。漁父天寒網罟凍，莫徭射**音石**雁鳴桑弓**㈠。首記歲晏景事，傷窮民之漁獵者。

㈠《隋·地理志》：長沙郡雜有夷蜑，名曰莫徭，自言其先祖有功，嘗免征役，故以爲名。《記》：桑弧蓬矢，以射四方。《漢·五行志》：女童謠曰：「檿弧其服。」顔師古注：山桑之有點文者，木弓曰弧。

去年米貴闕軍食㈠**，今年米賤太傷農**㈡**。高馬達官厭酒肉，此輩杼柚茅茨空**㈢**。**此又傷窮民之耕織者。此輩，指農家夫婦。

㈠朱注：《舊唐書》：大曆二年十月，減京官職田三分之一充軍糧。又十一月，率百官京城士庶，出錢以助軍，此詩作於三年冬，故云「去年米貴闕軍食」也。鶴注：《舊史》：大曆二年二月，郭子儀自河東來朝，元載、裴冕、第五琦、黎幹，各出錢三十萬，置宴於子儀之第。三月，魚朝恩宴子儀、宰相、節度，度支使、京兆尹於私第，朝臣以酣酒爲樂，而民間空乏如此，此子美所以形之詩歟。

㈡《漢書》：穀賤傷農。

㈢《詩》：杼柚其空。《玉篇》：柚，機具也。杼，機之持緯者。

楚人重魚不重鳥一作肉㈠，**汝休枉殺南飛鴻**㈡。**況聞處處鬻男女，割慈忍愛還租庸**㈢。此歎當時賦斂之困。

㈠《風俗通》：吴楚之人嗜魚鹽，不重禽獸之肉。魚鳥，承漁父莫徭。租庸，承農夫杼柚。此皆迫於官賦者。

㈡《楚辭》：雁雝雝而南飛。

㈢《别賦》：割慈忍愛，離鄉去里。《舊書》：凡授田者，丁歲納粟稻謂之租。不役者，日爲絹三尺，謂之庸。

往日用錢捉私鑄，今許一作來**鉛鐵和**去聲**青銅**㈠。**刻泥爲之最易**音異**得**㈡，**好惡不合長相蒙**㈢。此慨當時錢法之壞。民窮財盡，故惡錢濫用，爲官者豈可聽其相蒙而不爲糾察乎？

㈠《舊書》：天寶數載之後，富商奸人，漸收好錢，潛將往江淮之南，每錢貨得私鑄惡者五文，假託官錢，將入京，私用鵝眼鐵錫古文綖環之類，每貫重不過三四觔。洙曰：唐制盗鑄者死，没其家屬。至天寶間，盗鑄益甚，雜以鉛錫，無復錢形，號公鑄者爲官鑪錢。

㈡刻泥，以泥爲錢模也。

㈢《左傳》：上下相蒙。注：蒙，欺也。

萬國城頭吹畫角，此曲哀怨何時終㊀。末以歲晏所聞，結出憂亂之意。生民窮困，由亂離所致。而困窮之甚，將復致亂離，故云「哀怨何時終」。此章前四段各四句，末用二句結。

㊀吹角非歌曲，以樂曲中常用角音，故亦可云曲也。哀怨，謂角聲悲慘。《晉志》：角者，本以應笳之聲，後漸用之，横吹有雙角，即胡樂也。張騫入西域，傳其法於西京，唯得《摩訶兜勒》一曲，據此則吹角用曲，亦相因之事，故及之。

泊岳陽城下

鶴注：當是大曆三年冬深作。岳陽，即岳州，在天岳山之陽，故名。《唐書》：岳州巴陵郡，屬江南西道。

江國踰千里，山城近趙汸作近，舊作僅**百層**㊀。**岸風翻夕浪，舟雪灑寒燈。留滯才難盡，艱危氣益增**㊁。**圖南未可料，變化有鵾鵬**㊂。首二，記岳陽城。三四，泊舟之景。下則泊舟而有感也。

顧注謂千里而來，僅見此百層。趙注解作高近百層，尤爲穩當。《杜臆》：前詩「才盡傷形體」，此云「留滯才難盡」。後詩「窮迫挫曩懷」，此云「艱危氣益增」。非前後相左，蓋因舟行向南，有激於鵾鵬之變化而云然耳。

㈠顔延之賦：臨廣坐，望百層。

㈡《史記》：懦夫增氣。

㈢圖南者，圖往南方。公蓋不甘終於廢棄也。《莊子》：鵾化爲鵬，而後乃今圖南。

後人喜學杜詩，而工拙迥殊。杜云「緑垂風折笋，紅綻雨肥梅」，范至能云「梓花紅綻碎，粟穗緑垂低」，歎其工力悉敵。杜云「留滯才難盡，艱危氣益增」，陳無己云「留滯常思動，艱危却悔來」，覺杜老健而陳衰颯。杜云「五聖聯龍衮，千官列雁行」，宋徽宗挽哲廟云「北極聯龍衮，西風拆雁行」，服其用語切當。杜云「苦遭白髮不相放，羞見黄花無數新」，李後主《九日》詩云「鬢從今日添新白，花似去年依舊黄」，又覺杜生新而李平熟矣。

纜船苦風戲題四韻奉簡鄭十三判官泛

鶴注：此大曆三年冬在岳陽作。

楚一作東岸朔風疾，天寒鶬鴰音括呼㈠。漲沙霾草樹㈡，舞雪渡江湖㈢。吹帽時時落，維舟日日孤。因聲置驛外㈣，爲去聲覓酒家壚㈤。上四風寒之景，下四泊舟簡鄭。沙霾雪渡，風狂所致。此時舟中落帽，故欲索酒以禦寒，所謂戲題也。

㈠《爾雅翼》：蒼麋，其色蒼，如麋也，一名鴰鹿。《本草》：狀如鶴而頂無丹，兩頰紅。《西都賦》：鳥則鶬鴰，汎浮往來。

㈡丘遲詩：森森荒樹齊，析析寒沙漲。

㈢古詩：扁舟載風雪，半夜渡江湖。

㈣因聲，猶云寄語。《漢書》：鄭莊置驛，請謝賓客。此比鄭判官也。人遞曰置，馬遞曰驛。

㈤《司馬相如傳》：文君當壚。顔師古曰：賣酒之處，累土爲壚，以居酒甕。四邊隆起，其一面高，形如鍛壚，故名壚耳。世人皆以當壚爲對温酒火壚，失其義矣。

登岳陽樓

鶴注：當是大曆三年作。《岳陽風土記》：岳陽樓，城西門樓也，下瞰洞庭景物寬闊。盧注：是年郭子儀將兵五萬屯奉天，備吐蕃，白元光、李抱玉各出兵擊之，是「戎馬關山北」也。

昔聞洞庭水㈠，今上上聲岳陽樓。吴楚東南坼㈡，乾坤日夜浮㈢。親朋無一字㈣，老病有孤舟㈤。戎馬關山北㈥，憑軒涕泗流㈦。上四寫景，下四言情。昔聞、今上，喜初登也。包吴楚而浸乾坤，此狀樓前水勢。下則隻身漂泊之感，萬里鄉關之思，皆動於此矣。《杜臆》：三四已盡大觀，後來詩人，何處措手？下四只寫情，方是做自己詩，非泛詠岳陽樓也。　黃生曰：末以憑軒二字，綰合登樓。

㈠《國策》：吴起曰：「左有彭蠡之波，右有洞庭之水。」　葉秉敬曰：或疑洞庭楚地，何遠及於吴？考《荆州記》，君山在洞庭湖中，上有道通吴之包山。今吴之太湖，亦有洞庭山，以潛通君山，故得名。或疑「乾坤日夜浮」，有似詠海。考《水經注》，洞庭湖廣五百里，日月若出没其中。又《拾遺記》：洞庭山浮於水上。方知杜句所云，皆是洞庭本色。

㈡《三輔黃圖》：南極吴楚。　《史記·趙世家》：地坼東南。

㈢謝脁詩：大江日夜流。

㈣又：有酒招親朋。

㈤《歸去來辭》：或棹孤舟。

㈥《道德經》：戎馬生於郊。　《恨賦》：關山無極。

㈦《登樓賦》：憑軒檻以遥望兮。　張載詩：登崖遠望涕泗流。鼻出曰涕，目出曰泗。

黃生曰：前半寫景，如此闊大，五六自叙，如此落寞，詩境闊狹頓異。結語湊泊極難，轉出「戎馬關山北」五字，胸襟氣象，一等相稱，宜使後人擱筆也。

《金玉詩話》云：洞庭天下壯觀，自昔騷人墨客，鬬麗搜奇者尤衆。如「水涵天影闊，山拔地形高」，「四望疑無路，中流忽有山」。「鳥飛應畏墮，帆遠却如閒」，皆見稱於世。然莫若「氣蒸雲夢澤，波撼岳陽城」。則洞庭空曠無際，雄壯如在目前。至讀杜子美詩，則又不然。「吴楚東南坼，乾坤日夜浮」，不知少陵胸中，吞幾雲夢也。

唐庚《子西文録》：嘗過岳陽樓，觀子美詩，不過四十字耳，其氣象閎放，涵蓄深遠，殆與洞庭爭雄，所謂富哉言乎者。太白、退之輩，率爲大篇，極其筆力，終不逮也。杜詩雖小而大，餘詩雖大而小。

黄鶴曰：一詩之中，如「吴楚東南坼，乾坤日夜浮」一聯，尤爲雄偉。雖不到洞庭者讀之，可使胸次豁達。

方回曰：嘗登岳陽樓，左序毬門壁間大書孟詩，右書杜詩，後人不敢復題。劉長卿云：「疊浪浮元氣，中流没太陽。」世不甚傳，他可知矣。

趙汸曰：公此詩，同時惟孟浩然臨洞庭所賦，足以相敵。後則陳簡齋渡江，及朱文公登定王臺所賦，最迫近之。浩然詩云：「八月湖水平，涵虚混太清。氣蒸雲夢澤，波撼岳陽城。欲濟無舟楫，端居耻聖明。坐看垂釣者，徒有羨魚情。」簡齋詩云：「江南非不好，楚客自生哀。摇楫天平渡，迎人樹欲來。雨餘吴岫立，日照海門開。雖異中原險，方隅亦壯哉。」朱文公詩云：「寂寞番君後，光華帝子來。千年餘故國，萬事只空臺。日月東西見，湖山表裏開。從知爽鳩樂，莫作雍門哀。」

葉秉敬《敬君詩話》：張祜詩：「一宿金山寺，微茫水國分。僧歸夜航月，龍出曉堂雲。樹影中流見，鐘聲兩岸聞。因悲在城市，終日醉醺醺。」此詩可取在第二聯。或云僧亦有晝歸者，何偏云夜航月耶？不知旦出暮歸，人情之常。況稱夜月，則景色清迥，此當以意融會，不必苛責也。至云「龍出曉堂雲」，則分明畫出寺在江中之景，逼真甚矣，此二句已盡其狀。至云「樹影中流見」，頗欠天趣。又云「鐘聲兩岸聞」，更復著相。且四句俱説景，似堆垛而無清味。老杜洞庭只是兩句，而下便云「親朋無一字，老病有孤舟」，方見變化之妙。

楊慎曰：昔過岳陽樓，見一詩云：「樓上元龍氣不除，湖中范蠡意何如？西風萬里一黄鵠，秋水半江雙白魚。鼓瑟至今悲二女，沉沙何處弔三閭。朗吟仙子無人識，騎鶴吹簫下碧虚。」視其姓名，乃元人張翔，字雄飛，不知何地人也。雄飛在元，不著詩名，然詩實可傳。同時，虞伯生、范德機皆有岳陽樓詩，遠不及也。

陪裴使去聲君登岳陽樓

鶴注：當是大曆四年春作。使君必岳州守，故詩用陳蕃事。

湖闊兼雲霧，樓孤屬之玉切**晚晴**㈠。**禮加徐孺子**㈡，**詩接謝宣城**㈢。**雪岸叢梅發，春泥百草生。敢違漁父問**㈣，**從此更南征**㈤。首二登岳陽樓，三四陪裴使君，五六樓前春景，七八自叙行踪，此虚實相間格也。

一日之間，陰晴迭换，亦見登眺之久，黄生謂可當岳陽樓圖是也。徐樨自方，謝朓比裴。屈原至江濱，漁父勸其與世推移。公旅況依人，故不敢違漁父之問而更欲南征。南征，指潭州。《杜臆》：落句深有意於裴，言己不異屈原之放逐，漁父倘肯見問，豈敢違之而更南征乎。此另一説。

㈠闊，與孤相照。屬，當也。
㈡後漢徐孺子，豫章南昌人。時陳蕃爲太守，以禮請署功曹。
㈢《謝朓傳》：除秘書丞，未拜，仍轉中書郎，出爲宣城太守。
㈣《楚辭》：屈原既放，遊於江潭，漁父見而問之。
㈤《離騷》：濟沅湘兮南征。

黄生曰：一二，目前景，所以興三四。五六，意中景，所以起七八。格局莊凝，句法精鍊，詞旨深渾，從來人止膾炙前作耳。蓋彼詩之妙易見，此詩之藴難窺也。

南征

此當是大曆四年春潭衡間作，前詩「從此更南征」可證。依蔡氏編次爲是。

春岸桃花水㈠，雲帆楓樹林。偷生長避地㈡，適遠更霑襟㈢。老病南征日㈣，君恩北望心㈤。百年歌自苦，未見有知音㈥。上四南征景事，下則申述情緒也。

楊慎曰：桃水，用秦人桃

源事。楓林，用《楚辭·招魂》事。避地，接桃花句。適遠，接楓樹句。身南心北，又承避地遠適。未見知音，結出南行之故。

㈠謝靈連詩：海鷗戲春岸。庾信詩：流水桃花色。

㈡李陵書：陵豈偷生之士。

㈢王粲詩：遠身適荆蠻。《蘇武傳》：因泣下霑襟，與武決去。

㈣《後漢書》：閔仲叔客居安邑，老病家貧。

㈤謝朓詩：君恩不可追。《國語》：北望嶽鄙。

㈥古詩：不惜歌者苦，但傷知音稀。

歸夢

黄鶴誤編廣德二年。蔡氏編在湖南詩中，應是大曆三四年間作。謝朓詩：歸夢相思夕。

道路時通塞先責切，**江山日寂寥。偷生唯一老**㈠，**伐叛已三朝**音潮。**雨急青楓暮，雲深黑水遥**㈡。**夢魂**一作歸**歸未**一作亦**得，不用楚辭招**㈢。上四叙事，身未得歸。下四述夢，魂未得歸。

趙注：當時用兵，道路或通或塞，故江山氣象，日見蕭條。三朝，謂玄宗、肅宗、代宗。伐叛，謂安、史、僕固、吐蕃也。青楓在楚，黑水在秦，蓋夢中所見之景。《杜臆》：夢歸未得，魂仍在楚，故不用招。歸，指長安。　黄生曰：五六，即「魂來楓林青，魂返關塞黑」意。七八，即「老魂歸不得，歸路恐長迷」意。

㈠《記》：不憖遺一老。

㈡《禹貢》：黑水西河惟雍州。蔡傳：雍州之域，西據黑水，東距西河。又《禹貢》：導黑水至於三危，入於南海。蔡傳：雍、梁二州西界，皆以黑水爲界。是黑水自雍之西北，而直出梁之西南也。《寰宇記》：巂州越巂縣有黑水。朱注：黑水源流非一，唐巂州地，瀘水所出，瀘水即黑水也。次公注：黑水，在鄠、杜之間。

㈢《楚辭·招魂》：魂兮歸來，反故居些。

過南嶽入洞庭湖

鶴注：此大曆四年正月自岳陽之潭州時作。殆自岳陽過南岳而入洞庭也。　南嶽，乃嶽麓衡山，以嶽麓爲足，在長沙。《唐書》：潭州湘潭縣有衡山。《山海經注》：長沙巴陵縣西有洞庭陂，潛伏通江。《水經注》：湖水廣圓五百餘里，日月若出没於其中。《岳陽風土記》：鼎澧沅湘，合諸蠻黔南之水，匯於洞庭，至巴陵與荆江合。

洪波忽争道㊀，岸轉異江湖。鄂渚分雲樹㊁，衡山引舳音軸艫音盧㊂。翠牙穿裛蔣一作槳㊃，碧節吐一作上寒蒲。病渴身何去？春生力更無。此舟過南嶽也。湖水争道而趨，以江湖異流故也。鄂在北，故曰分。衡在南，故曰引。二句言江湖之異。蔣牙、蒲節，春時景物。

㊀謝靈運詩：莫辯洪波極，誰知大壑東。《吴越春秋》：二國争道。

㊁《楚辭》：乘鄂渚而返顧兮。《九州記》：鄂，今武昌是也。孫權自公安徙此，改曰武昌。劉孝威詩：雲樹交爲密。

㊂《漢·武帝紀》：舳艫千里。《説文》：舳，舟尾。艫，舟前。

㊃趙注：蔣，乃菰蔣之蔣。蓋蒲有節，而蔣有牙也。《淮南子》：浸潭苽蔣。注：苽者，蔣實也。《唐雅》：菰蔣，其米謂之胡。裛蔣，蔣之瘦而未壯者。

壞童犁雨雪，漁屋架泥塗。攲側風帆滿，微冥水驛孤。悠悠回赤壁㊀，浩浩略蒼梧㊁。帝子留遺恨㊂，曹公屈壯圖㊃。此入洞庭湖也。壞童二句，近岸景事。風健，則帆飽而舟帶攲斜。行速，故回顧而水驛微小。帝子承蒼梧，曹公承赤壁，此遠覽古跡也。

㊀趙注：赤壁在夏口之東，武昌之西。盛弘之《荆州記》：薄沂縣沿江一百里，南岸名赤壁。

㊁趙注：蒼梧，在洞庭西南。《九域志》：蒼梧山，在道州。

㊂《九歌》：帝子降兮北渚。帝子，指娥皇、女英。《史記》：舜南巡狩，崩於蒼梧之野。

㊃《後漢·獻帝紀》：劉表卒，少子琮立，以荆州降操，操以舟師伐孫權。《周瑜傳》：瑜請得精兵三

萬人，追往夏口，遇於赤壁，大破之。

聖朝音潮**光御極，殘孽駐艱虞。才淑隨廝養**去聲㈠**，名賢隱鍛鑪**㈡**。邵平元入漢，張翰後歸吴**㈢**。莫怪啼痕數**色角切**，危檣逐夜烏**㈣**。**末乃撫時感懷。趙注：聖朝二句，言代宗雖復長安，而吐蕃猶未息也。才淑名賢，欺賢才淪棄。邵平、張翰，謂身欲歸鄉。末則自傷漂泊也。此章三段，各八句。

㈠《任昉集》：肇允才淑。《史記》：趙王武臣爲燕軍所得，囚之。有廝養卒，走燕壁見燕將曰：「張耳、陳餘，名爲求趙王，實欲燕殺之，兩人分趙自立。夫以一趙尚易燕，況以兩賢王左提右挈，而責殺王之罪，滅燕易矣。」燕將乃歸趙王。韋昭注：析薪爲廝，炊烹爲養。《路温舒傳》：願給廝養，暴骨方外，以盡臣節。《蒯通傳》：隨廝養之役者，失萬乘之權。

㈡鍛鑪，用嵇康事。

㈢邵平、張翰，注皆别見。

㈣《杜臆》：夜烏啼，用烏鵲南飛語。

宿青草湖

鶴注：當是大曆四年赴衡岳時宿此。《元和郡縣志》：巴丘湖，又名青草湖，在巴陵縣南，周迴二百六十五里，俗云即古雲夢澤。《十道志》：湖在岳州。《名勝志》：湖，北連洞庭，南接瀟湘，東納汨羅之水。每夏秋水泛，與洞庭爲一。水涸，此湖先乾，青草生焉，故名。《荆州記》：湖因青草山得名。

洞庭猶在目，青草續爲名。宿槳依農事，郵籤報水程㊀。寒冰争倚薄㊁，雲月遞微明。湖雁雙雙起，人來故北征㊂。上四宿湖之事，下四對景言情。南有青草，北爲洞庭，一湖兩名，故曰續爲名。孤舟防盗，故須宿依農畔。水程夜泊，故聞驛報更籌。倚薄曰争，見寒冰交侵而競迫。微明曰遞，見雲月迭掩而迭開。黄生注：末點湖字，前面青草，方不落空，此見詩律之細。顧注：湖雁雙飛而起，豈爲我之南征，故意以北征示人耶？見南行非本願矣。

㊀朱注：郵籤，驛館更籌也。隋煬帝詩：投籤初報晚。

㊁倚薄之薄，即雷風相薄之薄，言迫也。

㊂《杜臆》：《月令》：正月候雁北，故云北征。王融詩：秋雁雙雙飛。《楚辭·九歌》：駕飛龍兮北征，邅吾道兮洞庭。

宿白沙驛

鶴注：年月同上。洙曰：初過湖五里。顧注：《湘中記》：湘川，清照五六丈，下見底，石如樗蒲，五色鮮明，白沙如霜雪，赤崖如朝霞。

水宿仍餘照㈠，**人烟復**扶又切**此亭。驛邊沙舊白，湖外草新青。萬象皆春氣，孤槎自客星**㈡。**隨波無限月**一作景，一作好，**的的近**去聲**南溟**㈢。上四白沙驛景，下四宿驛有感。黄生注：曰仍、曰復，見水程非止一日。三四即景，因地見時。五六即景，借物形己，巧法兼備。前詩先見地，後點宿字，此詩反之，是章法變化處。水含殘照，亭起夕烟，此將晚之候。白沙，驛名。青草，湖名。拆開用之，倒裝以協韻耳。趙汸注：皆春氣，見各有生意。自客星，見己獨飄零。按：二句乃一進一退格。樓鑰云：的的，昭著貌，謂乘月之明以到南溟也。

㈠謝靈運詩：客遊倦水宿。

㈡《哀江南賦》：舟楫路窮，星漢非乘槎可上。黄注：此反用之。

㈢梁簡文帝《水月》詩：溶溶如漬璧，的的似沉鈎。何遜《望新月》詩：的的與沙静，灔灔逐波輕。宋之問《寒宵引》：明月的的寒潭中。《杜臆》：《莊子》：「南溟者，天池也。」本屬寓言，此將虚語作實用，妙在的的二字，此用古之一法。

湘夫人祠

鶴注：此大曆四年春作，祠在長沙府湘陰縣。《山海經》：洞庭之山，帝之二女居之。《檀弓》：舜葬於蒼梧之野，三妃未之從也。陳澔注：舜長妃娥皇，次妃女英，三妃癸比。從堯而言，皆謂帝子；從舜而言，皆謂之妃。其曰湘君、湘夫人者，後人從湘起見，以水神尊之。《水經注》：太湖水西流，逕二妃廟南，世謂之黄陵廟。大舜之陟方也，二妃從征，溺於湘江，神遊洞庭之淵，出入瀟湘之浦，民爲立祠水側焉。

肅肅湘妃廟㈠**，空牆碧水春。蟲書玉佩蘚**㈡**，燕舞翠帷塵**㈢**。晚泊登汀樹，微馨借**一作香惜**渚蘋**㈣**。蒼梧恨不盡，染淚在叢筠**㈤**。**上四，祠中之景，記其淒涼。下四，祠外之景，致其感慨。首句點祠，次句記時。蘋樹斑筠，皆出祠後所觸目而徘徊者。《杜臆》：臣望君，不減妻望夫，蒼梧之恨，不爲夫人發也。

㈠《詩》：肅肅在廟。

㈡蟲書，蟲蝕如字書。衛恒《書勢》：四曰蟲書。

㈢李嶠詩：羅裙玉佩當軒出。董思恭詩：清音滿翠帷。杜詩詠《琴臺》云：野花留寶靨，蔓草見羅裙。以此想像文君之容色，不妨作佳麗語。劉長卿《題湘妃廟》云：苔痕斷珠履，草色帶羅裙。其詠神妃，言近於褻矣。此詩蟲書、燕舞二句，只摹寫祠中景物，自見莊雅。

㈣生注：微馨，用黍稷馨香。渚蘋，用蘋蘩可薦。不曰薦而曰借，表己欲薦之誠耳。

㈤《博物志》：舜南巡，崩於蒼梧，二妃淚下，染竹成斑。

黄生曰：空牆碧水，寫荒涼之狀。三四本屬荒涼，語轉濃麗。五事實，六意虚，七八倒敘，因淚筠而知妃恨耳。蒼梧何恨？恨不得從舜也。用本色作收，而自喻之旨已露。又曰：首用肅肅二字，令人凛然起敬。較李群玉「二女明粧」，「九疑如黛」，不離文士口角，幾於瀆神矣。公詩發源楚詞，波瀾故自老成，此章意味深厚，可當近體中《九歌》。

許顗彦周曰：有客泊湘妃廟前，夜半，偶不寐，見輿衛入廟中，置酒鼓瑟，心悸不敢窺，迨明方散，隱隱絶水浮空去。因入廟中，見詩四句，墨色猶未乾：「碧杜紅蘅縹緲香，冰絲彈月弄新涼。峰巒向曉渾相似，九處堪疑九斷腸。」

祠南夕望

公既謁湘夫人祠，次夕在祠南回望也。

百丈牽江色㊀，孤舟泛日斜。興去聲**來猶杖屨，目斷更雲沙。山鬼迷春竹㊁，湘娥倚暮花㊂。湖南清絶地，萬古一長嗟。**上四日夕望祠，下四望中之情。舟泛日斜，來途已遠，故杖屨登岸，猶如昨日，而目斷湘祠，渺隔雲沙矣。回想花竹幽冥，倍覺弔古凄涼耳。張綖曰：如此清絶之地，徒爲遷客羈人之所歷，此萬古所以同嗟也。結語極有含蓄。

㊀舟行上水，故用百丈竹索。

〔二〕《楚辭·山鬼》章：余處幽篁兮，終不見天。　迷，遮迷也。

〔三〕郭璞《江賦》：協靈爽於湘娥。　湘娥，即屈平所謂湘妃也。

黄生曰：此近體中弔屈原賦也，結亦自喻。　日夕望祠，髣髴山鬼湘娥，如見靈均所賦者。　因歎地雖清絶，而俯仰興懷，萬古共一長嗟，此借酒杯以澆塊磊。　山鬼湘娥，即屈原也。　屈原，即少陵也。

上時掌切水遣懷

梁權道謂是大曆四年自岳入潭時作。　趙子櫟《年譜》：自岳之潭之衡，爲上水。　自衡回潭，爲下水。

我衰太平時，身病戎馬後。　蹭蹬多拙爲，安得不皓首。　驅馳四海内，童稚日餬口〔一〕。　但遇新少去聲年，少逢舊親友。　此傷老病飄流，從敘懷説起。　太平，指天寶以前。　戎馬，指至德以後。　蹭蹬，謂貶官入幕。　童稚，謂攜子遠遊。

〔一〕《左傳》：餬其口於四方。

低頭下去聲邑地，故人知善誘〔一〕。　後生血氣豪，舉動見老醜〔二〕。　窮迫挫曩懷，常如中去聲風走〔三〕。　一紀出西蜀〔四〕，於今向南斗。　此歎無交可依，乃上水之故。　親友知而善誘，舊交款洽也。少年視爲老醜，新知輕薄也。窮途既無可仗之人，則奔走南行，實非得已矣。夔州詩云「新知已暗疏」，後生之交態可知。

㈠《郭有道碑》：善誘善導，仁而愛人。

㈡阮籍詩：朝爲美少年，夕暮成老醜。

㈢朱浮《與彭寵書》：伯通獨中風狂走，自捐盛時。

㈣公自乾元元年入蜀，至大曆三年出峽，凡十一年，殆將近一紀也。

孤舟亂春華一作草㈠，**暮齒依蒲柳**㈡。**冥冥九疑葬**㈢，**聖者骨已**一作亦**朽**㈣。**蹉跎陶唐人**㈤，**鞭撻日月久**㈥。**中間屈賈輩，讒毀竟自取**叶此苟切㈦。**鬱悒**樊作悒，一作没**二悲魂，蕭條猶在否。**此上水而動弔古之思。春華蒲柳，即所見以興感。言舜葬九疑，其骨已朽，因思陶唐至今，人生代謝久矣。中間如屈賈忠魂，尚有存焉者乎？此從暮齒而傷歎及之。

㈠柳惲詩：春華復將晚。

㈡《世説》：蒲柳之質，望秋先零。

㈢《山海經》：九疑山，舜所葬，在長沙零陵界中。

㈣《史記》：老子曰：「人存而骨已朽矣。」

㈤《元和郡縣志》：堯先居唐，後居陶丘，故曰陶唐氏。

㈥鞭撻日月，猶云驅送歲月。朱注以陶唐人爲羲和，引公詩「羲和鞭白日」爲證，是也。或謂指唐堯，或謂指湘妃，或謂公自言唐杜皆唐堯之後，俱非。《淮南子》：日駕車以行，羲和爲御。

㈦讒毁自取，言忠直取忌。

嵩崒清湘石，逆行雜林藪。篙工密逞巧，氣若酣杯酒。歌謳互激越一作遠，**回斡**烏括切**明**一作相**受授。善**一作蓋**知應**平聲**觸類**㈠，**各藉穎脱手**㈡。**古來經濟才，何事獨罕有。**此上水而述行舟之事。　水中石露，則舟經險。岸多林藪，則路易迷。上水，故曰逆行。謳歌句，言其氣壯。回斡句，言其力巧。　趙曰：回斡，回旋斡轉其船也。舟人首尾相呼，以求水脈，謂之受授。善知者，若能觸類以推，則凡事皆如鋒穎之脱手矣。乃從來經濟之才，如操舟敏捷者，何獨罕有乎？下四句，拓開立論。

㈠《易》：引而伸之，觸類而長之。

㈡《趙國策》：毛遂曰：「使遂早得處囊中，乃穎脱而出。」

蒼蒼衆色晚，熊掛玄蛇吼。黄羆在樹顛，正爲于僞切**群虎守**㈠。**羸骸將何適？履險顔益厚。庶與達者論**平聲，**吞聲混瑕垢**㈡。末乃觸景生愁，結出遺懷之意。　熊蛇羆虎，見聞可畏。羸軀又且履險，總緣窮迫所致。其欲達觀以混塵俗，見前途亦未必有知音也。　此章前後三段各八句，中間二段各十句。

㈠《詩義疏》：熊能攀緣上高樹，見人則顛倒投地而下。朱注：《爾雅》：羆如熊，黄白文。柳宗元《熊説》：鹿畏貙，貙畏虎，虎畏羆。詳詩意正言熊升樹而伺虎也。

㈡《左傳》：瑾瑜匿瑕，國君含垢。

公初入蜀，則曰「故人供禄米」；在梓閬，則曰「途窮仗友生」；再還蜀，則曰「客身逢故舊」；初到夔，則曰「親故時相問」。至此，則親朋絶少，旅況益艱，故篇中多抑鬱悲傷之語。

遣遇

鶴注：當是大曆四年春自岳之潭時作。詩云「駕洪濤」，見其爲上水也。　黄生注：題曰「遣遇」，謂雖遇風濤之險，猶得遂其生理，不若迫於征役者，有死亡離散之悲，故以此自遣也。

磬折辭主人㈠，開帆駕洪濤。春水滿南國，朱崖雲日高㈡。舟子廢寢食，飄風争所操。我行匪利涉㈢，謝爾從去聲者勞。此叙舟行景事。　主人，中途所遇者。從者，指操舟之人。

㈠《曲禮》：立則磬折垂佩。《莊子》：夫子曲腰磬折。

㈡《湘中記》：赤崖若朝霞。朱崖正指此。

㈢《易》：利涉大川。

石間采蕨女，鬻市一作菜輸官曹。丈夫死百役，暮返空村號平聲。聞見事略同，刻剥及錐刀㈠。貴人豈不仁，視汝如莠蒿。索音色錢多門户，喪去聲亂紛嗷嗷。奈何黠吏徒㈡，漁奪

成逋逃㊂。**自喜遂生理，花時甘**一作貰，**侍夜切縕袍**㊃。此見民困而慨歎。六句爲案，八句爲斷。鬻蕨輸官，公所目見。空村女號，兼舉所聞也。喪亂征求，貴人無可如何。豪吏侵奪，貴人獨可坐視乎？曰豈不仁，諷刺隱然。公之甘心縕袍，此遣遇之詞，亦見窮途之狀。此章，上八句，下十四句。

㊀《左傳》：錐刀之末。

㊁劉孝綽詩：黠吏本須裁，豪民亦難御。

㊂《前漢書》：吏以貨賂爲市，漁奪百姓，侵牟萬民。《書》：逋逃藪。

㊃《抱朴子》：縕袍麗於衮服。

解憂

鶴注：此亦自岳之潭時作。《杜臆》：題與他處異，乃幸憂之得解，而追記其事，欲人觸類於茲也。

減米散同舟，路難思共濟㊀。**向來雲濤盤**㊁，**衆力亦不細**。**呀坑**吴、趙作坑，一作帆，一作吭**瞥眼過，飛艣本無蒂**。**得失瞬息間，致遠宜恐泥**去聲。此脱險防危之意。散米本期濟衆，而遇險終藉其力，此遡從前之事。渡坑雖免風波，而涉遠尚恐沮滯，此慮將來之事。

㊀《易略例》：同舟而濟，吴越何患乎異心。

㊁趙注：雲濤盤，言雲濤之間盤轉未出，方言所謂盤灘也。舊注以雲濤盤爲灘名，恐是附會。呀坑者，淤坑，如口之呀開也。

百慮視安危，分明曩賢計。兹理庶可廣，拳拳期勿替。此小心處世之道。視安若危，此即前賢慮事深計。若能推此以行，凡事可免傾覆。所宜拳拳而勿忘者。《杜臆》云：此《易傳》所謂懼以終始，其要無咎也。此章，上八句，下四句。

宿鑿石浦

此大曆四年二月初作。鶴注：浦當在洞庭之上，近於潭州。邵寶曰：鑿石浦，在今長沙府湘潭縣西。趙子櫟《年譜》：登潭州，泝湘，宿鑿石浦。過津口，次空靈岸，宿花石戍，過衡山。

早宿賓從去聲勞，仲春江山麗。飄風過無時，舟楫不敢一作敢不，非。繫音計。迴塘澹暮色，日没衆星嘒㊀。闕月殊未生㊁，青燈死分翳。此宿浦景事。上水逆風，賓從皆助力行舟，故勞而早宿。江邊風狂浪急，故不敢繫舟，而移入回塘以避之。他本作敢不繫舟者，非是。初三之月，爲哉生明。闕未生，必初二也。燈死無光，故分夜色之陰翳。

㈠《詩》：嘒彼小星。注：嘒，微貌。

㈡《記》：月三五而盈，三五而闕。

窮途多俊異，亂世少恩惠。鄙夫亦放蕩，草草頻年一作卒**歲。斯文憂患餘，聖哲垂彖繫**㈠。

此宿浦叙情。 多俊異，指賓從。少恩惠，中路乏周旋者。《杜臆》：俊異因窮途而多，見窮之有益於人。恩惠因亂世而少，見少惠不當責備於人。末聯，公之自負不淺，窮而有以自樂矣。非知道，安能作此語。一部詩章，公以當彖繫，可以尋常韻語目之乎？ 此章，上八句，下六句。

㈠《易傳》：作《易》者其有憂患乎？ 文王蒙難而作彖，孔子莫容而贊《易》，皆從憂患得之。彖謂卦辭，繫謂《繫辭傳》。

早行

鶴注：此大曆四年作。三年九月，吐蕃入寇，白元光破吐蕃於靈武，所謂干戈也。

歌哭俱在曉㈠，**行邁有期程。孤舟似昨日，聞見同一聲。** 此記早行之事。《杜臆》：哭因兵亂，歌亦悲歌，行邁有程，故曉遂開舟。每日俱逢歌哭，故曰同一聲。

㈠《列子》：雍門之人，至今善歌哭。

飛鳥數音朔，一作散**求食，潛魚何**師作何，一作亦**獨驚。前王作網罟**㈠**，設法害生成。碧藻非不茂，高帆終日征。干戈未**一作異**揖讓**㈡**，崩迫關**從樊本，一作開**其情**㈢。此借魚鳥以興畏亂之意。　黄生注：鳥以求食，不能安居。魚雖安水，而又有網罟之患。今對此碧藻，猶然挂帆亟征，是求食之鳥，兼爲罹網之魚矣。崩迫，指歌哭者。關情，觸於聞見也。　此章，上四句，下八句。

㈠《易》：作結繩而爲網罟。

㈡《莊子》：湯武之干戈，堯舜之揖讓。

㈢任昉表：無任崩迫之情。言崩裂迫切也。

過津口

鶴注：此大曆四年春作。　津口，當在衡山相近之處。夢弼謂屬江陵。

南岳自茲近，湘流東逝深。和風引桂楫㈠**，春日漲雲岑**㈡。此舟行之景。　南岳在西南，則湘水屬東流矣。風日二句，寫春氣融和之象。

㈠《詩》：桂楫松舟。

㊁陶潛詩：近憩雲岑。雲岑，即雲峰。漲，謂日光浮於雲上。

回道一作首**過津口，而多楓樹林**㊀。**白魚困密網**㊁，**黄鳥喧嘉音**㊂。**物微限通塞**先則切㊃，**惻隱仁者心**。此咏物之情。回道，猶言紆道。黄生注：魚困鳥喧，物之通塞雖異，在仁者自宜一視，何獨使魚困於密網乎？

㊀阮籍詩：湛湛長江水，上有楓樹林。

㊁魏文帝詩：重置施密網。

㊂《詩》：睍睆黄鳥，載好其音。

㊃《易》：知通塞也。

瓮餘不盡酒，膝有無聲琴㊀。**聖賢兩寂寞，眇眇獨開襟**。此自叙己懷。酌酒對琴，舟中自得之趣。洙云：傷時無君子，故獨開襟而已。《杜臆》：公在窮途，遇風平舟利，便自怡神，知其胸中無宿物矣。此章，首尾各四句，中間六句。

㊀陸機詩：瓮餘殘酒，膝有横琴。《晉書》：陶潛常蓄無絃琴一張。庾信詩：有菊翻無酒，無絃則有琴。

次空靈岸

鶴注：當是大曆四年春作。蔡曰：空靈，當作空舲，刀筆誤耳。《水經注》：湘水縣北有空舲峽，驚浪雷奔，濬同三峽。《十道四蕃志》：湘水有空舲灘。《一統志》：空舲岸，在湘潭縣西一百六十里。

汯汯逆素浪㊀，落落展清眺。幸有舟楫遲，得盡所歷妙。從次岸叙起。申涵光曰：停舟遍歷，亦見客途韻事。

㊀楊德周曰：汯汯，浪紋也。落落，曠遠意。《長楊賦》：汯汯沸渭。

空靈霞石峻㊀，楓栝一作枯**隱奔峭。青春猶無**一作有**私，白日已**一作亦**偏照㊁。可使營吾居**一作屋**，終焉託長嘯。毒瘴未足憂，兵戈滿邊徼㊂。**此羨空靈岸景。石峭如奔，喜其高聳。白日偏照，喜其軒敞。故欲託此以嘯歌，但恐兵戈滿地，未堪卜居終身耳。

㊀《湘中記》：赤崖如朝霞。張載賦：霞石駁落。

㊁黄生注：峭壁隱天，故有白日偏照之語。

㊂就中原而言，湖南爲邊徼之地。

嚮者留遺恨，恥爲達人誚。迴帆覬賞延㊀，佳處領其要。末期遍覽名勝也。遺恨，謂遊踪未到，佳處領要，不但斯岸所歷矣。《杜臆》：領要一語，此别具隻眼者。公每經一處，必即景賦詩，無不敻絶，蓋所領得其要也。此章，首尾各四句，中間八句。

㊀潘尼詩：迴帆轉高岸，歷日得延賞。

黄生曰：道途雖苦征役，然有山水之趣。入蜀及湖南諸詩，一邊述征行，一邊志賞眺，襟次已越俗流，然猶云「恥爲俗人誚」，尚有經過草草之憾也。

宿花石戍

鶴注：此大曆四年春入潭州作。《唐書》：潭州長沙，有渌口、花石二戍。

午辭空靈岑，夕得花石戍。岸疏開闢水一作山，**木雜古今樹。地蒸南風盛，春熱西日暮。四序本平分**㈠，**氣候何迴互**㈡。**茫茫天造**一作地**間**一作開㈢，**理亂豈恒數。**此記戍前景物時候。朱注：即此地蒸春熱，寒暑平分之氣，猶回互不齊，何怪理亂之無常耶！二句引起下意。

㈠《九辯》：皇天平分四時兮。

㈡《海賦》：回互萬里。

㈢《易》：天造草昧。

繫音計**舟盤藤輪**㈠，**杖策古樵路。罷**音疲**人不在村，野圃泉自注。柴扉雖蕪没，農器尚牢固。山東殘逆氣，吴楚守王度**㈡。**誰能叩君門，下**去聲**令減征賦。**此登岸而傷民困也。繫舟之後，杖策而行，見其民罷征戍，村野荒涼，因嘆吴楚之人，未經寇逆，奈何窮迫至此，誰能一叩帝閽，而下寬賦之令乎？《杜臆》：罷人四句，讀之悽然，便堪入告。朱注：山東，謂河北諸降將。《唐史》：

大曆四年三月，遣御史税商錢。時必吴楚爲甚，故末語云然。　此章，上下各十句。

㊀舟纜盤岸，圓若藤輪也。

㊁《祈招》詩：思我王度。

盧世㴶曰：杜公紀行詩，從發秦州至萬丈潭，從發同谷至成都府，入天穿水，萬壑千崖，雨雪烟虹，朝朝暮暮，一切可怪可吁可娱可憶之狀，觸目經心，直取其髓，而犁然次諸掌上，嗣是金華山觀，去通泉十五里山水，清溪驛、鑿石浦、津口、空靈岸、花石戍、晚洲、衡州，莫不隨處點綴，盡妙領佳，統成少陵一部游記，留譜與人。

早發

鶴注：此亦上水所作，故詩云：「早行篙師怠，席掛風不正。」

有求常百慮，斯文亦吾病。以兹朋故多㊀，窮老驅馳併。早行篙師怠，席掛風不正。昔人戒垂堂，今則奚奔命㊁。首叙早發之故。《杜臆》：以斯文而朋故多，以朋多而驅馳併，意在有求，一有求便須百慮，是反以斯文受病也。語極曲折，總爲苦於有求，以此自病不能解脱，而遷病於斯文，然斯文不任受病也，可以窺其苦衷矣。　公之奔命，爲謀生計也。

㊀朋故，朋友故舊也。
㊁《左傳》：罷於奔命。

濤翻黑蛟躍，日出黃霧映㊀。**煩促瘴豈侵，頹倚睡未**一作還**醒**去聲。**僕夫問盥櫛，暮顏**一作未**覥青鏡**㊁。**隨意簪葛巾，仰慚林花盛。**此記早發景事。上四，苦風土之惡。下四，傷年齒之衰。

㊀鮑照詩：騰沙鬱黃霧，翻浪揚白鷗。
㊁謝朓詩：青鏡悲曉髮。

側聞夜來寇，幸喜囊中凈。艱危作遠客，干請傷直性。薇蕨餓首去聲**陽**㊀，**粟馬資歷聘**㊁。**賤子欲適**音的**從**㊂，**疑誤此二柄**㊃。末乃早發傷感。艱危作客，不得不干請，一涉干請，自慚非本性，此所以有求常百慮也。下文正申明此意，言不能抗節高隱，如夷齊之窮餓；又不屑屈己逢人，如儀秦之歷聘。進退兩無所適，幾疑誤於此二途矣。此章三段，各八句。

㊀《伯夷列傳》：義不食周粟，隱於首陽山，採薇而食之。及餓且死，乃作歌曰：「登彼西山兮，採其薇矣。」
㊁舊注：蘇秦、張儀，歷聘六國，諸侯皆以粟馬迎之。《杜臆》引孟子傳食諸侯事，非也。
㊂《左傳》：吾誰適從？
㊃遠注：《韓非子》有《二柄篇》，此借用其字。

《碧溪詩話》曰：杜詩「許身一何愚，自比稷與契」，其平居趨嚮，自是唐虞上人。有時自方儀秦，似不可曉。「飄飄蘇季子，六印佩何遲」，「敝裘蘇季子，歷國未知還」，「季子黑貂敝，得無妻嫂欺」，戰國奸民，蘇張爲渠，此老不應未喻。及觀「薇蕨餓首陽，粟馬資歷聘。賤子欲適從，疑誤此二柄」，其意甚明，前言蓋戲耳。

次晚洲

鶴注：此亦四年春入潭時所作。《杜臆》：洲在湘潭。

參錯雲石稠㈠，坡陀風濤壯。晚洲適知名，秀色固異狀。 此次洲之景。秀色異狀，承雲石參錯，此晚洲佳勝也。

棹經垂猿把㈡，身在度鳥上㈢。擺浪散帙妨，危沙折一作拆**花當**去聲。棹經四句，言春水漲而船勢高也。散帙在船，浪動則看書有礙。花發沙前，舟近則折之爲便。以當對妨，乃便當之當。《杜臆》說是。舊注以花當爲花根，誤。

㈠江淹詩：石林上參錯。沈約詩：烟林雲石稠。

㈡垂猿把，猿把樹枝而垂飲也。

㈢虞騫詩：澄潭寫度鳥。遠注：孔德紹詩「逆浪取花難」，與「危沙折花當」可以反證。

羈離暫愉悦，羸老反惆悵。中原未解兵，吾得終疏放。此次洲之情。對景暫喜，而忽然惆悵者，思及中原多故，得終疏放於江湖否耶！此章，前八句，後四句。

清明二首

鶴注：當是大曆四年春初到潭州時作。

朝來新火起新烟㊀，湖色春光净客船。繡羽銜一作衝花他自得㊁，紅顔騎竹我無緣㊂。胡童結束還難有㊃，楚女腰肢亦可憐㊄。不見定王城舊處㊅，長懷賈傅井依然㊆。虚霑周舊作焦舉爲寒食㊇，實藉君平一作嚴君賣卜錢㊈。鐘鼎山林各天性㊉，濁醪粗飯任吾年。此章，先咏長沙景事，後及清明感懷，在六句分截。新火春光，點叙清明。鳥銜花、兒騎竹、童裝胡服、女作細腰，此皆舟前所見者。定王城、賈傅井，思長沙遺跡也。寒食之時，周舉雖開火禁，而舟鮮熟食，故曰虚霑，此皆無錢之故，因思君平賣卜以自給。濁酒粗飯，即舟中飲食。《杜臆》以胡童承竹馬，楚女頂繡羽，未免重出，不如分作四項。

㊀唐制，清明日賜百官新火。

㊁鮑照《芙蓉賦》：曜繡羽以晨過。宋之問詩：銜花翡翠來。

㊂《世説》：桓温少時，與殷浩共騎竹馬。傅咸詩：參辰曠隔會無緣。

㊃楚雜苗蠻，故有胡童之服。

㊄《漢·章帝紀》：馬廖引傳曰：「吴王好劍客，百姓多瘡瘢。楚王好細腰，宮中多餓死。」梁簡文帝詩：腰支本猶絶，眉眼特驚人。

㊅《水經注》：高祖五年，封吴芮爲長沙王，城即芮築。景帝二年，封唐姬子發爲王，都此。《寰宇記》：潭州長沙縣定王廟，在縣東一里，廟連岡，高七丈，俗謂之定王岡。

㊆盛弘之《荆州記》：湘州南市之東，有賈誼宅，宅中有井，小而深，上斂下大，狀似壺，即誼所穿也。井旁有石，有局脚食牀，可容一人坐，形制甚古。

㊇洪容齋《隨筆》：《左傳》：晉文公賞從亡者，介之推不言禄，禄亦弗及，遂與母偕隱而死。晉侯求之不獲，以緜上爲之田。《史記》：子推從者書宮門，有一蛇獨怨之語，文公見其書，使人召之則亡，聞其入緜上山中，於是環山封之，名曰介山。劉向《新序》始云子推怨於無爵齒，去而之介山之上，文公待之不肯出，以謂焚其山宜出，遂不出而焚死。《汝南先賢傳》云：太原舊俗，以介子推焚骸，一月寒食。《鄴中記》云：并州俗，冬至後一百五日，爲子推斷火，冷食三日。《後漢·周舉傳》云：太原一郡舊俗，以介子推焚骸，有龍忌之禁，士民每冬至，輒一月寒食，莫敢烟爨。舉爲并州刺史，乃作書置子推廟，言盛冬去火，殘損民命，非賢者之意，示民使還温食。然所謂寒食，乃是冬中，非今二三月間也。

㊈庾信詩：成都賣卜錢。

㊉趙注：擊鐘而食，列鼎而烹，富貴人之事也。

朱瀚曰：朝來、率爾。新火、新烟，重複。繡羽，字面塵坌。銜花、騎竹，屬對不倫。他自得、我無緣、還難有、亦可憐，純是暮氣，豈少陵頓挫本色。正自孤舟老病，牽情楚女腰肢，甚無謂矣。出言有章者，不應如是。城舊處、井依然，神理安在？鐘鼎山林，濁醪粗飯，堆積陳腐。各天性、任吾年，與他自得、亦可憐等，同一庸軟耳。

其二

此身飄泊苦西東，右臂偏枯半耳聾㊀。寂寂繫音計**舟雙下**去聲**淚，悠悠伏枕左書空。十年蹴踘將雛遠㊁，萬里鞦韆習俗同㊂。旅雁上**上聲**雲歸紫塞㊃，家人鑽火用青楓。秦城樓閣烟**一作鶯**花裏，漢主山河錦繡中。春水**一作風水**春來洞庭闊㊄，白蘋愁殺白頭翁㊅。**次章，先慨飄流之迹，後嘆清明景事，亦六句分截。繫舟，承飄泊。左書空，應右臂枯。將雛遠，遠在楚中。習俗同，同於長安。紫塞雁，仍指長安。青楓火，又指楚中。秦城、漢主，思長安而不見也。洞庭、白蘋，歎楚中之淹滯也。

㊀《管子》：入國，聾、盲、喑啞、跛躄、偏枯者，上收而養之。《黃帝素問》：風疾或爲偏枯。

㊁《漢・藝文志》：《蹴踘》二十五篇。顔注：鞠，以韋爲之，實以物，蹴蹋爲戲樂也。《杜臆》：蹴踘，乃軍中擊毬之戲，與下將雛方關合。將雛，謂挈子而行。《樂府》有《鳳將雛》。

㊂宗懍《歲時記》：寒食有打毬、鞦韆、施鈎之戲。《古今藝術圖》：以綵繩懸木立架，士女坐立其上，推引之，謂之鞦韆。一云當作千秋，本出漢宫祝壽詞，後人倒讀，又易其字爲鞦韆耳。

㊃《蕪城賦》：北走紫塞雁門。

㊄《全唐詩話》：劉禹錫盛稱春水二句，謂兩春字疊用見妙。

㊅《杜臆》：蘋，大蓱也，五月開花，白色，清明未花，用成語耳。

朱瀚曰：起四句，竟似貧病拏舟，乞嗟來之食者，有一字近少陵風骨否？因右臂偏枯，而以左臂書空，既可噴飯，只點左字尤爲險怪。蹴踘、鞦韆，坊間對類。將雛、習俗，屬對殊難。鑽火句，又犯朝來新火。秦城二句，街市燈聯耳。漢主更不可解。風水句，亦是吴歌。結句無聊。鋪陳情事，則有五言百韻等作。格律精嚴，則有七言八句。集中偏缺此體，無須蛇足，食肉不食馬肝，未爲不知味也。

發潭州

鶴注：此四年春自潭之衡時作。《杜臆》：時未到衡，詩當在望岳之前。

夜醉長沙酒，曉行湘水春㊀。岸花飛送客，檣燕語留人。賈傅才未俗本作何有，褚公書絶倫㊁。名高一作高名前後事，回首一傷神。上四潭州景事，下則發舟而有感也。送客但花飛，留人惟燕語，本屬寥落之感，却能出以鮮俊之辭。賈、褚立朝，各有鯁亮之節，但舉才名書法者，蓋借以自方耳。二人固爲前後，公於二賢，亦前後事也，故有回首傷神之嘆。

㈠謝氏《雪賦》：酌湘吴之醇酎。《名勝志》：湘水，在潭州之西，環城而下。

㈡《唐書》：褚遂良，工隸楷，太宗令侍書，高宗時爲右僕射，諫立武昭儀爲后，左遷潭州都督。蔡邕爲《陳太丘碑》：命世絶倫。《杜臆》：公之善書，此又一證。

楊氏《丹鉛録》云：賈島詩「長江風送客，孤館雨留人」二句，爲平生之冠，而集中不載，僅見於坡詩注所引。今按杜詩「岸花飛送客，檣燕語留人」，實賈句所本。而何仲言詩「岸花臨水發，江燕遶檣飛」，則又杜句所本。固知詩學遞有源流也。

洪仲曰：此詩三四託物見人，五六借人形己。此皆言外寓意，實説便少含蓄矣。

發一作登白馬潭

趙注：白馬潭，在潭州。顧注：岳州巴陵縣，有白馬湖。《水經注》：江水又東逕彭城口，北對隱磯，二磯之間有巨石，孤立大江中東江浦，世謂之白馬口。李白詩：側疊萬古石，横爲白馬磯。詩云「日出野船開」，明是潭前發舟。《杜臆》謂潭在上水，故云登，於詩不合。

水生春纜没㈠，日出野船開。宿鳥行音杭**猶去，叢花**一作花叢**笑不來㈡。人人傷白首，處處**

接金杯。莫道去聲**新知要**義從平聲，讀用去聲㊂，**南征且未迴。**上四記發舟景物，下四叙經潭情事。上實下虛格。《杜臆》：春水方生，故繫纜浸没。逆流難上，故日出方開。此時宿鳥之成行者，猶且先我而去，水花之帶笑者，不肯向舟而來，見逆水行舟之難也。客舟難進如此，縱使人人傷我白首，處處接我金杯，亦莫道新知爲要事，只管南征而未迴也。後半作虛擬之詞，不然，艱危作遠客，安得到處金杯乎？

㊀《吴志·孫權傳》注：權爲牋與曹公：「春水方生，公宜速去。」

㊁杜詩「背指菊花開」，狀順流之速，「水花笑不來」，指逆流之遲。

㊂《楚辭》：樂莫樂兮新相知。　舊解要爲要事，新説作招要解。

野望

鶴注：此亦大曆四年春作。　張正見詩：王城野望通。

納納乾坤大㊀**，行行郡國遥**㊁**。雲山兼五嶺**㊂**，風壤帶三苗**㊃**。野樹侵江闊，春蒲長**子丈切**雪消。扁舟空老去，無補聖明朝。**三四遠望，承上乾坤郡國。五六近望，起下扁舟空去。中二聯雖俱屬言景，然細玩語意，仍是四句分截。　五嶺在南，三苗在北，江漲直侵野樹，雪消始長春蒲。五六倒裝句法。　顧注：尾聯抱負甚大，感慨甚深。

㊀裴遜之詩：納納江海深。

㊁樂府：行行重行行。《賈誼傳》：乘傳而行郡國。

㊂舒曰：秦始皇略定揚越，謫戍五方，南守五嶺，塞上嶺一也，騎歸嶺二也，都龐嶺三也，略緒嶺四也，越城嶺五也。自北徂南，入越之道，必由嶺焉。《元和郡縣志》：晉懷帝分荆州、湘中諸郡，置湘州，南以五嶺爲限，北以洞庭爲限。

㊃祖珽詩：方城殊風壤。《書》：竄三苗於三危。注：三苗之國，左洞庭，右彭蠡。《潭州圖經》：潭州，爲三苗國之南境。

入喬口

鶴注：年月同上。　原注：長沙北界。《唐書》：潭州有喬口鎮兵。《一統志》：喬口鎮，在長沙府城西北九十里。

漠漠舊京遠㊀，**遲遲歸路賒**㊁。**殘年傍**去聲**水國**㊂，**落日對春華**㊃。**樹蜜早蜂亂**，**江泥輕燕斜**㊄。**賈生骨已朽**，**悽惻近**去聲**長沙**㊅。　上四自叙行踪，下四流落之感。　言故鄉遥隔，而老客他方，曾不如蟲鳥之自適矣。况長沙地近，能無今古同悲乎。　胡夏客曰：此言賈生没後，又有近長沙而悽惻者，非歎賈也。　趙汸注：公至湖南，每懷賈誼，蓋羈旅窮愁之感，神交冥漠之情，皆在於此，非泛拾故事成詩也。

㊀陸機詩：街巷紛漠漠。　盧諶詩：南望舊京路。

㊁《孟子》：遲遲吾行也。

㊂顔延之詩：水國周地險。

㊃《杜臆》：落日對春華，亦涉桑榆之感。

㊄崔豹《古今注》：木蜜生南方，合體皆甜，嫩枝及葉皆可生噉，味如蜜。其老枝及根幹，堅不可食，細破煮之，煎以爲蜜，味倍甜濃。陶隱居《本草》：木蜜懸樹枝作之，色青白。　黄希曰：言早蜂而及樹蜜，言輕燕而及江泥，皆取其類。此與《望兜率寺》詩「樹密當山逕，江深隔寺門」不同。

㊅《前漢·丙吉傳》：仁心感動，涕泣悽惻。

黄生曰：一二，步步入南，心心懷北，寫出此行萬非得已。三足上，四起下，五六又倒承三四，結句見地，應轉起語，如見神色慘沮之意，而此詩竟成己讖，可哀也已。

銅官渚守風

年月同上。　趙注：潭州長沙，有銅官山，云是楚鑄錢處。此渚蓋以是得名乎。《水經注》：湘水右岸，銅官浦出焉。《一統志》：銅官渚，在長沙府城北六十里。

不樊作亦**夜楚帆落，避風湘渚間。水耕先浸草**㈠**，春火更燒山**㈡**。早泊雲物晦，逆行波浪慳**㈢**。飛來雙白鶴**㈣**，過去杳難攀。**首二，銅渚守風。三四，渚前之景。下四，守風有感。未夜收帆，爲避風也。浸草作糞，燒灰擁田，皆楚地春農事。雲物冥晦，而浪阻行舟，不若飛鶴之乘風自適矣。

㈠漢武詔：江南之地，火耕水耨。應劭注：燒草下水種稻，草與稻俱生，高七八寸，因悉芟去，復下水灌之，草死而稻獨長，所謂火耕水耨。

㈡燒山在冬，而春火更燒，故以爲異。

㈢慳，阻滯難行也。

㈣古樂府：飛來雙白鶴，乃從西南來。

黄生曰：帆落早泊，語似犯重，其實不然。一二乃叙事，五六則寫意。雲晦浪慳，極盡守風悶坐，無可娱目之懷。又曰：「湖雁雙雙起，人來故北征」，見南行非得已；「飛來雙白鶴，過去杳難攀」，見阻風不自由。皆因物以寓意也。

北風 原注：新康江口，信宿方行。

《水經注》：晉改益陽曰新康。　公自潭至衡，於北風爲順，故喜而有作。

春生南國瘴，氣待北風蘇。向晚霾殘日㈠，初宵鼓大鑪㈡。爽攜卑濕地㈢，聲拔洞庭湖。萬里魚龍伏，三更平聲**鳥獸呼。**此寫北風之勢。霾生則風至矣。卑濕之處，爽若攜來，洞庭之中，聲如拔起，狀風之自近而遠。魚龍承湖，鳥獸承地。

㈠《詩》：終風且霾。注：霾，雨土蒙霧也。雨去聲。

㈡《莊子》：以天地爲大鑪。《王粲傳》：無異於鼓洪鑪以燎毛髮。

㈢《賈誼傳》：長沙卑濕。

滌除貪破浪，愁絶付摧枯㈠。執熱沉沉在，凌寒往往須。且知寬病肺，不敢恨危途。再宿煩舟子㈡，衰容問僕夫。此避風之事。滌除瘴氣，方思破浪南行，奈風急可愁，不敢付之摧枯也。此時驟寒解熱，肺病得蘇，而容色頓起矣。

㈠北魏杜弼檄文：摧枯朽者易爲力。

㈡《左傳》：再宿曰信。《詩》：招招舟子，人涉卬否。

今晨非盛怒㈠，便道却他本作即**長驅。隱**去聲**几看**平聲**帆席㈡，雲山湧坐隅㈢。**此記風緩舟行也。胡夏客曰：末二，寫舟行之景有興。此章，前二段各八句，末段四句收。

㈠《風賦》：盛怒於土囊之口。

㈡《海賦》：掛帆席。

㊂賈誼《鵩賦》：止於坐隅。

雙楓浦

鶴注：此詩亦去潭時所作。《杜臆》：前注青楓爲楚地名，今知即雙楓浦。《方輿勝覽》：青楓浦，在潭州瀏陽縣。《名勝志》：瀏水至縣南三十五里爲青楓浦，縣有八景，「楓浦漁樵」其一。

輟棹青楓浦㊀，**雙楓舊已摧**。**自驚衰謝力**㊁，**不道**去聲**棟梁材**㊂。**浪足浮紗帽**㊃，**皮須截錦苔**㊄。**江邊地有主**，**暫借上**上聲**天迴**㊅。此全是託物喻意。言停舟楓浦，見雙樹久摧，自從衰謝以後，人但驚其精力已竭，又誰道未衰之先，材堪棟梁乎？今兀立江干，浪高而楓頂微露，似浮紗帽，波平而皮蘚半呈，如截錦苔。其摧朽若此，我欲問江邊地主，借作上天浮槎，庶不終棄於無用耶。

㊀謝朓詩：停驂我悵望，輟棹子夷猶。
㊁劉孝標書：年髮衰謝。
㊂庾子嵩目和嶠：森森如千丈松，施之大廈，有棟梁之用。
㊃申涵光曰：浮紗帽句拙。
㊄截錦苔，猶水漲截蒲腰之截。《西京雜記》：終南山有樹，葉一青一丹，斑駁如錦繡。

㈥《異苑》：烏傷陳氏未醮，著履徑上大楓樹巔，了無危怖，舉手辭訣家人而去，飄聳輕越，移時乃没。末句暗用其事。

詠懷二首

此當是大曆四年春自潭州上衡州時作。

人生貴是男㈠，丈夫重天機㈡。未達善一身，得志行所爲。首爲咏懷發端。丈夫處世，貴乎獨善大行，各遂天機，以傷己之出處兩妨耳。

㈠《列子》：榮啟期曰：「男尊女卑，故以男爲貴，吾既得爲男，是二樂也。」

㈡《莊子》：嗜欲深者天機淺。綖注：天機，謂天時之機會，即孟子乘勢待時之意，此與《莊子》異解。

善身得志，本《孟子》。

嗟余竟轗軻，將老逢艱危。胡雛逼神器㈠，逆節同所歸。河洛化爲血，公侯一作卿草間啼。西京復扶又切陷没，翠蓋蒙塵飛。萬姓悲赤子，兩宫棄紫微。倏忽向二紀㈡，奸雄多是非㈢。公之轗軻，由艱危所致。二句，領起兩段，此條記世亂艱危之故。胡雛，指安禄山。逆節，指附賊者。河洛、西京，兩都俱破也。悲赤子，悲號同於赤子。去紫微，玄肅二宗出奔也。奸雄是非，謂降將向背不常。

㊀孔融疏：身爲聖躬，國爲神器。

㊁何遜詩：二紀歷兹辰。

㊂《三國志》：許劭曰：「治世之能臣，亂世之奸雄。」

本朝音潮**再樹立，未及貞觀**去聲**時。日給在軍儲，上官督有司。高賢迫形勢，豈暇相扶持。疲苶苟懷策，棲屑無所施**㊀。**先王實罪己**㊁，**愁痛正爲**去聲**兹。歲月不我與，蹉跎病于斯。**此自述遭遇轗軻之狀。代宗平河北，逐吐蕃，是本朝再立也。當事迫於軍儲，不暇扶持旅困，此亦時勢使然，無足責者。但己懷濟世之略，而無從一施，有負先朝罪己之意，用是愁痛耳。今歲月蹉跎，尚何望乎？

㊀疲苶，孱弱貌。棲棲屑屑，謂奔走道途。

㊁夢弼注：先王罪己，謂肅宗即位詔書，痛自刻責。

夜看平聲**酆城氣，回首蛟龍池。齒髮已自料，意深陳苦**吴本作昔**詞。**末自寫己懷，反應起首「得志行所爲」意。酆城劍氣，池水蛟龍，言壯志猶存，而身老不復可爲。唯有陳詞見意而已。此章，起結各四句，中間各十二句。

其二

邦危壞法則㊀，**聖遠益愁慕**㊁。**飄颻桂水遊**㊂，**悵望蒼梧暮**㊃。上章歷記世事，此則專叙行踪也。法制既壞，則太平難見矣。故有聖遠愁慕之嘆。涉桂水而望蒼梧，傷去聖年遠也。前二，承上貞觀。後二，起下南遊。

㈠《淮南子》：被服法則。

㈡漢章帝詔：去聖久遠。《思玄賦》：雖遊娱以自樂兮，豈愁慕之可懷。

㈢《元和郡縣志》：桂江一名灕水，經臨桂縣東。朱注：灕水與湘水，同出今桂林府興安縣海陽山，灕南流而湘北流，灕水又名桂水。公時未嘗至桂林，而此又言「飄飖桂水遊」，他詩又云「桂江流向北，滿眼送波濤」，蓋湘水自臨桂而來，亦得稱桂水也。

㈣《山海經》：長沙零陵，古者總名其地爲蒼梧。

潛魚不銜鉤㈠，**走鹿無反顧**㈡。**皦皦幽曠心，拳拳異平素**㈢。**衣食相拘閡**五嘅切㈣，**朋知限流寓。風濤上**上聲**春沙，千**刊作十**里侵**一作浸**江樹。逆行值**陳作値，一作少**吉日，時節空復**扶又切**度**㈤。**井竈任塵埃**㈥，**舟航煩數**色角切**具。牽纏加老病，瑣細隘俗務。萬古一死生，胡爲足名數。**此述舟行窮迫之況。言潛魚走鹿，皆知見幾遠害，我亦本有幽曠之心，今拳拳屈身于人，而異於素志者，祇爲衣食所驅，朋知遠隔耳。江濤逆行，衡爲上水也。吉日，謂清明令節。井竈遠離，舟航屢涉，以老病之身，而嬰心俗務，能免窮途生死之患乎？《杜臆》：萬古之中，碌碌死生，亦何足當人間名數。正與前章丈夫語相應。或云：萬古同歸一死，何必取足於名數乎？

㈠《文賦》：若游魚銜鉤而出重淵之深。

㈡《左傳》：鹿死不擇音，鋌而走險。　朱云：以潛魚走鹿，况己之避難奔走，不得遂生平幽曠之志。

㈢陶潛詩：揮觴道平素。

㈣《後漢・虞詡傳》：願寬輿策，勿令有所拘閡。

㈤鮑照詩：催促時節過。

㈥陶詩：井竈有遺處。

多憂汙去聲**桃源，拙計**一作計拙**泥**去聲**銅柱**㈠。**未辭炎瘴毒，擺落跋涉懼。虎狼窺中原，焉**於虔切**得所歷住。葛洪及許靖**㈡，**避世常此路。賢愚誠等差**此茲切㈢，**自合受**《杜臆》作合受，一作受合，一作愛各**馳騖**㈣。**羸瘠且如何，魄奪鍼灸**音救**屢**叶去聲㈤。**擁滯僮僕慵，稽留篙師怒。終當掛帆席，天意難告訴。**此述前往衡山之意。《杜臆》：公水宿詩，欲訪武陵溪，今不得一經其地，故託云恐污桃源也，乃計拙而滯銅柱。不辭炎瘴，不懼跋涉，蓋以虎狼方横，即今所歷，未可便住，將學葛許之避世矣，又度賢不如古人，則合受此馳騖耳。　羸病針灸，則身困。擁滯稽留，則人倦。掛帆乘風，則天難測。此段備陳中途偃蹇情狀。

㈠銅柱，注見本卷。

㈡葛洪爲勾漏令，後止羅浮山。　《蜀・許靖傳》：孫策來，渡江走交州以避其難，太守士燮，厚加敬待。王朗與靖書：「周遊江湖，以暨南海，歷觀彝俗，可謂偏矣。」

㈢張載《酒賦》：雖賢愚之同好。

㈣揚雄曰：方其有事，則聖賢馳騖不足。

㈤《靈樞經》：鍼所不爲，灸之所宜。扁鵲有《鍼灸玉龍賦》，皇甫謐有《針灸經》。《易林》：行者稽留。《晉陽秋》曰：謝尚收涕告訴。

南爲祝融客，勉强區兩切**親杖屨。結託老人星，羅浮展衰步**㈠。末欲訪道衡山，遥應前章「未達善一身」意。盧注：衡山有祝融峰，董鍊師在焉，故思一親其杖屨。老人星，在南極。羅浮山爲仙洞。蓋將託此以求長年耳。此章，首尾各四句。中間各十六句。

㈠《茅君内傳》：羅浮之洞，周回五里，名朱明曜真之天。《羅浮山記》：二山合體謂之羅浮，在增城、博羅二縣之境，神仙所居。張遠注：《一統志》：長沙攸縣有羅浮江。按詩言展衰步，應指粵中羅浮山，江水不可云步也。

全大鏞曰：出處各安天命，故曰天機。首段，爲兩章總冒。下言欲濟時而不能，當藏身以遠去，章法照應甚明。

兩詩悽惋沉鬱，蓋愁苦之衷，蘊結而成者，非如爽心快意之詞，軒豁易見也。必再四尋繹，始見其愷至深長耳。

杜員外兄垂示詩因作此寄上附郭受詩

公必先有詩寄郭，故受作此以答，但原詩未載集中。

新詩海内流傳遍，舊德朝音潮中一作中朝屬望勞。郡邑地卑饒霧雨，江湖天闊足風濤。松花一作醪酒熟旁看平聲醉㊀，蓮葉舟輕自學操㊁。春興去聲不知凡幾首，衡陽紙價頓能高㊂。首尾，贊杜公詩才。中四，記舟次景事。少陵詩名，久爲朝中推重，今於霧雨風濤中，酌酒乘舟，興到詩成，能令衡陽紙貴矣。八句只如一句。

㊀裴鉶《傳奇》：酒名松醪春。《元化記》：崔希真，獻父老松花酒。

㊁邵注：蓮葉舟，小舟也。太乙真人乘蓮葉舟。《莊子》：津人操舟若神。又：操舟可學乎？

㊂《世説》：庾闡作《揚都賦》成，人競傳寫，都下爲之紙貴。

酬郭十五判官受

《唐詩紀事》：郭受，大曆間爲衡陽判官。據此，當是發潭以後，未到衡州時作。黄鶴謂公在衡，郭在潭，誤矣。

才微歲晚一作老尚虚名㊀，卧病江湖春復扶又切生。藥裹關心詩總廢，花枝照眼句還成㊁。只同燕平聲石能星隕㊂，自得隋一作隨珠覺夜明㊃。喬口橘洲風浪促㊄，繫帆一作繫舟何惜片時程。上四自謙，下四懷郭。藥裹承卧病，花枝承春生，燕石比己詩，隋珠贊郭詩。喬口橘洲，去衡不遠，且風浪甚速，行當掛帆一至耳。　燕石係宋人事，并綴以隕石於宋，言己詩如星隕於地，不見光彩，然兩事牽合在一句中，不如對語自然。

㈠古詩：虚名復何益。

㈡梁武帝《春歌》：階上香入懷，庭中花照眼。

㈢《韓非子》：宋之愚人得燕石於梧臺之側，藏之以爲大寶，周容聞而觀焉，掩口笑曰：「此燕石也，與瓦甓等。」　《左傳》：隕石於宋五，隕星也。

㈣《搜神記》：隋侯出行，見大蛇被傷中斷，使人以藥封之。歲餘，蛇銜明珠以報。珠盈徑寸，夜有光明，可以燭室。《世説》：葛稚川目陸平原之文，如玄圃積玉，無非夜光。

㈤《杜臆》：喬口，乃長沙入境，橘洲已近郡，皆去衡所經者。

集中酬答諸詩，皆據來詩和意，語無泛設。如此章，首句酬舊德，次句酬江湖，三四酬新詩春興，五六酬衡陽紙價，七八酬天闊風濤及蓮葉操舟，逐句酬答，却能一氣貫注，所以爲佳。

望嶽

當是大曆四年春晚自潭之衡州作。　《水經注》：衡山，《山海經》謂之岣嶁山，南嶽也。　徐靈期《南嶽記》：南嶽周回八百里，回雁爲首，嶽麓爲足。　《元和郡縣志》：衡嶽廟，在衡州衡山縣西三十里。

南嶽配朱鳥㊀，秩禮自百王㊁。欻吸領地靈㊂，鴻一作澒洞半炎方㊃。邦家用祀典㊄，在德非馨香㊅。巡狩何寂寥㊆，有虞今則亡。從南嶽叙起。祀嶽之典，其來已久，因思帝舜南巡之事。

㊀《漢·天文志》：南宮朱鳥，權、衡。《索隱》：南宮赤帝，其精爲朱鳥。《湘中記》：度應權衡，位值離宫，故曰衡山。

㊁《書》：柴望秩於山川。秩禮二字，出陳壽《魏志》。

㊂江淹詩：欻吸鵾雞鳴。注：欻吸，猶俄頃也。顏延之詩：邑社總地靈。

㊃《講德論》：洪洞朗天。《淮南子》：鴻濛澒洞，莫知其門。

㊄《書》：祀典無豐於昵。

㊅又：黍稷非馨，明德惟馨。

㊆《舜典》：五月南巡狩，至於衡嶽。

汨一作汩吾隘世網㊀，行邁越瀟湘㊁。渴日絶壁出㊂，漾舟清光旁㊃。祝融五一作三峯尊㊄，峯峯次低昂。紫蓋獨不朝音潮㊅，争長子兩切嶫相望叶平聲㊆。恭聞魏夫人㊇，群仙夾一作來翺翔。有時五峯氣，散風如飛霜。此記南嶽之景。緌注：汨吾四句，述過嶽情事。祝融四句，言嶽前形勢。恭聞四句，言嶽内神奇。隘世網，憶貶官竄身也。《杜臆》：散風如飛霜，説得神靈颯然。

㈠支遁詩：外身解世網。

㈡《詩》：行邁靡靡。《水經注》：衡山東南二面，臨映湘川，自長沙至此江湘七百里中，有九向九背，故漁歌曰：「帆隨湘轉，望衡九面。」

㈢渴日謂旱日。舊注：渴日如渴虹渴雨之渴。

㈣《拾遺記》：皇娥歌曰：「乘桴輕漾著日旁。」

㈤《長沙記》：衡山軒翔聳拔九千餘丈，尊卑差次七十二峰，最大者五，芙蓉、紫蓋、石廩、天柱、祝融爲最高。

㈥《樹萱録》：嶽之諸峰，皆朝於祝融，獨紫蓋一峰勢轉東去。

㈦嶫，山峻貌。

㈧庾信詩：恭聞正直祀。《南嶽魏夫人傳》：夫人名華存，字賢安，晉司徒魏舒之女，適南陽劉文，生二子。夫人幼而好道，味真眈玄，常服胡麻散、茯苓丸，忽太極諸真人，授以仙經三十三卷，又授《黄庭内景經》，令晝夜存念，遂得冥心齋静，真靈累感，凡在世八十三年，以晉成帝咸和九年託劍化形而去，北詣上清宮玉闕之下，諸真君授夫人玉札金文，位爲紫虚元君，領上真司命南嶽夫人，比秩仙公。

牽迫限一作恨修途，未暇杖崇岡。歸來覲命駕，沐浴休玉堂㊀。三嘆問府主㊁，曷以贊我皇㊂。牲璧忍一作感衰俗㊃，神其思降祥㊄。末以祀嶽之意作結。封内山川，府主當祭，問何以仰贊皇猷。其牲璧之薦，忍如衰俗之循行故事，而謂神其降康乎，是當精誠以格之矣。玉堂，指神廟。府主，指衡山太守，前梓州詩，達書賢府主」、夔州詩「城中賢府主」可證。朱注解作洞府之主，即指嶽神。下句「牲璧忍衰俗」，幾於責備神靈矣，於理不合。此章，前後各八句，中間十二句。

㊀《吴郡賦》：玉堂對霤，石室相距。注云：皆仙人所居。

㊁《記》：一唱而三歎。

㊂昭明太子詩：百代歸我皇。

㊃《周禮·春官》：以玉作六器，以禮天地四方，皆有牲幣，各放其器之色，所謂牲璧也。據此，南方應用赤璋。

㊄《書》：作善降之百祥。

鍾惺曰：岱宗喬嶽，若著山水清妙語及景狀奇壯語，便是一丘一壑，文人登臨眼孔。須胸中典故，筆下雍容，有郊壇登歌氣象，始爲相稱。

黄生曰：衡、華、岱，皆有望嶽作，岱以小天下立意，華以問真源立意，衡以修祀典立意，旨趣各别，而此作尤見本領。文士無其學，儒者無其才，故須兩讓之。

嶽麓山道林二寺行

蔡興宗《年譜》編在大曆四年春初到潭時，詩云春日暄煖，正其時也。《元和郡縣志》：嶽麓山，在長沙縣西南，隔湘江六里。《方輿勝覽》：自湘西古渡登岸，夾徑喬松，泉澗盤遶，諸峰疊秀，下瞰湘江，嶽麓寺在山上百餘級。又曰：道林寺在嶽麓之下，距善化縣八里。

玉泉之南麓山殊㊀，**道林林壑争盤紆**㊁。**寺門高開洞庭野，殿脚插入赤沙湖**㊂。**五月寒風冷佛**一作拂**骨，六時天樂朝**音潮**香爐**㊃。**地靈步步雪山草**㊄，**僧寶人人滄海珠**㊅。**塔劫**一云當作級**宫牆**《英華》作壇**壯麗敵**㊆，**香**一作石**厨松道清涼**樊作崇**俱**㊇。**蓮花**樊、陳俱作池**交響共命鳥**㊈，**金牓雙迴三足烏**㊉。首叙兩寺勝景。首聯分提，寺門應嶽麓，野殿應道林，洞庭赤沙，遥相掩映也。山深，故夏寒。佛骨，蓋遺迹。天樂，乃梵音也。吴論：曰步步，曰人人，曰壯麗敵，曰清涼俱，曰交響，曰雙迴，皆並摹二寺之勝。

㊀《述異記》：荆州青溪諸山，山洞往往有乳窟，窟中多玉泉交流。《隋煬帝集》：開皇十二年十二月，智顗禪師至荆州，創立玉泉寺。

㊁《南都賦》：谿壑錯繆而盤紆。

㈢《岳陽風土記》：赤沙湖在華容縣南，夏秋水漲，與洞庭湖通。胡夏客曰：赤沙湖，今名蠡湖，在龍陽縣西，跨沅江縣界。

㈣《阿彌陀經》：極樂國土，常作天樂，晝夜六時，天雨曼陀羅華。

㈤姚察《遊明慶寺》詩：地靈居五浄，山幽寂四禪。《楞嚴經》：雪山大力白牛食其山中肥膩香草，此牛惟飲雪山清水，其糞微細，可和合旃檀。

㈥《起信論》：一真如是覺性，名佛寶。二真如有執持義，名法寶。三真如有和合義，名僧寶。《譬喻經》：王舍國人欲作寺，錢不足，入海得名寶珠。洙曰：滄海珠，言性圓明而無瑕纇。

㈦《景福殿賦》：嗟瓌瑋以壯麗。

㈧《維摩經》：上方有國，佛號香積如來，以一鉢盛香飯，恒飽衆生。《涅槃經》：有國多清涼風，能除一切鬱蒸之惱。

㈨《阿彌陀經》：極樂國土，有七寶池，池中蓮花大如車輪。又有伽陵頻伽共名之鳥，晝夜六時，出和雅音。《寶藏經》：雪山有鳥，名爲共命，一身二頭，識神各異，同共報命，曰共命。

㈩黄生注：金牓迴烏，猶云日射黄金牓。三足烏，即日也。《神異經》：西方有宮，五色，黄門金牓而銀鏤。《淮南子》：日中有踆烏。注：三足烏也。《抱朴子》：有虞至孝，三足烏集其庭。此詩所用主前説。

方丈涉海費時節㈠，玄圃尋河知有無㈡。暮年且喜經行近㈢，春日兼蒙暄暖扶。飄然斑白

身一作將奚適，傍去聲此烟霞茅可誅㈣。桃源人家易音曳制度，橘洲田土仍膏腴㈤。潭府邑中甚淳古㈥，太守去聲庭內不喧呼。此記其山川風俗之美。仙界遠而難求，不若此地之近而可即，其間構廬便易，田產肥饒，民淳事簡，即此是方丈玄圃矣。

㈠《天台賦》：涉海則有方丈蓬萊。

㈡洙曰：玄圃，乃崑崙也。張騫贊：《禹本紀》言河出崑崙，騫窮河源，烏覩所謂崑崙者乎？

㈢《法華經》：佛子住此地，則是佛受用常在，於其中經行及坐卧。

㈣《楚辭》：誅鋤草茅以全生乎？

㈤《寰宇記》：橘洲在長沙縣西南四里江中，時有大水，洲渚皆没，此洲獨存。《湘中記》：昭潭無底橘洲浮。《漢書·田蚡傳》：田園極膏腴。《漢·地理志》：爲九州膏腴。顏注：腹之下肥曰腴，故取喻云。

㈥《唐書》：潭州長沙郡，屬江南西道，爲中都督府。

昔遭衰世皆晦迹，今幸樂音洛國養微軀㈠。依止老宿亦未晚，富貴功名焉於虔切足圖。久爲謝一作野，非客尋幽慣㈡，細學何嘗作周顒免興去聲孤㈢。一重平聲一掩吾肺腑㈣，山鳥山花《英華》作仙鳥仙花共從黃魯直，一作吾友于㈤。宋公原注宋之問放逐曾音層題壁㈥，物色分留待從《英華》，一作與老夫。末欲卜居養生於此也。晦迹，思古人。樂國，指長沙。老宿，寺僧之高年者。靈運遊山，周顒好佛，故並舉以自方。一重一掩，言山形稠疊。肺腑，比其關切。友于，言其親愛。物色分留，謂題詠以踵前賢。此章，十二句起，下二段各十句。

㈠樂國，見上。

㈡《異苑》：初，錢塘杜明師，夢有人入其館，是夕靈運生於會稽，旬日而謝玄亡，其家以子孫難得，送靈運於杜治養之，十五方還都，故名客兒。鍾嶸《詩品》：謝客爲元嘉之雄。《宋書》：靈運爲永嘉太守，性好山水，嘗於南山伐木開徑，直至臨海。

㈢周顒，注已別見。

㈣宋之問詩：山一重兮悲一重。《衛青傳》：吾幸得肺腑，待罪行間。《劉向傳》：臣幸得託肺腑。顔注：肺腑相附着，猶言心膂。

㈤庾信詩：山花即眼前。梁昭明太子書：清風朗月，思我友于。《南史·劉湛傳》：友于素篤。皆截用書經語。

㈥《宋之問傳》：睿宗立，詔流欽州。欽州屬嶺南。之問道經長沙，故有詩題寺壁。楊升菴云：宋詩今已失傳。

王嗣奭曰：全篇一氣抒寫，如珠走盤，此排律化境。七排類編中，前人何以不載耶？

奉送韋中丞之晉赴湖南

鶴注：《舊史》：大曆四年二月，以湖南都團練觀察使、衡州刺史韋之晉爲潭州刺史，因是徙湖南軍於潭州。　此當是在衡州寄送韋者。

寵渥徵黄漸㊀，**權宜借寇頻**㊁。**湖南安背**音悖**水**㊂，**峽内憶行春**㊃。**王室仍多故**一作難㊄，**蒼生倚大臣。還將徐孺榻**一作子，**處處待高人。**上四送韋之詞，下四勉韋之意。　徵黄漸，漸將内召也。借寇頻，頻刺衡潭也。湖南安於背水，是望其新政。峽内猶憶行春，乃思其遺澤。　多難之際，人倚大臣，正當設榻求賢，以圖治安之計。

㊀《沈約集》：階緣寵渥。　前漢黄霸爲潁川太守，户口歲增，治行爲天下第一，徵守京兆尹。

㊁後漢寇恂爲潁川太守，盜平，又拜汝南太守。　潁川寇賊復群起，恂從帝至潁川，百姓遮道曰：「願從陛下復借寇君一年。」

㊂盧注：湖南形勢背水，地險接獠，非中丞不能安之。　背水，見《韓信傳》。

㊃鶴注：韋嘗峽内作守。　《後漢·計荆傳》：荆遷桂陽太守，嘗行春到耒陽縣。

㊄多故，指吐蕃言。

湘江宴餞裴二端公赴道州

鶴注：此當是四年夏作，若五年，公已去潭而之衡矣。　朱注：浯溪觀唐賢題名：河東裴虬，字深源，大曆四年爲著作郎，兼侍御史、道州刺史。《唐書・本紀》：大曆二年十二月，道州刺史崔渙卒。虬蓋代渙爲刺史。舒元輿《御史記》：中丞爲端長。顧注：臺端之長也。

白日照舟師，朱旗散廣川㈠。群公餞南伯㈡，肅肅秩初筵㈢。首敘湘江設餞。　舟師、朱旗，迎候儀從。

㈠王粲詩：方舟順廣川。

㈡希曰：《王制》：二百一十國爲州，州有伯。道州在南，故曰南伯。

㈢《詩》：賓之初筵。

鄙人奉末眷㈠，佩服自早年。義均骨肉地，懷抱罄所宣。盛名富事業，無取愧高賢㈡。不以喪去聲**亂嬰，保愛金石堅㈢。**次叙平日交情。　《杜臆》：公推裴爲前輩，故云「佩服自早年」。盛名四句，正平生所佩服，而欲罄懷以相質者。

㈠《上林賦》：臣，楚國之鄙人也。　綖注：奉末眷，蒙眷顧也。

㈡《淮南子》：高賢稱譽己。

㈢漢無名氏詩：壽無金石固。

計拙百寮下，氣蘇君子前。會合苦不久，哀樂音洛本相纏。交遊颯向盡，宿昔浩茫然。促觴激百慮，掩抑淚潺湲㈠。此歎聚散不常也。百寮，指候送者。君子，指裴侍御。交遊凋謝，故心激而淚零。

㈠吴均詩：掩抑摧藏張女彈。《楚辭》：横流涕兮潺湲。

熱雲初集從《英華》，一作集曛黑㈠，缺月未生天㈡。白團爲去聲我破㈢，華燭蟠長烟㈣。鴰鶡一作鶡鷃，一作鴰鶬催明星㈤，解袂從此旋。上請減兵甲，下請安井田。永念病渴老，附書遠《杜臆》恐當作峴山顛。此宴別而致丁寧也。自日而夜，餞飲已久，既而星殘解袂，則宴畢將散矣。朱注：道州先經西原蠻寇掠，元結爲守，稍得安戢。裴繼元之後，故以裁兵安農告之。此當時靖亂之要道也。此章，四句起，十句結，中二段各八句。

㈠謝靈運詩：朝遊窮曛黑。

㈡古詩：三五明月滿，四五蟾兔缺。

㈢何遜詩：逶迤摇白團。白團，指扇。

㈣古樂府：中婦對華燭。

㊄朱注：鴰鶡，二鳥名。鴰，鶬鴰。鶡，乃鶡鴠。《楚辭》：炙鴰蒸鳬。即此鴰也。《月令》：孟冬之月，鶡鴠不鳴。注：求旦之鳥。舊注引《字林》鶡鷃似伯勞而小，頗混。《詩》：明星有爛。

王嗣奭曰：詩云：「盛名富事業，無取愧高賢。」言所以致功名者，一有愧於高賢，則無足取焉。此即孔孟之所鄙薄管仲者。秦漢以來，唯董子一發之，而又見於公。非聞道，安得有此語耶？

哭韋大夫之晉

鶴注：此當是大曆四年夏作。題云大夫，則韋在湖南加御史大夫矣。韋卒於潭州，公在衡而作詩哭之。

悽愴郇須倫切**瑕邑**一作地㊀，**差**此池切**池弱冠**去聲**年**㊁。**丈**一作大，一作士**人叨禮數，文律早周旋**㊂。**臺閣黄圖裏**㊃，**簪裾紫蓋邊**㊄。**尊榮真不忝，端雅獨翛然**。首叙交誼。郇瑕，記地。弱冠，記時。禮數周旋，相契之情。黄圖，昔在京。紫蓋，今在衡。尊榮，稱其位。端雅，重其品。

㊀《左傳》：晉人謀去故絳，諸大夫曰：「必居郇瑕氏之地。」注：河東解縣西北有郇城。《一統志》：在今平陽府猗氏地。

㊁《曲禮》：二十曰弱冠。

㊂《文賦》：普詞條與文律。《左傳》：與君周旋。

㊃江總賦：覽黄圖之棟宇。

㊄《沈約集》：陪龍駕於伊洛，侍紫蓋於咸陽。指紫微華蓋。此則指紫蓋峰，衡山七十二峰之一。時韋先爲衡州刺史也。

貢喜音容間去聲㊀，**馮招疾病纏**㊁。**南過**平聲**駭倉**一作蒼**卒**昌活切，**北思**去聲**悄聯綿**㊂。**鵬鳥長沙諱，犀牛蜀郡憐**。**素車猶慟哭**㊃，**寶劍欲高懸**㊄。次叙哭韋之情。貢喜，喜韋登進。馮招，韋方招用。公在衡，韋在潭，故聞訃之辰，自南而思北。賈生鵬鳥，比其刺潭。李冰石犀，比其守蜀。素車，用范式事。懸劍，用季札事。此存亡生死之悲。

㊀《絶交論》：王陽登位貢公喜。

㊁左思詩：馮公豈不偉，白首不見招。

㊂沈佺期詩：北思日悠哉。梁簡文帝詩：春思坐聯綿。

㊃《後漢書》：范式字巨卿，少與張劭爲友。劭死，式夢而赴焉。劭葬日，其母望見素車白馬，號哭而來，母曰：「必巨卿也。」式乃修墓種樹而去。

㊄掛劍徐君墓，注已別見。

漢道中興盛，韋經亞相去聲**傳**㊀。**冲融標世業**㊁，**磊落映時賢**。**城府深朱夏**㊂，**江湖渺霽天**㊃。此惜其生不重見。城府，韋治潭州。江湖，公客衡州也。

㊀韋賢少子玄成，復以明經爲相，故曰亞相。

㊁《南齊書》：張融世業清貧。

㊂《後漢書》：龐德公未嘗入城府。　陸機《瓜賦》：迎朱夏而自延。

㊃宋之問詩：開簾延霽天。

綺樓關一作高**樹頂**㊀，**飛旐泛堂前**㊁。**帟**音繹**幕旋**從海鹽劉本，一作疑，非**風燕**㊂，**笳簫咽**一作急**暮蟬**。**興**去聲**殘虛白室**㊃，**跡斷孝廉船**㊄。此痛其殁後淒涼。興殘，公不復往。跡斷，韋不復來也。

㊀古詩：西北有高樓。交疏結綺窗。綺樓，蓋韋平日所居者。舊注以爲奠樓，恐非。

㊁邵注：旐，銘旌也。《寡婦賦》：飛旐翻以啟路。

㊂王融《曲水詩序》：緹帷宿置，帟幕宵懸。《周禮注》：在旁曰帷，在上曰幕。

㊃吴注：《憤賦》：棄虛白之室，歸長夜之臺。

㊄孝廉船，注别見前。

童孺交遊盡㊀，**喧卑俗事牽**。**老來多涕淚**，**情在强**溪兩切**詩篇**。**誰繼方隅理**㊁，**朝**音潮**難將**去聲**帥權**。**《春秋》褒貶例**㊂，**名器重雙全**㊃。末致哀輓之意。童孺交遊，應上差池弱冠。名器雙全，應上尊榮不忝。　此章，八句者三段，六句者兩段。

㊀蔡邕《胡根碑》：嗟童孺之夭逝兮。

㈡《盧思道集》：外静方隅，内康庶績。

㈢《穀梁傳序》：一字之褒，寵踰華衮之贈；片言之貶，辱過市朝之撻。

㈣《左傳》：惟名與器，不可以假人。《杜臆》：雙全謂名不愧其實。

江閣卧病走筆寄呈崔盧兩侍御

崔乃崔大涣，盧乃盧十四弟也。鶴注：大曆五年，潭州有臧玠之亂，公已去潭，則江閣不在潭州也。詩云「長夏想爲情」，又云「滑憶雕菰飯」，則是四年秋作。意江閣在潭近境，故四年之秋、五年之夏皆在焉。

客子庖厨薄，江樓枕席清。衰年病秖瘦㈠，長夏想爲情。滑憶一作喜雕胡飯㈡，香聞錦帶羹㈢。溜匙兼煖腹，誰欲致一作覔杯甖？上四江閣卧病，下四寄呈崔盧。庖厨薄，起飯羹。想爲情起誰致。爲情，猶云用情。朱注以溜匙承飯，煖腹承羹，恐蓴性不能煖腹。吴論以溜匙承羹，煖腹承飯，據前詩正想滑，溜匙原指飯言，不當指羹。顧注：溜匙總承飯羹，煖腹指酒，兼欲得杯甖也。此説較妥。

㈠秖古與衹通，但也。

㊁林洪《山家清供》云：雕菰飯，似蘆，其米黑，故云「波漂菰米沉雲黑」。暴乾礱洗，既香而滑，故又云「滑憶雕菰飯」。

㊂朱注：錦帶，即蓴絲。《本草》作蒓，或謂之錦帶，生湖南者最美。此詩錦帶與秋菰並舉，知必爲蓴也。薛夢符以爲錦帶花，謬。顧注：臨湘縣有蓴湖，在縣東。

潭州留別杜員外院長 附韋迢詩

江畔長沙驛一作澤，**相逢纜客船。大名詩獨步**㊀，**小郡海西偏。地濕愁飛鵩**㊁，**天炎畏跕鳶**㊂。**去留俱失意，把臂共潸然。**上四，記乍逢之迹。下四，敘惜別之情。大名指杜，小郡自謙。飛鵩，用賈誼事，傷杜在潭。跕鳶，用馬援事，憐己往詔。去留二字，承此。

㊀《晉書》：王坦之，字文度，與郗超俱有名，時人語曰：「盛德絕倫郗嘉賓，江東獨步王文度。」

㊁《賈誼傳》：誼爲長沙王太傅，長沙卑濕，但自傷悼，乃爲《鵩賦》。

㊂《馬援傳》：吾在浪泊西里時，下潦上霧，毒氣薰蒸，仰視飛鳶跕跕墮水中。

潭州送韋員外迢牧韶州

鶴注：當是大曆四年秋作。《唐書·世系表》：韋迢終嶺南節度行軍司馬。韶州屬嶺南道。

炎海韶州牧，風流漢署郎。分符先令望㊀，同舍有輝光㊁。白首多年疾，秋天昨夜涼㊂。洞庭無過雁，書疏去聲**莫相忘**㊃。上四送韋，下四望韋。分符，承州牧。同舍，承署郎。公亦曾爲郎官，故曰有光輝。趙注：自洞庭而往，此間無過雁以寄書，而彼中書信却不可忘也。

㊀《漢紀》：與郡守爲符。注：各分其半，右留京師，左以與之。《詩》：令聞令望。
㊁同舍郎，見《直不疑傳》。
㊂秋在昨夜，詩作於立秋次日矣。
㊃宋纖《上梁主疏》：聲聞書疏。

早發湘潭寄杜員外院長附韋迢詩

鶴注：湘潭屬潭州。《舊史》：後漢湘南縣地，吴分湘南立衡陽，屬衡陽郡，隋廢郡，縣屬潭州。

天寶八載，移治於洛口，因改爲湘潭。

北風昨夜雨，江上早來涼。楚岫千峰翠，湘潭一葉黄。故人湖外客，白首尚爲郎㊀。相憶無南雁，何時有報章㊁。上四咏景，下四叙情。峰翠葉黄，此秋時景，亦雨後景也。杜有「白首多年疾」之句，故韋云：「故人湖外客，白首尚爲郎。」杜有「洞庭無過雁」之句，故韋云：「相憶無南雁，何時有報章。」前後贈答三詩，塤篪相應如此。

㊀白首爲郎，用馮唐、顔駟事。

㊁顔延之《和謝監》詩：盡言非報章，聊用示所懷。

酬韋韶州見寄

鶴注：此當是大曆四年秋韋發湘潭，而公酬於潭州也。

養拙江湖外，朝音潮**廷記憶疏。深慚長**子兩切**者轍㊀，重**平聲**得故人書㊁。白髮絲難理**一作並，**新詩錦不如。雖無南過雁，看取北來魚。**上四感韋交情，下四謝韋寄詩。江湖作客，朝士久忘，韋枉轍而又寄書，情良厚矣。白髮自憐，新詩稱韋。南雁自道，北魚指韋，古人以魚雁比書。回雁峰高，故不去。湘水北流，故可來。吴論：韋詩上四句虚，故不答。江湖白髮，答故人白首二句。

南雁北魚，答南雁報章二句。

㈠《陳平傳》：門外多長者車轍。

㈡古詩：相去萬餘里，故人心尚爾。

樓上

此當是潭州所作，詩末云「身在五湖南」可見。此及下章，並依蔡氏編次。

天地空搔首，頻抽白玉簪㈠。**皇輿三極北**㈡，**身事五湖南**㈢。**戀闕勞肝肺，掄**一作論**材愧杞柟。亂離難自救，終是老湘潭。**此詩登樓而感懷也。孤樓之上，俯仰天地，徒然搔首而抽簪者，正以皇輿在北，身事在南故也。戀闕而不才淪棄，既無補於皇輿，亂離而終老湘潭，又無濟於一身，此所以搔首躊躕耳。

㈠《西京雜記》：漢武帝取李夫人玉簪搔頭。鍾會賦：散髮抽簪。《杜臆》：白玉簪，蓋朝冠所用。屢思入朝而中止，故云頻抽。

㈡陸機論：旋皇輿於夷庚，反帝座於紫闥。地有四極，皇輿在東西南之北，故云三極，與《繫辭》三極不同，舊注誤。

㊂《史記索隱》：具區、洮滆、彭蠡、青草、洞庭，共爲五湖。

公律詩多在首聯領起，亦有在三四領下者，如七律「萬古雲霄一羽毛」領下伊吕蕭曹，「三分割據紆籌策」領下運移身殲是也。五律此詩「皇輿三極北」領下戀闕掄材，「身事五湖南」領下亂離湘潭是也。

遠遊

詩言「江闊浮高棟」，必潭州江閣所作，此當與《樓上》詩同時，蓋大曆四年也。《楚辭》有《遠遊》篇。

江闊浮高棟晉作凍㊀，**雲長出斷山。塵沙連越巂**音水，**風雨暗荆蠻**㊁。**雁矯銜蘆内，猿啼失木間**㊂。**敝裘蘇季子，歷國未知還。**此登江樓而歎遠遊也。上四言景，是賦。下四言情，兼比。

日色映江，故水光浮棟，嶺腰雲截，故斷際露山，此見晴而忽雲也。遥瞻越巂，則塵沙連接，近望荆蠻，則風雨暗迷，此見陰而且雨也。雁銜蘆，前行已倦，猿失木，無處可依，故下有裘敝未還之感。

㊀朱超詩：高棟響行雷。

㊁陳子昂詩：離亭風雨暗。越巂郡，今四川行都司。《華陽國志》：司馬相如開僰道，通南中，置越巂郡。　荆蠻，即荆州。

㊂《淮南子》：雁從風而飛，以愛氣力；銜蘆而翔，以避弋繳。張華賦：又矯翼而增逝，徒銜蘆而避繳。梁簡文帝詩：雁去銜蘆上，猿戲繞枝來。《淮南子》：猿狖失木而擒於狐狸，非其處也。

千秋節有感二首

此大曆四年八月潭州作。《舊書·玄宗紀》開元十七年八月癸亥，上以降誕日宴百僚於花萼樓下，百僚表請每年八月十五日爲千秋節，王公以下獻寶鏡及承露囊，天下諸州，咸令宴樂休假三日，仍編爲令。《通鑑》：又移社日就千秋節。

自罷千秋節，頻傷八月來。先朝音潮**常宴會，壯觀**去聲**已塵埃**㊀。**鳳紀編生日**㊁，**龍池塹劫灰**㊂。**湘川新涕淚，秦樹遠樓臺**㊃。**寶鏡群臣得**㊄，**金吾萬國迴。衢尊不重**平聲**飲，白首獨餘哀。**首章，叙崩後節日，乃傷今思昔之感，在六句作截。賜宴之事，雖編於帝紀，而龍池王氣，久已銷亡，不但壯觀塵埃也。四句，申千秋節罷。今遥望秦中，樓臺之下，得寶鏡者舊臣凋謝，爲金吾者各國散歸，獨留白首書生，淚滴湘川而已。六句，申八月頻傷。

㊀《封禪文》：此事天下之壯觀。

㊁鳳紀，注見三卷。

㊂龍池，注見十七卷。《高僧傳》：漢武帝穿昆明池，悉是灰墨，後有胡僧云：「此天地劫灰之餘。」

㊃陰鏗詩：雲裏望樓臺。

㊄張説詩：寶鏡頒神節。

㊅《淮南子》：聖人之道，其猶中衢而致樽耶，過者斟酌，多少不同，而各得其所宜。

其二

御氣雲樓敞，含風綵仗高㊀。仙人張内樂㊁，王母獻宫桃㊂。羅韈紅蕖艶㊃，金羈白雪毛㊄。舞階銜壽酒㊅，走索背音佩。**黄生欲作罥秋毫㊆。聖主他年貴，邊心此日勞。桂江流向北㊇，滿眼送波濤。**次章，叙生前節日，乃樂極悲來之感，在八句作截。御樓受賀，綵仗迎風，於是梨園奏樂；太真獻桃，舞階之白馬，銜酒前來，走索之宫人，紅蕖高露，當年可謂恣情尊貴矣，豈知邊憂即從此日而生乎。至今日送波濤，不勝北望傷神也。邊心此日勞，猶云「芙蓉小苑入邊愁」。

㊀王融《曲水亭詩序》：時乘既位，御氣之駕翔焉。或以雲樓爲樓名，含風爲殿名，非也。考《會要》千秋節宴在勤政、花萼諸樓，不在含風殿，且紫雲樓在曲江，起於太和中，於此無預。宋之問詩：寒輕綵仗外。

㊁《開元傳紀》：帝謂高力士曰：「吾昨夜夢遊月宫，諸仙娱予以上清之樂，寥亮清越之音，非人間所聞也。」力士請名曰《紫雲曲》。

㊂《漢武内傳》：王母令侍女索桃七枚，大如鴨子形色正青，以四枚啗帝，自食其三。

㈣《洛神賦》：凌波微步，羅襪生塵。黄生注：羅襪紅蕖艷，後人詠弓足者，妍雅無及此語，當時婦人裙必曳地，故罕見篇詠。此亦因走索之妓，結束有別，故特拈出耳。紅蕖，指宫鞋。

㈤《白馬篇》：白馬飾金羈，連翩西北馳。

㈥《通鑑》：明皇教舞馬百匹，銜杯上壽。《唐志》：明皇千秋節，舞馬於勤政樓下。

㈦《西京賦》跳丸劍之揮霍，走索上而相逢。《通典》注：舞絚者，兩妓女各從一頭上，對舞行於繩上，相逢比肩而不傾。《玉海》：《唐實録》：開元二十四年八月千秋節，御廣運樓，宴群臣，奏九部樂，内出舞人繩妓，頒賜有差。此言兩人背走索上，不爽秋毫也。黄注：以繩掛獸足曰罥。秋毫，言所緣之少。土門詩「微徑緣秋毫」，此在索上，非罥字不足以發其意。

㈧《杜臆》桂江，乃潭州所見之水。

王嗣奭曰：頻傷八月來，非傷明皇崩逝也。明皇席全盛而縱荒淫，致賊臣叛逆，干戈不息，肅宗繼之，非無生日，而憂亂不暇，奚知樂生乎。故公之感有二：一感倏忽盛衰之異，故云「先朝常宴會，壯觀已塵埃」；一感昔年之樂召後日之悲，故云「聖主他年貴，邊心此日勞」。而己之流離因之，故云「湘川新涕淚」，又云「滿眼送波濤」。

奉贈盧五丈參謀琚原注：時丈人使自江陵，在長沙待恩旨，先支率錢米。

鶴注：此大曆四年秋潭州作。《唐書》：元帥、副元帥府有行軍參謀，關豫軍中機密。

恭惟同自出㈠，妙選去聲異高標㈡。入幕知孫楚，披襟得鄭僑㈢。丈人藉才地㈣，門閥冠去聲雲霄㈤。老矣逢迎拙，相於契託饒㈥。從盧叙起，親誼交情，官序才地，俱見於此。　孫楚，切參謀。鄭僑聘晉，比使長沙。

㈠王褒頌：恭惟春秋。惟，思也。　朱注：同自出，蓋參謀之母與公母，皆崔氏也。黄鶴引公祖母盧氏，非。　《左傳》：我之所自出。《爾雅》：男子謂姊妹之子曰出。

㈡《語林》瑯琊王鎮廣陵，妙選僚佐。　《世説》：李元禮高自標持。

㈢王僧孺序：道合神遇，投分披襟。　《左傳》：季札聘鄭，見子産，如舊相識。

㈣《世説》：王恂自計才地，必應在己。

㈤朱注：《前漢·朱博傳》：齎閥閲詣府。《車千秋傳》：千秋無閥閲勞。注：閥，積功也。閲，所經也。唐六品以上，通用烏頭大門，又曰表揭，又曰閥閲。義謝云「表揭閥閲」是也。俗呼爲櫺星門。詩言盧氏積累日月，立功而致表揭，高於雲霄也。

㈥孔融書：岸幘廣堂，舉杯相於。相於，猶云相與。

賜錢傾府待，争米駐一作貯船遥。鄰好去聲艱難薄㈠。甿一作氓心杼柚焦㈡。客星空伴使去聲㈢，寒水不成潮㈣。此記支率錢米事。　朱注：時必有長沙錢米應輸江陵者，盧爲之請旨支給本郡也。　鄰指潭州，客星自謂，使者指盧。民困莫輸，如寒水涸潮。

㈠《通鑑》：杜弼作檄移梁朝曰：「連結姦惡，斷絶鄰好。」

㈡《詩》：小東大東，杼柚其空。
㈢駱賓王詩：流星疑伴使。
㈣《杜臆》：潮極寒則涸，俗謂之凍殺潮。

素髮乾音干**垂領，銀章破在腰**㈠。**說詩能累**上聲**夜，醉酒或連朝。藻翰唯牽率**㈡，**湖山合動搖。**此長沙遇盧情事。素髮銀章，自謂老年帶官。說詩四句，言一時詩酒興豪，所謂相於契託也。

㈠《白帖》：漢世有鞶囊者，佩在腰間，謂之綬囊。朱注：隋唐以後官不佩印，止有隨身魚袋。此云「銀章破在腰」，蓋舉銀魚言之。當時金銀魚謂之章服。
㈡《左傳》：牽率老夫。謝瞻詩：牽率酬嘉藻。

時清非造七到切**次，興**去聲**盡却蕭條。天子多恩澤，蒼生轉寂寥。休傳鹿是馬**㈠，**莫信鵩如**陳作爲**鴞**㈡。此慨時事以勉盧。天子施恩，而生民轉困者，以朝有姦佞，外多掊克耳。指鹿爲馬，如魚朝恩是也。鵩鳥如鴞，若臧玠是也。曰休傳、莫信，故婉其詞以隱諷耳。

㈠《史記》：趙高持鹿獻於二世曰：「馬也。」
㈡《鵩鳥賦序》：鵩似鴞，不祥鳥也。

未解依依袂㈠，**還斟泛泛瓢**㈡。**流年疲蟋蟀**㈢，**體物幸鷦鷯**㈣。**孤**俗作辜**負滄洲願**㈤，**誰云**

晚見招。末惜别而自叙己懷。疲蟋蟀，謂行年已晚。幸鷦鷯，謂一枝暫棲。負滄洲，不能遯世。誰見招，無復用世矣，所謂老拙逢迎也。此章，八句起，下四段各六句。

㈠江總詩：共此依依情，無奈年年别。

㈡《周禮》：酒有五齊，一曰泛齊。注：泛者，成而浮滓泛泛然。

㈢宋之問詩：常是惜流年。《詩》：蟋蟀在堂，歲聿其暮。古詩：晨風懷苦心，蟋蟀傷局促。

㈣《莊子》：鷦鷯巢林，不過一枝。

㈤李陵書：陵雖孤恩，漢亦負德。揚雄《覈靈賦》：世有黄公者，起於滄洲，精神養性，與道漂流。

惜别行送劉僕射判官

詩云「扶病相識長沙驛」，劉判官蓋括馬至此，與公相晤而贈之以詩，當是大曆四年秋作。朱注：唐制，僕射下宰相一等，時蓋劉之主將加此官，劉其屬下判官也。詩見陳浩然，又見《文苑英華》。

聞道去聲**南行市**去聲**駿馬，不限匹數軍**一作官**中須**。**襄陽幕府天下異，主將**去聲**儉省憂艱虞**。**祇收壯健勝**平聲**鐵甲，豈因格鬭求龍駒**。叙劉君至潭之由。南行，指判官。主將，指僕射。起處並提。而今西北自反胡，騏驎蕩盡一匹無。龍媒真種上聲在帝都㊀，子孫未落東南此從《英華》，他本作西南隅。向非戎事備征伐，君肯辛苦越江湖？江湖凡馬多顦顇，衣冠往往乘蹇驢。此言南行市馬之難。西北，指安史吐蕃。東南，指襄陽長沙。凡馬皆疲，何況龍種乎。《義鶻行》以老鶻爲其父，此詩以馬駒爲子孫，語近詼諧。

㊀徐幹《中論》：遊必帝都。

梁公富貴於身疏，號令明白人安居。俸錢時散士子盡㊀，府庫不爲去聲驕豪虚。以兹報主寸心赤，氣却西戎回北狄。羅網群馬一作烏籍一作藉馬多，意一作氣在一作用驅除一作馳出金帛㊁。此見襄陽主將之賢。梁公即梁崇義。上四，言儉省而愛人。下四，言憂虞而敵愾。

㊀《淮南子》：見之明白，處之如玉石。《黄香傳》：香爲魏郡守，分俸禄賞賜，出贍貧者。

㊁出金帛，購馬也。

劉侯奉使去聲光推吐雷切擇，滔滔才略滄溟窄。杜陵老翁秋繫音計船，扶病相識長沙驛㊀。强豈兩切梳白髮提胡盧，手把一作兼菊花路旁摘。九州兵革浩茫茫，三嘆聚散臨重平聲陽。當杯對客忍流涕一作涕淚，一本有君字，不覺老夫神内傷。此記相逢惜别之意。劉奉使，承上兩段。光推擇，不負所使也。提壺把菊，歡宴而作離筵，故黯然神傷耳。此章，首段六句，末段十句，中二段各八句。

㊀唐之潭洲，即漢長沙郡。

朱鶴齡曰：《唐志》：襄州襄陽郡，乃山南東道節度使所治。廣德初，梁崇義據襄州，代宗不能討，因拜山南東道節度，至建中元年始爲李希烈所誅。則梁公即崇義也。史稱其以地褊兵少，法令最治，折節遇士，自振襄漢間。觀此詩所稱「襄陽幕府天下異，主將儉省憂艱虞」，又云「梁公富貴於身疏，號令明白人安居」，其語正與《唐志》相合。

盧元昌曰：唐初，得突厥馬二千匹，又得隋馬三千匹，令太僕張萬歲葺其政。貞觀至麟德中，有馬七十餘萬，自後馬政頗廢。開元間，以王毛仲領内外閑厩使，馬復蕃息。安禄山陰選勝甲馬驅歸范陽。肅宗時，市馬於回紇，多以羸馬充數。後又括民間馬爲團練馬。唐之馬政，遂不可復矣。詩云西北反徒，騏驎蕩盡，感慨係之矣。

重平聲送劉十弟判官

鶴注：當是大曆四年秋在潭州作。

分源豕韋派㊀，别浦雁賓秋㊁。年事推兄忝㊂，人才覺弟優。首段叙事。上二叙送别，下二點兄弟。

㊀陶潛詩：同源分流，人易世疏。《左傳》：范宣子曰：「昔匄之祖，自虞以上爲陶唐氏，在夏爲御

龍氏，在商爲豕韋氏，在周爲唐杜氏。晉主夏盟，爲范氏。」又：蔡墨曰：「陶唐氏既衰，其後有劉累，學擾龍於豢龍氏，事孔甲，以更豕韋之後。」

㊁《月令》：季秋之月，鴻雁來賓。

㊂劉孝標書：頃年事遒盡，容髮衰謝。

經過平聲辨豐劍，意氣逐吴鉤㊀。**垂翅徒衰老**㊁，**先鞭不滯留**㊂。**本支凌歲晚**㊃，**高義豁窮愁**㊄。**他日臨江待，長沙舊驛樓**㊅。次段言情。上四承才優，下四承别浦。劉之才氣英利，如豐劍吴鉤，故能先鞭用世，不似己之垂翅飄流也。晚逢高義，差慰旅愁，但未知此别之後，何時重食驛樓耳。本支，應分源。歲晚，應年事。此章，上四句，下八句。

㊀豐劍、吴鉤，注皆别見。

㊁《後漢·馮異傳》：始雖垂翅回溪，終能奮翼澠池。

㊂劉琨書：常恐祖生先吾著鞭。

㊃《毛詩》：本支百世。

㊄車永《與陸雲書》：豁然忘愁。

㊅《唐·地志》長沙縣屬潭州。